James Patterson · Die 15. Täuschung

Autor

James Patterson, geboren 1947, war Kreativdirektor bei einer großen amerikanischen Werbeagentur. Seine Thriller um den Kriminalpsychologen Alex Cross machten ihn zu einem der erfolgreichsten Bestsellerautoren der Welt. Auch die Romane seiner packenden Thrillerserie um Detective Lindsay Boxer und den »Women's Murder Club« erreichen regelmäßig die Spitzenplätze der internationalen Bestsellerlisten. James Patterson lebt mit seiner Familie in Palm Beach und Westchester, N.Y.

Die »Women's Murder Club«-Reihe:

Der 1. Mord · Die 2. Chance · Der 3. Grad · Die 4. Frau · Die 5. Plage · Die 6. Geisel · Die 7 Sünden · Das 8. Geständnis · Das 9. Urteil · Das 10. Gebot · Die 11. Stunde · Die Tote Nr. 12 · Die 13. Schuld · Das 14. Verbrechen · Die 15. Täuschung · Der 16. Betrug · Die 17. Informantin · Die 18. Entführung · Das 19. Weihnachtsfest

Besuchen Sie uns auch auf www.blanvalet.de

James Patterson
mit Maxine Paetro

Die 15. Täuschung

Thriller

Deutsch von Leo Strohm

blanvalet

Die Originalausgabe erschien 2016 unter dem Titel
»15th Affair« bei Little, Brown and Company,
Hachette Book Group, New York.

Penguin Random House Verlagsgruppe FSC® N001967

2. Auflage
Taschenbuchausgabe 2021 by Blanvalet, einem Unternehmen
der Penguin Random House Verlagsgruppe GmbH,
Neumarkter Str. 28, 81673 München

Redaktion: Gerhard Seidl, text in form
Umschlaggestaltung und -motiv: www.buerosued.de
DN · Herstellung: wag
Satz: Uhl + Massopust, Aalen
Druck und Bindung: GGP Media GmbH, Pößneck
Printed in Germany
ISBN 978-3-7341-0952-2

www.blanvalet.deOles dolut que nones doluptum nobisim usaeper untibusae. Aborepu dignim quid minvel illesequi sitates exercid que di

Für die Freunde des Clubs der Ermittlerinnen

ERSTER TEIL

1

Alison Muller war keine Schönheit im klassischen Sinn, aber mit ihren wehenden blonden Haaren und den langen Stirnfransen, die bis auf den Rahmen ihrer Panoramasonnenbrille fielen, auf jeden Fall eine attraktive Erscheinung. Der Saum ihres schwarzen Ledermantels reichte bis knapp über die Knie ihrer hautengen Jeans, und ihre selbstbewussten Schritte wurden vom klackernden Stakkato hochhackiger Stiefel begleitet.

Als sie durch das im Nachmittagslicht golden schimmernde Foyer des Hotels Four Seasons in San Francisco ging, musterte sie aufmerksam alle Männer, Frauen und Kinder, die ihren Weg kreuzten, vor dem Empfangstresen anstanden oder es sich in den Sesseln vor dem offenen Kamin gemütlich gemacht hatten. Sie registrierte und unterschied die Touristen von den Geschäftsleuten und ließ die Blicke all der Männer, die einfach nicht anders konnten, als sie anzustarren, an sich abprallen, während sie mit ihrem Mann und ihrer gemeinsamen Tochter Mitzi telefonierte.

»Ich hab's ja gar nicht vergessen, Mitz«, sagte Ali gerade zu dem fünf Jahre alten Mädchen. »Ich hab's nur für einen Moment aus dem Blick verloren.«

»Du hast es *wohl* vergessen«, beharrte ihre Tochter.

»Nicht ganz. Ich habe gedacht, dein großer Tag wäre erst morgen.«

»Alle haben gefragt, wo du bist«, beschwerte sich ihre Tochter.

»Ich mach's wieder gut, Schätzchen«, erwiderte Ali.

»Wann denn? Und wie?«

Alis Gedanken eilten zu dem Mann, der in einem Zimmer in der vierzehnten Etage auf sie wartete.

»Gib mir mal Daddy«, sagte sie.

Nachdem sie eine ziemlich atemberaubende Ausstellung mit moderner Kunst passiert hatte, stand sie vor den Fahrstühlen am nordwestlichen Ende des Foyers. Direkt vor ihr warteten bereits ein Mann und eine Frau – ein französisches Paar – darauf, dass die Fahrstuhltüren sich öffneten. Sie besprachen den Verlauf des restlichen Tages und verständigten sich darauf, dass vor dem Abendessen noch genügend Zeit war, um zu duschen und sich umzuziehen.

Ali ließ den Daumen über das Display ihres Smartphones huschen, holte ihre E-Mails ab, überflog die Schlagzeilen der *Investors Business Daily* und die SMS von Michael, der wissen wollte, ob sie sich verlaufen hatte. Dann hörte sie die Stimme ihres Ehemannes am anderen Ende der Leitung.

»Ich habe alles versucht«, sagte er, »aber sie ist untröstlich.«

»Du wirst sie schon beruhigen, Liebling. Ganz bestimmt. Ich bestelle ihr irgendwas, sobald ich wieder zu Hause bin.«

»Und wann wird das sein?«, erkundigte sich ihr Mann.

Großer Gott. Diese Fragen. Diese niemals endenden Fragen.

»Nach dem Essen«, sagte Ali. »Tut mir leid, dass ich dich so abwürgen muss, aber es ist wirklich sehr wichtig.«

Die Fahrstuhltüren glitten auf.

»Ich muss auflegen.«

Ihr Mann sagte: »Verabschiede dich doch wenigstens noch von Mitzi.«

Scheiße.

»Einen Moment. Ich glaube, ich habe gleich keinen Empfang mehr.«

Ali betrat den Fahrstuhl und drückte sich mit dem Rücken in eine Ecke. Ihre Jacke öffnete sich ein wenig, sodass der Griff der Pistole in ihrem Hosenbund zu erkennen war. Die Türen schlossen sich, und der Fahrstuhl schwebte lautlos nach oben.

Ali stieg im vierzehnten Stockwerk aus und telefonierte mit ihrer Tochter, während sie den Hotelflur mit seinem flauschigen Teppich entlangging.

»Miss Mitzi?«

Dann stand sie vor Zimmer 1420 und klopfte an. Die Tür wurde geöffnet.

Ali sagte noch: »Alles Gute zum Geburtstag. Bis bald. Küsschen, ciao ciao.«

Danach beendete sie das Gespräch, betrat das Zimmer, drückte mit dem Absatz die Tür ins Schloss und warf sich in Michaels Arme.

»Du bist spät dran«, sagte er.

2

Michael Chan nahm Ali die Brille ab und hielt den Atem an. Gegen diese Frau war er vollkommen machtlos… dabei hatte er es wirklich versucht. Sie lächelte ihn an, und er nahm ihr Gesicht in die Hände und küsste sie auf den lächelnden Mund.

Der erste Kuss war nur der Auftakt; ihm folgten viele weitere… intensive, vielsagende, bedeutungsschwangere Küsse. Michael hob Ali hoch, und sie schlang ihm die Beine um die Hüften. Dann trug er sie ins Innere der luxuriösen, in Blau- und Bronzetönen gehaltenen Suite, die von einem Bilderbuchsonnenuntergang über San Francisco in sanftes Licht getaucht wurde.

Chan hatte keine Augen für den Ausblick. Ali duftete nach Orchideen oder exotischem Moschus, und ihre Zunge lag an seinem Ohr.

»Wahnsinn«, stieß er hervor. »Du bist der absolute Wahnsinn.«

Sie keuchte, während er sie behutsam auf das Bett sinken ließ.

»Warte«, sagte sie.

»Natürlich. Ich bin ein geduldiger Mensch«, erwiderte er. Das Blut pulsierte durch seine Adern, und er nahm nichts wahr außer ihr. Er stützte die Hände auf die Hüften und sah sie an. Was würde sie als Nächstes machen?

Sie sah ihn an, ließ den Blick über seinen Körper und sein markantes Gesicht gleiten, als wollte sie sich jede Einzelheit einprägen. Sie trafen sich in unregelmäßigen Abständen, aber wenn, dann taten sie so, als seien sie einander fremd. Es war ein Spiel.

»Sag mir wenigstens, wie du heißt«, bat sie.

»Du zuerst.«

Er zog ihr die Stiefel aus und warf sie beiseite. Sie setzte sich auf, streifte den Mantel ab und ließ ihn über die Bettkante fallen. Danach nahm er die Pistole aus ihrem Hosenbund, blickte durch das Visier, roch an der Mündung und legte sie schließlich auf den Nachttisch.

»Interessant«, sagte er. »Handgefertigt.«

Er setzte sich neben sie auf das Bett und befahl ihr, sich hinzulegen. Anschließend legte er sich neben sie und streifte ihr die Fransen aus der Stirn.

»Wie heißt du?«

Sie ließ ihre Hand nach unten gleiten und fuhr damit über den Schritt seiner Hose. Er packte sie am Handgelenk.

Sie sagte: »Aa-mmmm, ich heiße Renata.«

»Giovanni«, erwiderte er. »Prinz von Gorgonzola.«

Sie lachte. Es war ein hinreißendes Lachen. »Endlich lerne ich ihn kennen, den Käseprinzen.«

Michael verzog keine Miene. »Sehr richtig. Und Prinzen lässt man nicht warten.«

Er streichelte ihr die Wange und schob die Finger in den Ausschnitt ihrer Bluse.

»Sind wir uns vielleicht schon einmal begegnet?«, fragte sie.

Er befreite ihre Perlenknöpfe aus den Schlaufen.

»Das glaube ich nicht«, sagte er. »Daran könnte ich mich erinnern.«

Er ließ seine Hände über ihre Brüste wandern, packte ihre Haare im Nacken, wickelte sie um seine linke Hand und zog ihren Kopf nach hinten.

Sie stöhnte. »Ihr habt mich mit drei Goldmünzen bezahlt. Ich habe Euch in Eurem Zimmer aufgesucht, in einem Hotel …« Sie seufzte. »… mit Blick auf den Trevi-Brunnen.«

»Ich war noch nie in Rom«, erwiderte er.

Er drehte den Kopf so, dass sie ihn nicht anschauen konnte. Dann ließ er die Hand über ihre Flanke gleiten, zu ihrer Hüfte, auf ihren Rücken. Er genoss ihr leises Stöhnen, während sie versuchte, sich aus seinem Griff zu winden.

»Hast du es deinem Mann erzählt?«

»Wieso fragst du das?«, erwiderte sie.

»Weil ich will, dass er dich rausschmeißt.«

Er öffnete den Knopf an ihrer Jeans, zog den Reißverschluss nach unten, stand auf, zog ihr die Hose aus und entledigte sich anschließend all seiner Kleider.

Das leise Geräusch an der Tür nahm er gar nicht wahr.

Das sah ihm nicht ähnlich. Eigentlich besaß er eine in jeder Hinsicht überdurchschnittliche Wahrnehmung, aber im Moment waren seine Sinne nur auf eines gerichtet. Ali blickte zu ihm hoch, und in ihren Augen lag … ja, was hatte dieser Blick zu bedeuten?

Sie sagte: »Das klingt, als wäre da jemand an der Tür.«

Jemand rief: »Zimmerservice.«

Chan sagte: »Ich habe nicht abgeschlossen. Du?«

»Bestimmt nicht«, erwiderte Ali.

Chan rief: »Kommen Sie später wieder«, aber die Tür

wurde bereits aufgestoßen, und ein Rollwagen polterte über die Schwelle. Hastig hob er seine Hose auf, benutzte sie als Lendenschurz und ging in Richtung Flur.

Er rief: »*Nein! Nicht!*«

Drei schallgedämpfte Schüsse fielen. Ob Michael Chan seinen Mörder gekannt hatte, spielte jetzt keine Rolle mehr.

Michael Chan war tot.

3

Wir hatten eine harte Woche hinter uns, und dabei war erst Montag.

Mein Partner, Rich Conklin, und ich, hatten gerade vor Gericht gegen Edward »Ted« Swanson ausgesagt, einen Polizeibeamten, der über einen längeren Zeitraum hinweg insgesamt achtzehn Menschen getötet hatte, bevor ihn eine wilde Schießerei mit den Männern eines erbarmungslosen Drogenbarons namens Kingfisher aus dem Spiel genommen hatte.

Swanson hatte im gesamten San Francisco Police Department als vorbildlicher Polizist gegolten. Wir hatten ihn gerngehabt. Hatten ihn respektiert. Nachdem mein Partner und ich ihn schließlich als Psychopathen mit Dienstmarke entlarvt hatten, waren wir erschüttert und zutiefst entsetzt gewesen.

Im Verlauf seines mörderischen Blutrauschs hatte er Kingfisher Drogen und Geld im Wert von rund fünf Millionen Dollar gestohlen, und der Drogenbaron, der entlang der gesamten Westküste gefürchtet wurde, war nicht bereit gewesen, diesen Verlust einfach abzuschreiben.

Nach der Schießerei, als Swanson noch im Koma auf der Intensivstation gelegen hatte, war Kingfisher auf die Idee gekommen, dass er seine Ansprüche am besten dadurch geltend machen konnte, indem er seine Drohungen auf die Leiterin der Ermittlungen konzentrierte.

Also auf mich.

Seine Anrufe waren irrational, ließen sich nicht zurückverfolgen und jagten mir eine wahnsinnige Angst ein.

Doch dann, ungefähr zu der Zeit, als Swanson aus dem Krankenhaus entlassen, des vielfachen Mordes und des Drogenschmuggels angeklagt worden war, hatten die Anrufe plötzlich aufgehört. Und eine Woche später hatten die mexikanischen Behörden in einem hastig geschaufelten Grab in Baja California einen Leichnam entdeckt, mutmaßlich den von Kingfisher. War es jetzt wirklich vorbei?

Manchmal, wenn man etwas Schreckliches erlebt hat, wird einem erst hinterher bewusst, wie schlimm das Ganze hätte enden können. Es ist wie eine Art Nachbeben. Kingfishers Drohungen hatten sich tief in mein Unterbewusstsein eingegraben, aber jetzt, wo sie keine reale Gefahr mehr darstellten, löste sich eine tief sitzende Verspannung in meinem Inneren.

Allerdings funktioniert das Ganze auch umgekehrt. So kann es passieren, dass Dinge, die einem zunächst harmlos erscheinen, einen in die tiefste Verzweiflung stürzen.

So ging es mir mit Swanson.

Ein korrupter Polizeibeamter bedeutet eine allumfassende Erschütterung: Freundschaften, das Vertrauen der Öffentlichkeit und der Glaube an die eigene Menschenkenntnis, all das wird dadurch infrage gestellt. Ich fand, dass ich heute bei der Aussage gegen Swanson meine Sache gut gemacht hatte. Zumindest hoffte ich das. Richie jedenfalls hatte eine ganz ausgezeichnete Figur gemacht. Jetzt lag die Entscheidung über Swansons Schuld oder Unschuld ganz in den Händen der Geschworenen.

Mein Partner sagte: »So, das hätten wir geschafft, Linds. Von jetzt an heißt es wieder: nach vorn schauen.«

Es war kurz nach 18.00 Uhr, als wir die Hall of Justice verließen. Die Hall ist ein kantiges Bürogebäude, in dem die Justizbehörde, der Strafgerichtshof, zwei Gefängnisse sowie die Wache Süd des San Francisco Police Department untergebracht sind. Da bekam ich eine SMS von meinem Ehemann: Er würde spät nach Hause kommen, und im Kühlschrank stand noch ein Teller mit gegrilltem Hühnchen.

Verdammt.

Ich war zunächst enttäuscht, weil ich Joe nicht zu Gesicht bekommen würde, aber als ich aus dem grauen Granitgebäude ins Freie trat, mitten hinein in den strahlenden Sommerabend, entwarf ich einen neuen Plan. Dann würde es eben statt Hühnchen für drei ein stilles Abendessen mit meiner kleinen Tochter geben, und anschließend, in höchstens drei Stunden, einen ausgedehnten Ausflug ins Land der Träume.

Ich startete meinen alten Ford Explorer und hatte den Berufsverkehr auf der Bryant Street gerade hinter mir gelassen, da klingelte mein Handy. Mein Chef wollte mich sprechen.

Ich wusste, dass ich es lassen sollte, aber ich nahm trotzdem ab.

»Boxer«, sagte Brady. »Im Four Seasons ist gerade was passiert. Ich brauche dich dort.«

Der einzige Ort, wo ich jetzt gebraucht werden wollte, war bei meinem kleinen Mädchen, das in einem sauberen Strampelanzug auf meinem Schoß saß, während ich ein Glas

Chardonnay in der Hand hielt. Aber die Mordkommission war unterbesetzt, mein Partner und ich hatten gerade eine Ermittlung abgeschlossen und darum etwas Luft, und Brady war ein guter Vorgesetzter.

»Hast du Conklin schon erreicht?«, fragte ich.

»Er ist schon unterwegs«, erwiderte Brady.

Ich wendete also auf dem Geary Boulevard. Zwanzig Minuten später stand ich neben meinem Partner in der prachtvollen Eingangshalle des Hotels. Conklin war genauso erschöpft wie ich, aber das stand ihm gut.

»Bezahlte Überstunden, Lindsay.«

»Yippie«, erwiderte ich mit angemessen tonloser Stimme. »Was hat Brady dir verraten?«

»Wir sollen klug, gründlich und schnell vorgehen.«

»Was wäre die Alternative? Unklug, unaufmerksam und träge?«

Richie lachte. »Er hat gesagt, dass das Four Seasons so schnell wie möglich wieder nur ein Hotel sein möchte.«

Wir fuhren hinauf in den vierzehnten Stock und betraten den abgesperrten Flur. Überall standen die Kollegen der verschiedenen Strafverfolgungsbehörden herum und warteten auf uns.

Conklin und ich duckten uns unter dem Absperrband hindurch und nickten den Streifenbeamten, die wir kannten, zur Begrüßung zu. Schließlich standen wir vor dem offenen Zimmer mit der Nummer 1420.

Der Beamte an der Tür trug unsere Namen in das Tatortprotokoll ein, und ich fragte ihn: »Von wem kam der Notruf?«

»Vom Leiter des Hotel-Sicherheitsdienstes. Er hat von

anderen Hotelgästen die Meldung bekommen, dass hier Schüsse gefallen seien.«

»Sieht es sehr übel aus?«

»Ziemlich«, erwiderte er.

»Na, dann wollen wir mal.«

4

Der erste Streifenbeamte trat beiseite, und wir sahen ungefähr fünf Meter von der Eingangstür entfernt einen nackten, männlichen Toten mit dem Gesicht nach oben auf dem Boden liegen. Er hatte eine Kugel in die Stirn bekommen, eine zweite in das rechte Auge und zur Sicherheit noch eine in die Brust.

Ich sagte zu Conklin: »Was meinst du? Mitte dreißig? Asiat?«

Conklin nickte. »Das ist eine teure Armbanduhr. Und er trägt einen Ehering. Ich schätze mal, das war kein Raubüberfall.«

Da rief jemand meinen Namen.

Gleichzeitig kam Charlie Clapper, der Direktor der Kriminaltechnischen Abteilung des San Francisco Police Department, hinter einer Ecke hervor. »Boxer«, sagte er. »Conklin. Herzlich willkommen im Hotel Four Seasons. Was können wir tun, um Ihren Aufenthalt noch angenehmer zu gestalten?«

»Du könntest mir sagen, dass ihr das Opfer identifiziert und den Täter festgenommen habt – und zwar, nur falls ich das noch nicht erwähnt haben sollte, mit einem umfassenden Geständnis.«

Clapper war früher einmal Detective bei der Mordkommission gewesen. Er ist ein absoluter Profi, der genau weiß, was er macht, und niemandem etwas beweisen muss. Er lachte. »Wunder gibt es immer wieder… aber nicht in diesem Fall. Nicht heute.«

Ich spähte an Clapper vorbei. Die Kriminaltechniker hatten Scheinwerfer aufgebaut und untersuchten die kostspielig möblierte Hotelsuite mit ihren schalldichten Fenstern und dem herrlichen, weiten Blick über die Stadt. Rund um das Opfer gab es zwar jede Menge Blut, aber alles andere machte einen makellos sauberen Eindruck.

Ich betrachtete den silbrig-blauen Teppichboden und die Polstermöbel, das kaum zerknitterte Bett mit der immer noch festgezurrten Bettdecke. Keine Weinflaschen, keine Überreste einer Mahlzeit, und der Fernseher war auch ausgeschaltet.

Es sah ganz so aus, als sei Zimmer 1420 vor dem blutigen Ereignis kaum benutzt worden.

Conklin bat Clapper um eine kurze Zusammenfassung seiner bisherigen Erkenntnisse.

Clapper sagte: »Also, zunächst mal sieht es so aus, als hätte unser Opfer weibliche Begleitung gehabt. Wir haben auf einem Kissenbezug frische Lippenstiftspuren und einige wenige blonde Haare entdeckt. Aber keine Brieftasche, keinen Koffer, keine Papiere, keine Kleider, keine Schuhe.«

»Das perfekte Date«, meinte Conklin.

Clapper fuhr fort: »Der ehrenwerte Herr hier hat das Zimmer unter dem Namen Gregory Wang gemietet. Er hat eine Kreditkarte benutzt, die auf diesen Namen ausgestellt ist, und die Zahlung ist auch bestätigt worden, allerdings gibt es weder unter der angegebenen Adresse noch sonst irgendwo einen Gregory Wang. – Interessant ist außerdem, dass das ganze Zimmer gründlich gewischt worden ist. Wir haben keinerlei Fingerabdrücke gefunden, weder alte noch frische. Die Schlüsselkarte, mit der die Tür geöffnet wurde, ist auf eine gewisse Maria Silva registriert, ein Zimmermädchen. Miss Silva hat dienstfrei und geht nichts ans Telefon. Ein Streifenwagen ist bereits unterwegs zu ihrer Wohnung.«

»Und was ist mit *seinen* Fingerabdrücken?«, wollte Conklin wissen und deutete auf das Opfer.

»Die haben wir schon ins System eingespeist, aber ohne Ergebnis. Er ist nirgendwo registriert, war nicht beim Militär, nicht Grundschullehrer und ist noch nie festgenommen worden. Und dann wäre da noch was«, sagte Clapper. »Gleich nebenan gibt es nämlich einen weiteren Tatort. Das kann kein Zufall sein, auch wenn ich im Moment noch keine Verbindung sehe.«

5

Dr. Claire Washburn, Leiterin der Gerichtsmedizin und meine beste Freundin, erwartete uns im Zimmer neben der Suite mit dem Mordopfer. Sie streckte mir ihre blutverschmierten Handschuhe entgegen, als Erklärung, weshalb sie mich nicht mit einer Umarmung begrüßte.

»Seht euch um, aber beeilt euch«, sagte sie. »Ich will endlich die Leichen wegschaffen.«

Leichen? Plural?

Das Zimmer war kleiner als die Suite, sah ansonsten aber ganz genauso aus. Das gleiche Farbkonzept, das gleiche fein säuberlich gemachte Bett und der gleiche Blick über die Stadt.

Aber die doppelte Anzahl Opfer.

Zwei Tote lagen auf dem blassblauen Teppichboden: ein junger Schwarzer und eine junge Weiße. Beide waren wohl Mitte zwanzig gewesen.

Ihre Kleidung ließ sich am besten als gepflegter Freizeit-Look beschreiben. Die junge Frau trug eine pastellfarbene, karierte Baumwollbluse und eine Jeans. Ihr verblüfftes Gesicht wurde von einer dichten roten Mähne umgeben. Der junge Mann trug eine schwarze Cordhose, ein T-Shirt und einen blauen Pullover mit V-Ausschnitt, dazu Laufschuhe.

Für mich sah es so aus, als hätten das männliche Opfer am Schreibtisch und die Frau auf einem Sessel neben dem

Couchtisch gesessen. Ihre jetzigen Positionen legten den Schluss nahe, dass sie, als sie einen Eindringling gehört hatten, aufgesprungen und sofort niedergeschossen worden waren. Die Schüsse hatten entweder ihre Oberkörper oder ihre Sitzmöbel getroffen.

Das Blut an den Wänden und auf den Möbeln war nicht zu übersehen, aber nirgendwo lag eine ausgestoßene Patronenhülse.

»Wie lange ist das her?«, wollte ich von Claire wissen.

»Ungefähr eine Stunde.«

»Irgendwelche Papiere?«

»Bis auf die beiden Opfer und ihre Kleider gibt es absolut keine Hinweise.«

Clapper schaltete sich ein: »Ich habe die Fingerabdrücke schon durchs System laufen lassen – ohne Ergebnis. Die Namen, unter denen sie eingecheckt haben, sind jedenfalls falsch. Auch hier wurden alle Oberflächen abgewischt. Ich würde sogar sagen, dass dieses Zimmer noch nie sauberer war als jetzt.«

Während Claire und ihre Mitarbeiter die beiden nicht identifizierten Toten in Leichensäcke steckten, fielen mir einige Kabel und Netzgeräte auf dem Fußboden hinter dem Schreibtisch auf.

Ich sagte zu meinen Kollegen: »Hier, schaut mal. Die beiden hatten Laptops dabei. Wenn ich mich nicht irre, lässt sich moderne Überwachungstechnik auch per Internet steuern, über eine App. Damit kann man zum Beispiel versteckte Mikrofone und Kameras aktivieren.«

»Du glaubst, die beiden waren Privatdetektive?«, wandte Conklin sich an mich.

»Dann waren in der Suite nebenan womöglich Mikrokameras installiert.«

»Bin schon unterwegs«, sagte Clapper.

Wenige Minuten später war er mit drei kleinen elektronischen Wanzen wieder da: eine hatte er in einer Lampenfassung über dem Badezimmerspiegel gefunden, die zweite in der Schreibtischlampe und die dritte hinter einem Lüftungsgitter.

»Und damit auch wirklich alles zusammenpasst: Keine Fingerabdrücke«, sagte Clapper.

Ich rief Lieutenant Jackson Brady an und brachte ihn auf den aktuellen Stand. Daraufhin schrieb ich Joe eine SMS und teilte ihm mit, dass ich womöglich die ganze Nacht unterwegs sein würde. Anschließend rief ich Mrs. Rose an, unsere großmütterliche Nachbarin von nebenan, die wir vor einiger Zeit zur Tages-Oma unserer Tochter ernannt hatten.

»Könnten Sie vielleicht ein bisschen länger bleiben?«, bat ich sie. »Ich glaube, im Kühlschrank müsste noch etwas zu essen sein.«

»Das Hühnchen habe ich doch selbst gekocht…« Sie lachte. »Für Sie!«

»Mit Spätzle?«

»Selbstverständlich.«

Ich versprach Mrs. Rose, mich zu melden, sobald ich wusste, wann ich nach Hause kam. Danach rief ich noch einmal bei Joe an und schrieb ihm eine Nachricht. Er ging nicht ans Handy und antwortete auch nicht.

Wo war mein Ehemann? Warum meldete er sich nicht?

Dann kam Conklin zu mir und sagte: »Der Sicherheitsdienst will uns sprechen, Linds. Dringend.«

6

Liam Dugan war ein auffallend großer, breitschultriger Mann Mitte fünfzig. Früher war er Sergeant beim Los Angeles Police Department gewesen und jetzt als Sicherheitschef des Hotels Four Seasons tätig.

»So ein beschissener, grauenhafter Albtraum«, sagte er und brachte uns den Flur entlang zur Servicekammer der vierzehnten Etage. Er machte die Tür auf, und wir sahen, eingeklemmt hinter dem Reinigungswagen, die tote Putzfrau Maria Silva.

Sie hatte kurze, dunkle Haare und trug eine blau-goldene Hoteluniform mit einem großen Blutfleck auf der Schulter. Das konnte ich von meinem Standort aus gut erkennen.

Dugan sagte: »Sie war eine richtig nette Person. Hat einen Mann und zwei Kinder. Tut mir leid, aber ich hatte gehofft, dass sie noch am Leben ist. Deswegen habe ich sie angefasst. Wahrscheinlich habe ich auch den Rollwagen und noch ein paar andere Sachen berührt, als ich mich da reingequetscht habe. Sie hat jedenfalls eine Kugel in den Hinterkopf bekommen. Ihre Schlüsselkarte fehlt. Die trägt das Hauspersonal immer an einem Band um den Hals.«

Wir sperrten also auch diesen Tatort ab, und ich sagte den Streifenbeamten auf dem Stockwerk Bescheid, dass sie bis zur Ablösung durch die Nachtschicht hierbleiben mussten.

Anschließend traf ich mich mit Conklin in Zimmer 1418, wo die mutmaßlichen Privatdetektive hingerichtet worden waren. Wir sahen uns die Blutspritzer rund um den ansonsten klinisch sauberen Tatort an und entwickelten verschiedene Theorien über den Tathergang.

Wie wir es auch drehten, wir kamen immer wieder zu dem Ergebnis, dass die vier Morde irgendwie miteinander zusammenhingen und es sich um eine professionelle Tat handeln musste. Mr. Wang war das eigentliche Ziel gewesen und Maria Silva das erste Opfer.

Bei der Frau, die ihre blonden Haare auf dem Kissen hinterlassen hatte, konnte es sich um eine Zeugin, die Täterin, eine Verbündete des Täters oder ein Opfer handeln. Oder aber, sie hatte das Zimmer bereits verlassen, bevor es blutig geworden war, und hatte bis jetzt keine Ahnung, was hier eigentlich geschehen war. Auch das war denkbar.

Conklin und ich begleiteten Dugan ins Büro des Sicherheitsdienstes, wo wir ein Aktenzimmer mit zwei Schreibtischen und Computern zugewiesen bekamen. Wir saßen nebeneinander und sahen uns die Aufnahmen aus sechs verschiedenen Überwachungskameras an, und zwar jeweils die vergangenen vier Stunden.

»Hier haben Sie einen Ausdruck mit den Grundrissen sämtlicher Stockwerke. Ich sorge dafür, dass Sie alle Bilder bekommen, und falls Sie sonst noch etwas brauchen, sagen Sie Bescheid. Ich werde dann alles veranlassen, was nötig ist.«

Gegen acht brachte der Zimmerservice uns ein paar Roastbeef-Sandwiches, Gewürzgurken, Pommes frites und Kaffee. Gegen 22.00 Uhr ging ich auf die Toilette, wusch mir das Gesicht und betrachtete mich im Spiegel.

Meine Haare standen in alle Richtungen ab, aber nicht etwa so wie nach einem langen, sonnengetränkten Tag am Strand. Eher so, als würden sie mich hassen. Ich band meinen Pferdeschwanz neu und starrte mir dabei tief in die rot geränderten Augen. Eine Dusche wäre jetzt auch nicht schlecht gewesen. Mehr will ich dazu nicht sagen.

Ich machte mich auf den Weg zurück zum Büro des Sicherheitsdienstes. Kaum saß ich wieder auf meinem Stuhl, deutete Conklin auf den Bildschirm mit dem Foto eines Mannes, der aussah wie unser männliches Mordopfer aus Zimmer 1420. Wie der Mann, der unter dem Namen Gregory Wang ins Hotel eingecheckt hatte.

Wang trat aus dem Fahrstuhl, der von der Market Street in das im fünften Stockwerk befindlich Hotelfoyer führte, und näherte sich der Rezeption. Er war allein, trug eine dunkle Hose und ein graues Sportsakko, dazu eine Baseballmütze, die sein Gesicht verdeckte. Über die rechte Schulter hatte er sich eine Laptoptasche gehängt. Er meldete sich an der Rezeption an, anschließend verlor die Kamera ihn aus dem Blick, bis er vor den Fahrstühlen zu den Gästezimmern wieder erfasst wurde.

Die Bilder waren von sehr guter Qualität, aber bis auf Wangs federnden Schritt war darauf absolut nichts zu entdecken, was uns irgendwie weitergebracht hätte. Ich spulte zurück und sah mir noch einmal an, wie Wang vom Empfang zu den Fahrstühlen ging. Dann beobachtete ich, wie die Zahlen neben der Fahrstuhltür wechselten und nach mehreren Stopps schließlich bei der Vierzehn landeten, bevor sie wieder rückwärtswanderten.

Ich schob die DVD mit den Bildern aus dem vierzehnten

Stock in das Fach. Die Zeitanzeige stand bei 16.30 Uhr. Die Kamera war gegenüber der Fahrstuhltüren montiert, und wir sahen Wang aussteigen und den Flur entlanggehen. Er zog seine Schlüsselkarte durch den Schlitz von Zimmer 1420 und trat ein.

»Er hat nicht angeklopft«, sagte ich. »Er weiß, dass sein Gast noch nicht da ist.«

Wir spulten die Aufnahmen aus dem vierzehnten Stockwerk vor und sahen, wie Menschen ihre Zimmer betraten und verließen, aus Fahrstühlen kamen und in Fahrstühle stiegen. Niemand kam uns verdächtig vor. Um 17.00 Uhr hielten wir das Video an und stellten mit einem prüfenden Blick auf den Rollwagen des Zimmermädchens fest, dass Maria Silva noch am Leben war.

Um 17.52 Uhr verließ eine blonde Frau den Fahrstuhl.

»Na, hallo«, sagte ich zum Bildschirm.

Ich hielt das Video an. Sie telefonierte gerade. Durch ihre langen Stirnfransen, die Sonnenbrille und das Handy, das sie sich dicht vor den Mund hielt, war von ihrem Gesicht kaum etwas zu erkennen. Sie war modisch gekleidet und machte einen selbstbewussten Eindruck. Ich ließ das Video weiterlaufen, und wir sahen die Frau den Flur entlanggehen und an die Tür von Zimmer 1420 klopfen. Die Tür ging auf, und sie trat ein.

Ich stoppte das Video nicht. Irgendwann mussten ja die Typen auftauchen, die dem Zimmermädchen die Pistole an den Kopf setzten und anschließend das Zimmer nebenan betraten, um die Privatdetektive umzubringen.

Doch dann – laut Zeitanzeige um exakt 18.23 Uhr – passierte etwas: Der Bildschirm wurde grau. Das Bild war einfach weg.

Wir hielten das Video nicht an, in der Hoffnung, dass die Bildstörung irgendwann behoben wurde, aber ohne jedes Ergebnis.

Nichts, nichts, nichts.

Wir hatten also nichts weiter in der Hand als vier Tote und keinerlei Hinweis, wer sie ermordet hatte, wie das geschehen war oder weshalb.

Nicht gut.

Überhaupt nicht gut.

7

Als ich endlich nach Hause kam, war es 3.00 Uhr morgens und meine Kopfschmerzen hatten die Dimension einer Atomexplosion angenommen.

Martha, unsere Border-Collie-Hündin und beste fellige Freundin für immer und ewig, begrüßte mich an der Tür. Dabei weckte sie Mrs. Rose auf, die auf dem Sofa eingeschlafen war. Zum Glück schlief Julie weiter. Ich umarmte unsere wunderbare Babysitterin, und nachdem sie in ihre Wohnung gegangen war, sah ich nach, ob Joe inzwischen angerufen hatte.

Fehlanzeige.

Es war nicht das erste Mal, dass mein Mann einen ganzen Tag lang nichts von sich hören ließ. Er war als externer Berater bei der Flughafensicherheit tätig. Vielleicht hatte er eine Sitzung nach der anderen gehabt oder war gerade wahnsinnig beschäftigt damit, auf die Sicherheit der vielen startenden und landenden Flugzeuge zu achten.

Es war ein toller Job, und er liebte seine Arbeit … aber jetzt war es schon nach 3.00 Uhr *nachts*! Seit der Mittagszeit hatte er mir kein einziges Wort mehr geschickt!

Natürlich machte ich mir Sorgen. War ihm womöglich etwas zugestoßen?

Ich warf einen Blick ins Bett unserer kleinen, schlafenden

Schönheit und stieß einen Seufzer aus, der mich durch und durch entspannte. Ich sah sie atmen, legte meine Hand auf ihren Rücken und versicherte mich, dass sie nicht im Luftzug lag, trocken war und tief und fest schlief. Dann zog ich ihr die Decke über die Schultern und schloss leise die Tür hinter mir.

Ich nahm eine Schmerztablette und gönnte mir anschließend die Dusche, nach der ich mich schon so lange sehnte. Nachdem ich mir den Schlafanzug angezogen und noch einmal nach Julie gesehen hatte, legte ich mich ins Bett und schlief sofort ein.

Vielleicht eine Stunde später riss ich die Augen auf.

Joe war immer noch nicht zu Hause.

Ich klopfte auf die Matratze, und Martha war mit einem Satz im Bett, drehte sich im Kreis und ließ sich neben mich plumpsen. Ich nahm sie in den Arm und dachte dabei an die Toten im Hotel, an die verschiedenen Tatorte, und hoffte, dass mir die eine oder andere Antwort vielleicht im Schlaf zufiel.

Als ich aufwachte, war es bereits Morgen.

Ich hatte zwar keine Verbrechen aufgeklärt, aber wenigstens lag Joe neben mir im Bett und schnarchte.

8

Ich gab meinem Mann einen Kuss.

Er schlug seine blauen Augen auf. »Was ist heute für ein Tag?«

Ich sagte es ihm, und er schlief sofort wieder ein.

Ich weckte ihn erneut auf.

»Was ist heute für ein Tag?«, wollte er wissen. Schon wieder.

»Na, du? Es ist Dienstagmorgen, dreiviertel sieben. Hast du in letzter Zeit vielleicht den einen oder anderen Anruf von mir bekommen? So ungefähr sechs Stück, alles in allem?«

»Ach, du Schreck, tut mir leid«, sagte er. »Mein Handy war ausgeschaltet.«

»Damit machst du dich hier nicht gerade beliebt, Kumpel.«

Ich schwang die Beine aus dem Bett. Joe streckte den Arm aus, packte mich und zog mich neben sich.

»Auf einer Passagierliste sind mehrere Personen aufgetaucht, die wir unter Beobachtung haben«, sagte er. »Aber mehr darf ich dir nicht sagen.«

»Kein Problem.«

Ich versuchte noch einmal, bis zur Bettkante zu kommen, aber er hielt mich fest.

»Es tut mir leid.«

»Ist schon okay. Aber ich mache mir Sorgen, wenn ich gar nichts von dir höre, Joe.«

»Ich weiß. Geht mir ja umgekehrt genauso.«

Wir rangelten ein wenig herum, und ich entspannte mich. Dann entspannte ich mich noch ein bisschen mehr. Ich verbannte all die grässlichen Bilder von irgendwelchen Toten aus meinem Hirn und versuchte sogar, so gut es ging, nicht nach Julie zu lauschen. Martha legte ihre Schnauze auf die Bettkante, aber Joe schob sie ohne viel Federlesen wieder weg.

Es wurde ein prächtiges Liebesspiel. Nichts Ausgefallenes, aber wohltuend, allumfassend und sehr prickelnd, und das, nachdem ich kurz zuvor nicht einmal Lust auf einen Kuss gehabt hatte.

Ich sank erschöpft auf die Matratze, legte Joe den Arm auf die Brust und schob den Kopf unter sein Kinn.

»Das war ganz nett«, sagte ich.

»Ganz nett? In meinem Alter? Ohne Schlaf? Ich frage mich, wie ich das überhaupt hingekriegt habe.«

Ich musste lachen. »Es war der beste Sex meines Lebens, Joe. Großer Gott. Du bist fantastisch.«

»Hast du Lust auf eine zweite Runde?«

»Spar dir noch was für heute Abend auf.« Ich lachte schon wieder.

Ich zog mich an, ließ Martha ein paar Mal die Lake Street auf und ab laufen, streckte die Beine und beobachtete den Sonnenaufgang, den frühmorgendlichen Verkehr und die anderen Leute, die mit ihren Hunden unterwegs waren.

Als wir wieder in unsere Wohnung kamen, saß Julie schon auf ihrem Kinderstuhl. Es roch nach Pfannkuchen.

Ich küsste meine kleine Prinzessin und drückte sie sanft an mich.

»Du bist soooooo niedlich«, sagte ich. »Hast du dich bei Daddy auch artig bedankt für die Pfannkuchen?«

»Neeeeiiiiiin«, erwiderte sie und patschte mit ihren kleinen Händen auf das Brett an ihrem Stuhl.

»Oooh, das Wort gefällt dir viel zu gut«, sagte ich.

Also wiederholte sie es, lachte und gluckste dabei auch noch.

»Also gut, dann erledige *ich* das eben«, sagte ich.

Ich schlang die Arme um die Hüften meines Mannes und sagte: »Ich liebe dich so sehr. Und vielen Dank, dass du Frühstück gemacht hast.«

»Mmh-hmm. Bitte, setz dich doch.«

Ich zog mir einen Stuhl an den Tisch, sodass er genau im hellen Licht der Morgensonne stand. Joe servierte Pfannkuchen und knusprigen Speck, und ich fütterte Julie zwischen den einzelnen Bissen mit Frühstücksflocken.

Es war die reinste Idylle. Postkartengeeignet und mit Goldrahmen. In meiner Kindheit habe ich so etwas nie erlebt, darum genoss ich jeden einzelnen Augenblick. Wollte ihn festhalten.

Joe sagte: »Ich habe nachgesehen. Du hast mich heute Morgen um drei angerufen.«

»Da bin ich gerade nach Hause gekommen. Im Four Seasons war die Hölle los. Der vierzehnte Stock war der reinste Schlachthof.«

Ich schilderte Joe die Einzelheiten. Vielleicht konnte er mir ja mit seinem scharfen, geschulten Ermittlerblick irgendwie weiterhelfen.

»Und neben all diesen Seltsamkeiten haben wir auf den Videos eine Frau gesehen, die das Zimmer des Toten betreten hat«, sagte ich und beschrieb sie ausführlich. »Vielleicht war sie seine Geliebte, oder eine Prostituierte, vielleicht ja sogar seine Ehefrau. Ich weiß es nicht, Joe. Wir wissen nur, dass sie die einzige lebende Person ist, von der wir eine Antwort auf unsere Fragen bekommen könnten.«

»Die Stirnfransen, die ihr bis auf die Brille reichen«, sagte Joe. »Keine schlechte Verkleidung. Und durch das Telefonieren wird die Mundform verzerrt. Alles Dinge, die eine Gesichtserkennungssoftware durcheinanderbringen kann. Noch ein bisschen Kaffee?«

»Nein, danke, Liebling. Ich muss erst mal duschen.«

Ich ließ mich vom Wasser berieseln und dachte dabei an die blonde Frau mit der Sonnenbrille. Wir mussten sie finden. Gut möglich, dass das genau der entscheidende Durchbruch war, den wir brauchten.

Doch bis dahin war der Tote in Zimmer 1420 der Ausgangspunkt für unsere Ermittlungen.

9

Ich traf Claire im Obduktionssaal bei der Arbeit. Sie trug OP-Kleidung und Latexhandschuhe und war mit der Autopsie des unbekannten Mordopfers aus Zimmer 1420 beschäftigt. Sie hatte sein Gesicht bis über das Kinn heruntergeklappt und seinen Oberkörper mit einem Y-Schnitt bis hinunter zum Schambein geöffnet.

»Wie läuft's?«, fragte ich sie.

»Weißt du, wie lange ich schon Gerichtsmedizinerin bin?«, lautete ihre Gegenfrage.

»Schon seit ich so groß bin« erwiderte ich und legte die flache Hand auf meinen Scheitel. Um genau zu sein, wir hatten gemeinsam angefangen, vor ungefähr einem Dutzend Jahren.

»Und weißt du auch, wie viele Obduktionen ich im Jahr durchführe?«

»Warum verrätst du's mir nicht einfach?«

Sie legte eine blutige Leber auf eine Waage. Bunny Ellis, eine ihrer Mitarbeiterinnen, begrüßte mich mit flatternden Fingern und nahm Claires Notizen entgegen.

»Jahr für Jahr werden ungefähr eintausendzweihundert Tote durch diese Türen geschoben«, sagte Claire.

»Ich kann dich gut verstehen.«

Claire war sauer, und das kam nicht oft vor.

»Und was mir am meisten zu schaffen macht …«

»... sind tote Kinder. Ich weiß.«

»Aber weißt du auch, was mir am zweitmeisten zu schaffen macht? Mordopfer in der Blüte ihrer Jahre. Menschen, die noch ein erfülltes und fruchtbares Leben vor sich gehabt hätten. Wie dieser Mr. Wang oder wie immer sein richtiger Name lauten mag. Vollkommen intakt. Sämtliche inneren Organe in einwandfreiem Zustand. Knochen aus Stahl, Gelenke aus Titan. Ich glaube, der Mann hatte nicht einmal Sodbrennen«, sagte sie.

»Sprich weiter«, sagte ich, weil ich genau deswegen heute Morgen zu ihr gekommen war.

Claire fuhr fort, ohne das Skalpell ruhen zu lassen.

»Eine Narbe am Knie, aber das ist auch schon das Einzige. Wahrscheinlich ist er mit sechs Jahren mal vom Fahrrad gefallen.«

»Was ist mit dem Mageninhalt?«

»Ein Schinkensandwich mit Salatblatt und Tomate, dazu Mayo. Grüner Tee.«

»Hast du das Blut schon untersucht?«

»Steht bereit. Wird demnächst ins Labor gebracht. Zusammen mit denen da.«

Sie zeigte auf eine Edelstahlschüssel mit drei Kugeln.

»Mittelschweres Kaliber, schätzungsweise neun Millimeter. Aber bei einem blitzblank geputzten Tatort wie diesem würde ich meine Erwartungen nicht allzu hoch schrauben«, fuhr Claire fort. »Ich wette mit dir um einen Hamburger mit Pommes, dass die Mordwaffe nicht registriert ist.«

»Wer ist als Nächstes dran?«, wollte ich wissen.

»Ich habe auch nur zwei Hände, Lindsay. Zwei. Ich bin mit Mr. Wang noch nicht fertig.«

»Dann lasse ich dich mal in Ruhe arbeiten, Schmetterling.« Das ist ihr Kosename.

Als hätte sie mich nicht gerade eben angeschnauzt, fuhr sie fort: »Und danach nehme ich mir die junge Frau ohne Namen vor. So ein unschuldig wirkendes Mädchen, Lindsay. Eine Haut wie Milch. War kaum alt genug, um Auto zu fahren und zu wählen. Ich brauche unbedingt Unterstützung, wenn ich die Arbeit heute schaffen will. Und zu allem Überfluss …«

»Zu allem Überfluss?«

»… klingelt ständig das Telefon. Die Chefetage. Der Bürgermeister. Die Presse. Andere Mordopfer. Falls du dir eine Mittagspause leisten kannst … die Mädels wollen sich im MacBain's treffen.«

Mit »den Mädels« waren sie und ich, Cindy und Yuki gemeint, unsere Viererbande, die Cindy den »Club der Ermittlerinnen« getauft hatte.

»Ich werd's versuchen«, sagte ich.

Ich ließ Claire allein und ging durch den überdachten Gang zum Hintereingang der Hall of Justice. Dort zeigte ich dem Beamten am Metalldetektor meine Dienstmarke und stapfte die Treppe hinauf in den dritten Stock, wo die Büros der Mordkommission lagen. Nach und nach traf die Tagschicht ein, aber trotzdem klingelten viele Telefon so lange, bis die Mailbox ansprang.

Brady saß in seinem Büro, einem drei mal drei Meter großen Glaskasten in der hinteren Ecke des Bereitschaftsraums. Er sah mich kommen, stand auf und machte die Tür auf.

Mein Chef hat einen Körperbau wie ein Profi-Wrestler

und blonde Haare, ist wortkarg und unerschrocken. Und er ist durch und durch sachlich. Immer.

»Gibt's was Neues?«, erkundigte er sich.

»Nur das, was wir gestern Abend schon hatten, Lieutenant. Professionelles Attentat, von Anfang bis Ende. Vielleicht kommen wir weiter, sobald wir eines der Opfer identifiziert haben«, sagte ich. »Wir sind dabei.«

Noch bevor er »Haltet mich auf dem Laufenden« sagen konnte, fingen sämtliche Telefone auf seinem Schreibtisch gleichzeitig an zu klingeln.

10

Das MacBain's ist eine Bier-und-Burger-Kneipe gleich um die Ecke, die vor allem von Polizisten, Rechtsanwälten und Kautionsagenten frequentiert wird, die auf dem 800er-Block der Bryant Street ihrer Arbeit nachgehen. Claire und ich standen in der geöffneten Tür und betrachteten das Getümmel. In vier Reihen drängten sich die Gäste vor der Theke, und die Tische waren alle besetzt. Das sah mir sehr nach Rentenabschiedsparty aus.

Noch wäre Zeit gewesen, uns einen anderen Ort für unsere Mittagspause zu suchen, aber Sydney, die Kellnerin, zeigte in eine bestimmte Richtung und formte mit den Lippen die Worte: »Da drüben.«

Cindy Thomas stand auf und winkte uns von einem Tisch in der Nähe der Musikbox aus zu. Sie hatte sich für ihre Bluthund-Montur entschieden: ein T-Shirt, darüber ein weicher grauer Kapuzenpullover und eine Jeans. So etwas trug sie nur, wenn sie gerade an einer Geschichte saß, aber als die beste Polizeireporterin des *San Francisco Chronicle* saß sie unter der Woche fast immer an einer Geschichte.

Manchmal tat sie mir fast leid.

Ja, sie war wunderhübsch, hatte einen guten Job und war glücklich verliebt, aber trotzdem mussten ihre enge Freundin – also ich – und ihr Verlobter – mein Partner – die wirklich interessanten Informationen für sich behalten. Cindy war von der Presse. Und aufgrund langjähriger Erfahrungen wussten wir, dass die Presse uns nicht gerade freundschaftlich verbunden war.

Yuki Castellano, die Rechtsanwältin des Clubs der Ermittlerinnen, hatte sich mit dem Rücken zum Erdnussfass in den schmalen Spalt zwischen Cindy und der Wand gezwängt. Sie trug einen messerscharfen schwarzen Anzug, hatte die Haare hochgebunden und sich eine dicke Perlenkette um den Hals gelegt. Sie hatte vor Gericht zu tun.

Claire und ich drängten uns durch die Menge. Ich hielt mich dicht hinter ihr und ließ mich von dem pinkfarbenen Pullover leiten, den sie über ihre OP-Kluft gezogen hatte. Ich trug das, was ich immer trug, ob Sonne oder Regen, ob am Schreibtisch oder auf der Straße: blaue Hose, weiße Bluse, blaues Jackett, Pferdeschwanz und um den Hals eine Kette mit meiner Dienstmarke.

Ich schnappte mir den Platz gegenüber von Yuki, und Claire setzte sich neben mich. Dann schossen vier Hände gleichzeitig in die Höhe. Als Syd neben uns stand, sagte Claire: »Wir können alles auf einmal bestellen.«

Syd notierte vier Burger – einer ganz blutig, einer ziemlich blutig, einer medium und einer verkohlt – und dazu Pommes frites und dreimal Tee und Sprudelwasser. Nur Yuki wollte eine Cola-Rum haben, und zwar mit Betonung auf Rum.

»Du trinkst, obwohl du gleich noch eine Verhandlung hast?«, sagte ich zu ihr.

»Die Verhandlung fällt aus, aus Gründen, die ich nicht zu verantworten habe«, erwiderte sie.

Jetzt stimmten die Leute hinter uns ein derbes Trinklied

an. Die anderen Gäste klatschten in die Hände und stampften dazu im Takt. Darum musste Yuki laut brüllen, um uns von der College-Studentin zu berichten, die als Mittäterin bei einem Raubüberfall angeklagt worden war. Sandra hatte, so berichtete Yuki, im Auto ihres Freundes gewartet, während dieser eine Flasche Schnaps kaufen wollte. Jedenfalls hatte er ihr das erzählt. Aber er hatte eine Pistole mit in den Laden genommen, und als der Besitzer Alarm ausgelöst hatte, hatte Sandras Freund ihm eine Kugel aus seiner Zweiundzwanziger in die Brust gejagt.

Yukis achtzehn Jahre alte Mandantin war unter dem Verdacht der Beihilfe angeklagt worden und musste mit fünfzehn bis zwanzig Jahren Haft rechnen, falls der Ladenbesitzer überlebte. Die festgelegte Kaution war so absurd hoch, dass ihre Familie nicht einmal ein Zehntel davon aufbringen konnte.

»Ich habe Sandra gestern noch gesprochen«, sagte Yuki. »Da habe ich ihr gesagt, dass ich sehr gute Kontakte zur Staatsanwaltschaft habe und dass ich bestimmt ein deutlich reduziertes Strafmaß erreichen kann, vorausgesetzt, sie sagt gegen ihren feigen Freund aus.«

»Aber sie wollte sich nicht darauf einlassen«, vermutete Cindy.

Yuki schüttelte den Kopf. »Kurz vor Verhandlungsbeginn heute Morgen hat sie ihr Bettlaken in Fetzen gerissen und sich am Fenstergitter erhängt. *Warum?* Warum hat sie das getan? Warum hat sie nicht auf mich gehört? Zumal ihre Chancen gar nicht so schlecht waren, selbst dann, wenn sie *nicht* gegen diese Ratte ausgesagt hätte. Und was wird jetzt aus ihrer Familie? Großer Gott. Ich hab die Schnauze so dermaßen voll.«

Sie schlug die Hände vors Gesicht, und wir versuchten, sie zu trösten. Als ihr Drink serviert wurde, leerte sie das halbe Glas in einem Zug. Yuki überschätzt sich regelmäßig, was ihre Trinkfestigkeit angeht, und ich war mir ziemlich sicher, dass sie nach dem Essen nicht mehr besonders sicher auf den Beinen stehen würde.

Nun fing Claire, die ohnehin schon geladen war, an, sich über die vielen jungen Toten auszulassen, die sich in ihrem Institut stapelten, ohne Namen oder Einzelheiten zu nennen. Cindy spitzte die Lauscher wie ein Hund, der die Autoschlüssel klimpern hört.

»Kannst du mir nicht wenigstens eine Kleinigkeit verraten?«, sagte sie zu Claire. »Im Four Seasons sollen angeblich Schüsse gefallen sein. Gib mir doch ein bisschen Material, wenigstens so viel, dass ich daraus eine Geschichte stricken kann.«

Vielleicht konnte Cindy uns ja tatsächlich helfen. Wenn es uns nicht gelang, die Opfer aus dem Four Seasons zu identifizieren, konnte Cindy ihre Bilder vielleicht im *Chronicle* veröffentlichen. Aber noch war ich nicht so weit.

Ich sah meine drei Freundinnen der Reihe nach an. Sie alle standen unter einer deutlich spürbaren inneren Anspannung, und die Tatsache, dass sie bei jedem Wort den Lärm der Abschiedsparty übertönen mussten, machte es auch nicht besser.

Hier war so viel los, dass ich nicht auch noch meinen Senf dazugeben musste.

Ich war froh. Wenn mich jemand gefragt hätte, dann hätte ich gesagt, dass mein Leben im Moment verdammt angenehm war. Meine kleine Familie war gesund, Joe und ich hatten Arbeit und verdienten gutes Geld, und selbst nach vier Stunden vor dem Computer hatte ich noch ein leises Kribbeln im Bauch, das mich an das morgendliche Liebesspiel mit meinem Mann erinnerte.

Ich hatte ja keine Ahnung, wie schnell die Dinge sich ändern können.

Von einem Augenblick auf den anderen.

11

Als ich nach der Mittagspause wieder ins Büro kam, warf Conklin gerade die Überreste seines chinesischen Imbissessens in den Mülleimer.

»Der Sicherheitschef des Four Seasons hat uns noch mehr Überwachungs-DVDs zugeschickt«, sagte er. »Sie decken die Zeit vor und nach den Videos ab, die wir uns schon angeschaut haben. Vielleicht sind die beiden in Zimmer 1418 ja schon um die Mittagszeit angekommen.«

Ich bat die Inspektoren Lemke und Samuels, sich die Aufnahmen von 20.30 Uhr bis Mitternacht vorzunehmen, und drückte ihnen ein paar ausgedruckte Fotos von der geheimnisvollen Blondine in die Hand. Dann richtete ich meinen Pferdeschwanz, ließ die Fingerknöchel knacken und setzte mich neben meinen Partner.

»Legen wir los«, sagte ich.

Das erste Video flimmerte über meinen Bildschirm.

Die Zeitanzeige stand bei 12.30 Uhr. Hotelgäste wuselten durch das elegante Hotelfoyer, dazu zahlreiche Geschäftsleute aus der Umgebung, die das Hotelrestaurant MKT ansteuerten. Die nächsten drei Stunden verbrachten Conklin und ich Schulter an Schulter, immer auf der Suche nach noch lebenden Toten. Nur gelegentlich standen wir kurz auf, um die Beine auszuschütteln oder zur Toilette zu gehen.

Die ersten Kollegen der Tagschicht traten den Heimweg an. Meine Augen brannten, und meine Schläfen pochten. Trotzdem starrte ich weiter auf den Bildschirm. Als die Zeitanzeige auf 15.27 Uhr sprang, betätigte ich die Pausentaste.

In der Nähe des Empfangstresens drückte sich eine junge Frau in Jeans und einer karierten Jacke herum. Um den Hals hatte sie einen meterlangen Schal geschlungen. War das die junge Privatdetektivin, die in Zimmer 1418 ermordet worden war? Ich wollte gerade sagen: »Sieh dir die mal an«, als sie sich umdrehte und ich ihr Gesicht sehen konnte. Verdammt. Das war nicht das Mädchen aus 1418. Ganz und gar nicht.

Im selben Augenblick deutete Conklin auf eine andere Stelle des Bildschirms.

»Ich glaube, den da habe ich schon mal gesehen, auf irgendeinem der Videos, die deutlich später aufgenommen worden sind.«

Er ließ den Cursor um einen kräftigen Mann kreisen, der den Blick von der Kamera abgewandt hatte. Er trug einen unförmigen Mantel und eine Strickmütze. Obwohl sein Körperbau und seine Gesichtszüge so gut wie nicht zu erkennen waren, kam er mir irgendwie bekannt vor.

»Der erinnert mich an Dugan«, sagte ich.

»Den Sicherheitschef?«, erwiderte Conklin. »Das ist er nicht. Dugan hat doch einen viel krummeren Rücken.«

Wir sahen den breitschultrigen Mann weggehen und in der Menschenmenge verschwinden, sodass wir ihn immer nur sehr kurz zu Gesicht bekamen.

Wir spulten das Video zurück, hielten es an, vergrößerten den Bildausschnitt, aber nirgendwo war sein Gesicht zu erkennen.

»Er weiß genau, wo die Kameras hängen«, sagte Conklin.

»Fast wie ein Profi«, bestätigte ich. »Vielleicht finden wir ihn auf den späteren Videos ja noch mal.«

Ich legte die Scheibe ein, die wir uns schon ein paar Dutzend Male angesehen hatten, aber jetzt hatten wir ein konkretes Ziel. Es dauerte nur wenige Minuten, bis ich den schemenhaften Mann wieder entdeckte, der sich geschmeidig wie ein Rodeopferd an den Blickfeldern der Überwachungskameras vorbeischlängelte. Er verschwand in der Menge und tauchte kurze Zeit später als grauer Schatten irgendwo wieder auf. Und dann hatten wir ihn schließlich endgültig verloren.

Als die Zeitanzeige auf 16.20 Uhr stand, betrat »Mr. Wang« das Foyer. Eine Stunde und fünfundzwanzig Minuten später, um 17.45 Uhr, folgte dann der dramatische Auftritt der extravaganten Blondine.

Diesen Teil des Videos kannte ich schon auswendig.

Ich machte einen Screenshot von Wang, der Blondine und einer Teilansicht vom Rücken des geheimnisvollen Unbekannten und druckte alles aus. Schließlich bedankte ich mich bei Samuels und Lemke für ihre Hilfe, und dann klingelte das Telefon auf meinem Schreibtisch. Das war Brady.

»Die Parkwächter haben das Auto des Ermordeten gefunden«, sagte mein Chef.

»Echt?«

»Ein Subaru Outback, zugelassen auf einen Michael M. Chan. Größe, Statur und Augenfarbe passen zu dem Foto, das bei der Führerscheinbehörde registriert ist. Keine Vorstrafen. Wohnhaft in Palo Alto, zusammen mit seiner Frau Shirley und zwei kleinen Kindern. Dozent in Stanford, genau wie seine Frau auch. Er für chinesische Geschichte, sie für Mandarin. Das ist alles. Ich schreibe dir gleich noch mal das Wichtigste.«

Ich bedankte mich bei Brady und berichtete meinem Partner, dass wir eine Spur hatten, und zwar eine deutliche.

»Endlich machen wir Fortschritte«, sagte Richie.

12

Die sanfte Nachmittagssonne beschien die wunderschönen, alten Häuser im sogenannten Professorville-Viertel von Palo Alto. Wir bogen nach links von der University Avenue ab und gelangten dann, nur wenige Querstraßen entfernt, auf die Waverley Street. Der ganze Häuserblock wurde von üppigen Bäumen gesäumt und passte einfach perfekt zu diesem Bilderbuchstädtchen.

Das Haus der Chans lag auf der Südseite der Straße, ziemlich genau in der Mitte des Blocks: ein salbeigrünes Holzhaus mit einem breiten Dachfenster und einem farbenprächtigen Blumengarten neben dem Gartenpfad. Gegenüber am Straßenrand stand unser ziemlich heruntergekommenes Überwachungsfahrzeug, getarnt als Vorstadt-Minivan mit einem »Baby an Bord«- und einem »GO GIANTS«-Aufkleber.

Wir stellten unseren Streifenwagen in der Einfahrt der Chans hinter einem neuen Chevy-Kombi ab, und ich gab Brady telefonisch Bescheid, dass wir jetzt vor Ort waren. Dann gingen Conklin und ich den Gartenpfad entlang und die Eingangstreppe aus Backsteinen empor. Nach dem Klingeln öffnete uns eine Asiatin Anfang dreißig. Sie trug eine graue Jogginghose, ein pinkfarbenes »Life Is Good«-T-Shirt, eine Halskette mit einem goldenen Kreuz und eine Designerbrille mit violettem Rahmen.

Ich machte mein Jackett auf, damit sie meine Dienstmarke sehen konnte, und stellte mich und meinen Partner vor. Anschließend fragte ich sie, ob sie Shirley Chan sei und ob wir mit ihr sprechen könnten. Kleine schwarze Flammen der Angst flackerten in ihrem Blick auf. Sie hatte bereits begriffen, dass wir ihr keine Lose für die Weihnachtslotterie verkaufen wollten.

»Geht es um Michael?«, fragte sie und legte eine Hand an ihre Schlüsselbeine. »Geht es ihm gut? Bitte, sagen Sie mir, dass es ihm gut geht.«

Weder Conklin noch ich gaben ihr eine Antwort, und während der kurzen, eindringlichen Stille ließ Mrs. Chan den Blick zu Conklin, wieder zu mir und noch einmal zu Conklin huschen.

Mein Partner sieht unglaublich gut aus und bekommt zu jeder Frau sofort einen Draht, seien es nun Meth-Süchtige, Serienmörderinnen, alte Damen, die sich im Parkhaus verlaufen haben, oder, wie in diesem Fall, eine Frau, die gleich erfahren würde, dass ihr Mann nach einem Schäferstündchen mit einer attraktiven, bislang nicht identifizierten Sexbombe ermordet worden war.

Mrs. Chan trat einen Schritt zurück und ließ die Tür offen stehen.

Wir folgten ihr durch den Flur in ein Wohnzimmer mit vielen Fenstern, ausgebleichten Kiefernmöbeln und kakifarbenen Sofas. Über dem offenen Kamin hing ein riesiger Flachbildfernseher.

Zwei kleine Kinder – sie waren vielleicht fünf und sieben Jahre alt – saßen auf dem Fußboden und starrten uns an. Sie registrierten die Anspannung im Gesicht ihrer Mutter sofort. Das kleine Mädchen kam auf die Füße und schmiegte sich an ihre Mutter. »Was ist denn los, Mummy?«, fragte sie. Mit zitternden Händen und bebender Stimme schickte Mrs. Chan die Kinder auf ihr Zimmer. Sie weinten und widersprachen so lange, bis sie die beiden anbrüllte: »Haley! Brett! *Tut, was ich sage.*«

Sie traten die Flucht an.

Jetzt standen wir zu dritt in dem gemütlich eingerichteten Wohnzimmer. Shirley Chan hatte die Hand vor den Mund geschlagen und wollte sich auf keinen Fall setzen. Ich holte das Führerscheinfoto ihres Mannes aus der Tasche und zeigte es ihr.

»Ist das Ihr Mann?«, fragte ich sie.

»Oh, mein *Gott*! Hat er einen Unfall gehabt?«

Conklin erkundigte sich mit sanfter Stimme: »Wann haben Sie Ihren Mann zuletzt gesehen, Mrs. Chan?«

»Gestern früh. Und am Nachmittag hat er mich noch mal angerufen. Aber in der Nacht ist er nicht nach Hause gekommen. Das sieht ihm gar nicht ähnlich. Wo ist er denn? Wo ist Michael? Was ist passiert?«

Mein Partner sagte: »Es tut mir sehr leid, dass ich Ihnen das sagen muss, Madam, aber Ihr Mann ist erschossen worden. Er wurde ermordet.«

13

Conklin lenkte den Streifenwagen durch die Dunkelheit zurück in die Stadt. Mrs. Chan hockte zusammengesunken auf der Rückbank und telefonierte mit ihrer Schwester in Seattle. Brady rief mich an und sagte, dass der Bürgermeister gedroht hatte, das FBI mit ins Boot zu holen, falls wir den Fall nicht aufklären konnten, und zwar pronto. Die Presse hatte einen Tipp bekommen, die ganze Geschichte noch einmal aufgeblasen und dadurch alle Hotels in San Francisco in helle Panik versetzt. »Hier geht es um Tourismus-Dollars.« Das waren seine Worte.

Ich fauchte zurück: »Wie schnell ist pronto, Brady? Weil der Tag nämlich immer noch nur vierundzwanzig Stunden hat, und soll ich dir was verraten? An fünfundzwanzig davon sind wir im Dienst. Und zwar ohne jede Unterstützung.«

»Ich besorge euch welche«, erwiderte er.

Als ich aufgelegt hatte, sagte Conklin zu mir: »Wenn Mrs. Chan sich das Video angeschaut hat, kommen wir bestimmt einen Schritt weiter.«

Das war denkbar, klar. Falls Mrs. Chan einen Bekannten ihres Mannes im Hotelfoyer entdeckte, dann bekamen wir vielleicht einen ersten Hinweis, was womöglich hinter diesem ganzen blutigen Durcheinander steckte.

Als Conklin von der University Avenue auf den Highway 101 abbog, meldete die Funkzentrale Schüsse aus einem fahrenden Auto in der Nähe des Zoos, eine Kneipenschlägerei auf der Haight, eine innerfamiliäre Messerstecherei in Diamond Heights und forderte die verfügbaren Streifenwagen auf, sich darum zu kümmern. Alles ganz normale Notrufeinsätze – ganz im Gegensatz zu unserem.

Dann brummte mein Handy. Joe war am Apparat.

»Schatz«, sagte er, »ich hänge hier am Flughafen fest. Tut mir wirklich leid, aber ich kann es nicht ändern.«

»Warte mal, Joe, ich hänge auch fest. Das ist Mist.«

»Ich weiß, Linds. In zwanzig Jahren erzählt Julie ihrem Psychoklempner wahrscheinlich, wie schlimm wir sie vernachlässigt haben …«

Ich fand das nicht witzig und fiel ihm ins Wort.

»Hast du Mrs. Rose angerufen?«

»Ja. Sie ist schon bei uns. Im Fernsehen läuft ein *Fringe*-Marathon, Grenzfälle des FBI, und sie liebt unseren Fernseher.«

»Na, dann ist ja alles in Ordnung«, entgegnete ich säuerlich und legte auf.

Ich war sauer auf Brady, weil er den Druck, den der Bürgermeister ihm machte, einfach an uns weitergegeben hatte, und auf Joe, weil er nicht wusste, wann er nach Hause kommen würde. Ich drehte mich zu Michael Chans Witwe um. Zurückgelehnt saß sie da und starrte in die schwarze Leere hinter dem Seitenfenster. Offensichtlich ertrank sie gerade in der Verzweiflung über den Verlust ihres Ehemannes und die Zerstörung ihrer heilen Welt.

Ich schämte mich dafür, dass ich Joe so angeschnauzt hatte. Ich schämte mich richtig dafür.

Am liebsten hätte ich ihn sofort zurückgerufen und mich entschuldigt, hätte mich in diesem Augenblick nicht Mrs. Chan mit ihren traurigen Augen angeschaut.

»Ich verstehe das nicht«, sagte sie.

Dann stellte sie mir jede Menge Fragen. Gute Fragen.

Wie hatten wir ihren Mann identifiziert? War er allein gewesen, als wir ihn gefunden hatten? Was hatte er angehabt? Hatten wir sein Handy gefunden? Hatte er vor seinem Tod gelitten? Hatten wir eine Ahnung, wer das getan haben könnte? Und warum?

Ich antwortete ihr, so gut ich eben konnte, aber nichts, was ich sagte, konnte sie trösten. Ich nahm ihre Hand, aber das fühlte sich irgendwie unpassend an, und dann starrte sie wieder zum Fenster hinaus.

Eine halbe Stunde später saß Shirley Chan, eingeklemmt zwischen Conklin und mir, auf einem Metallstuhl im Verhörzimmer 2. Vor uns stand ein aufgeklappter Laptop.

Ich sagte: »Sagen Sie bitte Bescheid, wenn Sie jemanden erkennen.«

Dann startete ich das Video, das einen Überblick über das Foyer des Hotels Four Seasons bot. Es war datiert auf den gestrigen Tag, die Zeitanzeige stand auf 16.10 Uhr.

Nach zehn Minuten riss Mrs. Chan die Augen weit auf, als sie sah, wie ihr Mann das Hotel betrat, mit entschlossenen Schritten über den Marmorfußboden ging und sich dem Empfangstresen näherte.

»Das ist er«, rief Mrs. Chan. »Das ist Michael! Was machst du denn da?«

Conklin und ich wechselten einen Blick über Mrs. Chans Kopf hinweg, während Mr. Chan auf dem Bildschirm die

Fahrstühle ansteuerte. Ich spulte das Video vor bis zu der Stelle, wo eine blonde Frau mit großer Sonnenbrille und einem schwingenden Ledermantel die Bühne betrat.

Ich drückte auf PAUSE und wandte mich an die trauernde Frau neben mir.

»Mrs. Chan, kennen Sie diese Frau?«

Sie starrte die Blondine regungslos an.

»Wer ist das?«, wollte sie wissen. Ihre Stimme klang kalt. Resigniert.

»Das wissen wir nicht«, sagte ich. »Aber womöglich war sie die Letzte, die Ihren Mann lebend gesehen hat.«

14

Wir starrten auf das Bild der blonden Frau, die ich durch einen Tastendruck mitten im Schritt hatte erstarren lassen.

Wir kannten weder ihren Namen noch ihren Beruf, wussten nicht, ob sie Chans Freudenmädchen, Maniküre, Langzeitgeliebte, Drogendealerin, Finanzplanerin oder persönliche Bankberaterin war. Wir wussten nicht, ob sie tot war oder am Leben, ob sie Michael Chan ermordet oder ihn in einen Hinterhalt gelockt hatte, ob sie womöglich das Zimmer vor der Tat verlassen hatte und gar nicht wusste, dass er tot war. Wir wussten absolut gar nichts über sie. Null. Nada. Niente.

Conklins Hoffnung, dass wir ein paar Antworten bekommen würden, sobald Mrs. Chan sich das Video angesehen hatte, kam mir jetzt sehr unwahrscheinlich vor.

Ich sagte zu Mrs. Chan: »Es gibt noch ein anderes Video von ihr.«

Ich sah die verschiedenen DVDs durch, bis ich die mit den Aufnahmen aus dem vierzehnten Stock gefunden hatte, und legte sie ein. Wir sahen die blonde Frau aus dem Fahrstuhl steigen und mit dem Rücken zur Kamera den Flur entlang bis zu Chans Zimmer gehen.

Nachdem sie angeklopft und Chan ihr die Tür geöffnet hatte, hielt ich das Video an. Er war nicht im Bild. Wir sahen nur das Profil der attraktiven Blondine und einen lang gestreckten Schatten im Türrahmen.

»War Michael in dem Zimmer?«, fragte Mrs. Chan.

»Ja.«

»Hat sie ihn erschossen?«

»Das wissen wir nicht.«

»Ich möchte sehen, wie sie aussah, als sie das Zimmer wieder verlassen hat.«

Ich erwiderte: »Das ist alles, was wir haben. Kurz nachdem sie die Suite betreten hat, ist die Kamera ausgefallen. Nichts als zwei Stunden weißes Rauschen. Und falls sie durch das Foyer entkommen ist, dann hat sie sich verkleidet. Wir haben sie jedenfalls nirgendwo wieder entdeckt.«

»Aber sie kann doch nicht einfach spurlos verschwunden sein«, sagte Mrs. Chan.

»Das Hotel belegt die Stockwerke fünf bis einundzwanzig in einem vierzigstöckigen Hochhaus. Sie könnte über die Feuertreppe entkommen sein. Aber es gibt da noch etwas. Möglicherweise wurde das Zimmer überwacht.«

Ich zeigte Mrs. Chan die Leichenfotos der beiden mutmaßlichen Privatdetektive, die vielleicht Michael Chans letzte Atemzüge aufgezeichnet hatten. Mrs. Chan hatte sie noch nie gesehen.

»Es könnten Studenten gewesen sein«, sagte ich.

Sie schüttelte den Kopf, und ich nahm mir fest vor, die Aufnahmen mit den Fotos in den Studentenverzeichnissen der Universität abzugleichen, und zwar mit sämtlichen viertausend. Dann erkundigte ich mich bei Mrs. Chan nach engen Freunden ihres Mannes, sowohl im Umfeld der Universität als auch außerhalb, und als Richie Kaffee holen ging, stellte ich ihr ein paar persönliche Fragen in Bezug auf ihre Ehe.

Sie wurde wütend.

»Ich vertraue Michael. Er war mir treu. Bloß, weil diese Frau so *aussieht,* bedeutet das noch lange nicht, dass die beiden eine Affäre hatten.«

»Wir machen uns lediglich Gedanken darüber, in welcher Beziehung sie zueinander gestanden haben. Wir müssen sie finden. Sie kann schließlich ebenso gut ein Opfer der Täter geworden sein.«

Ich stellte Shirley Chan all die vielen Fragen, die mir durch den Kopf gingen, und zwar eine nach der anderen: *Warum hat Michael einen falschen Namen benutzt? Warum hat er Ihnen verschwiegen, wo er war? Hat er Sie schon öfter belogen? Waren Sie diesbezüglich schon einmal misstrauisch?*

Ihre Antworten lauteten »Ich weiß nicht« und »Nein, nein, nein«, und dann ließ sie den Kopf auf die zerkratzte, graue Tischplatte sinken und fing an zu weinen. Als Conklin schließlich den Kaffee brachte, sagte Shirley Chan kein Wort mehr. Die Befragung war vorbei.

Ich rief den diensthabenden Sergeant und ließ Mrs. Chan von einem Streifenbeamten nach Hause bringen. Conklin begleitete sie nach draußen. Bevor auch wir Feierabend machten, wollte ich unbedingt noch Conklins und meine Notizen vergleichen. Darum nutzte ich die wenige Zeit, um das Video herunterzuladen, das unser Überwachungsfahrzeug heute in der Waverley Street aufgenommen hatte.

Ich ließ es laufen und sah, wie mein Partner und ich zum Haus der Chans gingen, wie Mrs. Chan uns die Haustür aufmachte. Dann beobachtete ich den spärlichen Verkehr auf der Straße zwischen dem Fahrzeug und dem freundlichen, alten Haus der Chans.

Um 17.24 Uhr fuhr der Nachbar der Chans mit einer silberfarbenen Limousine rückwärts aus seiner Einfahrt und blockierte dadurch einen schwarzen Mercedes, der gerade die Straße entlangkam. Der Mercedes musste warten und blieb für kurze Zeit genau vor unseren Kameras stehen.

Trotz der getönten Scheiben und der Dunkelheit kam mir der Kopf des Fahrers, die Neigung seines Kinns irgendwie bekannt vor. Mein Herz fing an zu rasen, und dann hatte auch mein Verstand begriffen, warum dieser Anblick mir eine solche Angst einjagte.

Gebannt starrte ich auf den Monitor, während der Fahrer den Kopf drehte und genau in die Richtung unseres Minivans blickte. Ich hielt das Video an und bearbeitete das Bild des Fahrers, der direkt in die Kamera schaute, so, dass die Konturen etwas besser zu erkennen waren.

Meine Gedanken überschlugen sich, drehten sich im Kreis, und ich wäre beinahe in Ohnmacht gefallen.

Mein Gott. Das war *Joe. Joe saß am Steuer dieses Wagens!*

Die Kamera unseres Überwachungsfahrzeugs hatte ihn erwischt, wie er am Haus eines Toten namens Michael Chan vorbeifuhr, und zwar rund fünfzig Kilometer von San Francisco entfernt.

Obwohl mein Herz und mein Verstand sich anfühlten wie tot, bewegten sich meine Finger, nahmen meine Augen alles wahr, was um mich herum vorging. Ich starrte das Bild meines geliebten Ehemannes an, des Vaters meines Kindes, meines besten Freundes und Geliebten, der mich niemals hintergehen würde, und es fiel mir schwer, eine glaubhafte Erklärung dafür zu finden.

Ob er nach mir gesucht hatte? Hatte Brady ihm vielleicht gesagt, wo ich war? Und wenn ja, wieso war er dann einfach weitergefahren, nachdem die Straße wieder frei gewesen war? Wieso hatte er mich nicht angerufen?

Es musste einen guten Grund dafür geben. Aber mir fiel beim besten Willen keiner ein.

15

Ich halte mich eigentlich nicht für feige, aber ich brachte es trotzdem nicht über mich, die Aufnahmen von meinem Mann und wie er am Haus der Chans vorbeifuhr, meinem Partner zu zeigen, bevor ich mit Joe persönlich gesprochen hatte.

Ich schrieb Richie eine SMS, dass ich jetzt Feierabend machen würde. Anschließend ging ich die Treppe hinunter ins Erdgeschoss und verließ die Hall of Justice durch den Hinterausgang, flüchtete den überdachten Gang entlang in die Harriet Street bis zu meinem Auto, das einsam und allein unter der Überführung stand.

Mein Gehirn schaltete bei der Fahrt nach Hause auf Autopilot, während es im Inneren meines Schädels zuging wie bei einer Massenkarambolage auf einem Highway in Minnesota während eines Schneesturms. Ich wusste nicht mehr, wo oben und unten war, oder wann ich die nächste Breitseite abbekommen würde.

Es war kurz vor 23.00 Uhr, als ich mit dem Schlüssel in der Hand vor meiner Wohnungstür stand.

Wenn Joe zu Hause war, dann musste ich ihn zur Rede stellen. Und wenn nicht, dann bedeutete das lediglich eine Verlängerung meiner quälenden elenden Warterei. Er hatte mir erzählt, dass er am Flughafen sei.

Das hat er mir erzählt. Aber das war eine Lüge.

Ich steckte den Schlüssel ins Schloss. Martha bellte kurz, und als ich die Tür aufmachte, kam sie um die Ecke geschossen und sprang mich an, traf mich mit den Vorderpfoten in den Solarplexus.

Ich bückte mich, tätschelte meiner treuen Hündin den Kopf, gab ihr einen Kuss und ging dann ins Wohnzimmer, wo mein Ehemann, dieser verlogene Drecksack, sich wahrscheinlich gerade aus seinem Sessel schälte.

Nur, dass in seinem Sessel unsere liebenswerte, grauhaarige Nachbarin mit dem großen Herzen saß.

Bestimmt sah ich ziemlich verkniffen aus, aber ich begrüßte sie freundlich und entschuldigte mich dafür, dass ich erst so spät nach Hause kam. Dann erkundigte ich mich nach Julie und fragte Mrs. Rose, ob sie noch einen kleinen Augenblick Zeit hatte, damit ich Martha noch kurz ausführen konnte.

»Natürlich«, sagte sie. »Haben Sie vielleicht Hunger, Lindsay?«

Ich hatte seit Stunden nicht ans Essen gedacht, aber bei der Vorstellung, dass ich gleich etwas Warmes vorgesetzt bekam, fing mein Magen an zu knurren. Ich nahm Martha mit auf eine kleine Runde die Lake Street entlang, runter zur Tenth Street, dann über die Straße und die Twelfth Street wieder hinauf. Nachdem Martha ihr Geschäft gemacht hatte, gingen wir wieder nach Hause.

Auf der Küchentheke stand ein Teller mit Hackbraten und Kartoffelbrei, dazu ein Glas Wein. Ich bedankte mich bei Mrs. Rose, umarmte sie und erkundigte mich nach dem *Fringe*-Marathon. Aber ich nahm ihre Antwort nicht einmal wahr. Wie auch? Das Weiße Rauschen hatte meinen Geist vollkommen in Beschlag genommen, und das warme Essen rutschte durch meine Speiseröhre, ohne dass ich etwas davon schmeckte.

Erst als Mrs. Rose sagte, dass sie Julie eine frische Windel angelegt und die Windelpackung ins Kinderzimmer gelegt hatte und dass sie morgen früh wiederkommen würde, landete ich mit meinem Bewusstsein wieder in der Gegenwart.

Wir wünschten uns eine gute Nacht, und ich ging ins Kinderzimmer.

Julie hat Joes dunkle Haare und seine langen Wimpern geerbt. Als ich sie ansah, musste ich an die Kinder von Michael Chan denken, die jetzt bestimmt jahrelang nicht mehr ruhig schlafen konnten. Ich küsste meine Fingerspitzen und legte sie auf Julies Bäckchen. Mein über alles geliebtes Mädchen.

Während ich die Küche sauber machte, dachte ich an Shirley Chan und wie sie versucht hatte, das Verhalten ihres verstorbenen Ehemannes nachzuvollziehen, wie sie sich gefragt hatte, was er getan hatte und aus welchem Grund, und was jetzt aus ihrer Familie werden sollte.

Ich empfand zum Teil gerade ganz ähnliche Gefühle, mit dem großen Unterschied, dass mein Mann *am Leben war*. Er konnte mit mir reden. *Und das würde er auch.*

Während die Geschirrspülmaschine die Drecksarbeit erledigte, fuhr ich meinen Laptop hoch und lud mir die Aufnahmen aus dem Überwachungsfahrzeug herunter. Ich musste noch einmal sehen, wie Joe ins Objektiv der Kamera starrte.

Und dann war es so weit.

Breitschultrig und attraktiv blickte er in die Linse, wie ein Filmstar bei einer Nahaufnahme. Nachdem er weitergefahren war, spulte ich das Video weiter, konnte aber nichts Außergewöhnliches mehr entdecken. Niemand schlich durchs Gebüsch. Nach Joes Mercedes verlangsamte niemand mehr seine Fahrt vor dem Haus der Chans, und niemand fuhr schneller als erlaubt daran vorbei. Nicht einmal eine verirrte Katze huschte über die Straße.

Ich regte mich langsam wieder ab und wählte Joes Nummer. Ich stellte mir vor, wie seine Stimme fast völlig im Dröhnen eines startenden Flugzeugs unterging und wie die Erleichterung angesichts meines Irrtums mich beinahe überwältigte.

Aber ich hörte nur eine digitale Ansage, dass Joes Mailbox voll war.

Ich nahm eine therapeutische Dusche, rubbelte mich mit dem Handtuch trocken und schlüpfte in ein Nachthemd. Anschließend ging ich in Julies Zimmer. Ihre Windel war trocken, und sie schlief tief und fest, also setzte ich mich in den Schaukelstuhl und starrte zum Fenster hinaus auf die Lake Street.

Wenn ich Joe das nächste Mal sah, würde ich ihn einfach nur fragen: *Warum warst du in Palo Alto? Warum hast du mich angelogen?*

Ich ging zu Bett, und als Julies Schreien mich aufweckte, war es 6.15 Uhr. Ich drehte mich um und war mir absolut sicher, dass Joe neben mir im Bett lag.

Aber der Platz zu meiner Linken war leer und kalt.

Trotzdem streckte ich die Hand aus und fuhr damit behutsam über die leere Stelle. Meine Entschlossenheit fiel in sich zusammen, und ein paar Tränen stahlen sich unter meinen Lidern hervor.

Wo war Joe?

Warum war er nicht zu Hause?

16

Um 7.00 Uhr stand Mrs. Rose munter und mit rosigen Bäckchen vor meiner Tür.

Während ich für Julie Frühstück machte und sie fütterte, rührte Mrs. Rose mir ein paar Eier in die Pfanne. Dann kämmte ich Julie die Haare und spielte noch ein bisschen »Backe, backe Kuchen« mit ihr, während Mrs. Rose mir von ihren Enkelkindern in North Carolina erzählte. Als die Kleine über beide Backen strahlte, übergab ich sie an meine Babysitterin, schnallte mir das Halfter mit meiner Dienstpistole um, zog meine Windjacke an und verabschiedete mich.

Während der zwanzigminütigen Fahrt zur Arbeit bedrängten mich alle möglichen hässlichen Gefühle. Mein Ehemann, dieser hinterhältige Lügenbold, hatte mir etwas vorgemacht. Und obwohl ich wahnsinnig wütend war deshalb, war meine Angst noch größer als meine Wut. Er hatte mich nicht angerufen und war nicht nach Hause gekommen. War er verletzt? Oder gar tot?

Ich kannte nicht einmal die Namen der Leute, für die Joe arbeitete, so sehr hatte meine Arbeit mich in den vergangenen Monaten in Beschlag genommen.

Und das machte mich wütend auf mich selbst.

Wahnsinnig wütend.

Ich stellte meinen Wagen ab und war so aufgelöst, dass

ich beim besten Willen nicht gesehen werden wollte. Also betrat ich die Hall durch den Hintereingang – und wem lief ich im Foyer als Erstes in die Arme? Jacobi. Er war früher mal mein Partner, ist bis heute ein sehr enger Freund und außerdem mittlerweile Leiter der Kriminalpolizei. Er kannte mich fast besser als ich mich selbst.

»Was ist denn los, Boxer? Was beschäftigt dich?«

»Ach, ich bin bloß in Gedanken. Diese Sache im Four Seasons.« Das war die Hälfte der Geschichte, die ich preisgeben wollte.

Jacobi versprach mir ein paar Ermittlerteams zur Unterstützung.

Ich bedankte mich, winkte ihm erschöpft zu und ging die Treppe hinauf in die Räume der Mordkommission.

Conklin saß an seinem Schreibtisch.

Als er den Blick hob, sagte ich: »Ich habe mir das Video aus unserem Überwachungsfahrzeug in Palo Alto angeschaut.«

»Und?«

»Ich hoffe, dass du mich gleich für verrückt erklärst.«

Er sah mich an, als müsste er sich dazu nicht erst das Video anschauen. Ich habe es schon öfter versucht, aber ich kann meine Gefühle vor den Menschen, die ich gut kenne, nicht verbergen. Also setzte ich mich vor meinen Computer, und Conklin stellte sich hinter mich. Dann lud ich das Überwachungsvideo auf meinen Bildschirm.

Ich ließ es laufen und hielt es wenige Sekunden vor der Stelle an, die mir jedes Mal das Blut in den Adern gefrieren ließ.

»Schau genau hin«, sagte ich, »und sag mir, was du siehst.«

Conklin konzentrierte sich, und als wir an der Stelle angelangt waren, wo Joe in die Kamera blickte, drückte ich die Pausentaste.

»Ist das Joe?«, fragte mein Partner. »Was hat er denn vor dem Haus der Chans zu suchen?«

»Das ist die Eine-Million-Dollar-Frage, und ich kann sie nicht beantworten. Aber nach allem, was ich weiß, ist das hier sein letzter uns bekannter Aufenthaltsort.«

»Gibt's doch nicht.«

»Doch.«

»Nein«, sagte Conklin. »Ich meine, deshalb hatten wir die ganze Zeit das Gefühl, als würden wir ihn kennen.«

»Ich kann dir nicht folgen.«

Conklin sagte: »Der Kerl im Hotel… der mit der weiten Jacke, der immer den Kameras ausweicht. Schau dir das mal an, Lindsay.« Er ging zu seinem Schreibtisch, durchsuchte ein paar Blätterstapel und zeigte mir schließlich die Screenshots des geheimnisvollen Mannes, der am Tag der Morde immer wieder durch das Foyer des Hotels gehuscht war.

»Siehst du das denn nicht, Lindsay?« Conklin fuchtelte mir mit dem Blatt direkt vor der Nase herum. »Der Mann im Foyer, das ist *Joe*!«

17

Ich sagte Cindy, dass ich sie unbedingt sprechen musste, und wir trafen uns kurz darauf auf der Treppe der Hall of Justice.

»Was hast du zu bieten?«, wollte sie wissen.

Sie trug heute ein anderes T-Shirt und dazu Arbeitsschuhe mit Stahlkappen. Diese Schuhe sollten etwas Bestimmtes ausdrücken. Wahrscheinlich, dass sie jemandem in den Hintern treten wollte. Jedenfalls wirkte sie zu allem entschlossen.

»Wir müssen erfahren, wer diese Leute sind«, sagte ich.

Ich hielt ihr mein Smartphone entgegen und zeigte ihr die Fotos der drei unbekannten Personen: zum einen das der geheimnisvollen Blondine, zum anderen die Aufnahmen aus der Pathologie von den beiden jungen, toten Privatdetektiven, ein kleines bisschen aufgehübscht, damit sie nicht ganz so tot aussahen.

»Schick sie mir zu«, sagte sie.

Nachdem das erledigt war, hakte sie nach: »Sucht ihr die, weil ihr sie wegen der Hotel-Morde befragen wollt? Was kannst du mir noch verraten?«

»Fangen wir doch mal damit an, dass du die Fotos veröffentlichst. Überschrift: ›Wer kennt diese Personen?‹ Und dann sehen wir mal, was passiert.«

»Okay, okay«, erwiderte Cindy. »Aber ich bin die Einzige, die das bekommt, oder?«

»Du hast das Exklusivrecht, genau vierundzwanzig Stunden lang. Danach übernimmt das FBI die ganze Sache, und zwar auf seine Weise.«

»Ich stelle die Bilder heute noch auf unsere Homepage, sobald ich von Tyler grünes Licht bekomme«, sagte Cindy. »Und morgen erscheinen sie in der Zeitung.«

»Okay.«

»Als Kontaktadresse gebe ich meine Daten an.«

»Du hast vierundzwanzig Stunden.«

»Alles klar.«

Mein Telefon summte. Brady, wer sonst?

»Boxer, hier sind ein paar Leute vom FBI, die dich sprechen wollen.«

»Ich bin gerade unten. Komme gleich wieder hoch.« Ich legte auf und wandte mich noch einmal Cindy zu. »Ich kann dir nicht sagen, wie lange dein Vierundzwanzig-Stunden-Fenster noch offen ist. Da drüben steht ein Taxi.« Ich zeigte auf eines, das vor einer roten Ampel wartete. »Sieh zu, dass du das kriegst.«

Sie bedankte sich und versicherte mir, dass ich es nicht bereuen würde. Nach einer hastigen Umarmung ging ich wieder nach oben.

Conklin, Brady und ich stellten uns in den Fahrstuhl und fuhren in Jacobis Büro hinauf. Dort lernten wir drei ernsthaft dreinblickende Herren in grauen Anzügen kennen. Im Verlauf der anschließenden zwei Stunden berichteten wir ihnen alles, was wir wussten. Alles, bis auf das eine kleine Detail, das ich noch nicht preisgeben wollte. Und ich wusste, dass Richie mir nicht in den Rücken fallen würde.

Ich erwähnte Joe mit keinem Wort.

18

Als Cindy mich gegen 22.30 Uhr anrief, war ich der Verzweiflung nahe. Joe hatte sich immer noch nicht gemeldet, und mein Baby weinte, obwohl ich alles versucht hatte, womit sich Julie normalerweise beruhigen ließ. Sie war völlig außer sich, und ich wusste beim besten Willen nicht, woran das lag. Ich hatte meinen Morgenmantel angezogen und wollte gerade zu Mrs. Rose hinübergehen, da klingelte das Telefon.

Cindy wartete nicht einmal ab, bis ich meinen Namen gesagt hatte.

»Ich hab einen Treffer«, sagte sie.

»Ich ruf dich gleich zurück.«

»Ist das dein Ernst?«

Julie stieß schon wieder dieses absolut nervenzerfetzende Gebrüll aus. Warum?

»Mein voller Ernst«, sagte ich. »Ich rufe zurück.«

Ich befühlte der Kleinen die Stirn und überprüfte die Windel, aber beides gab keinen Anlass zur Klage. Ich brachte sie in die Küche und tätschelte ihr den Rücken, während ich ein Fläschchen warm machte. War sie krank? Oder spiegelte sie einfach nur meine eigene Aufregung?

Ich trug sie wieder ins Kinderzimmer, setzte mich auf den Schaukelstuhl, gab ihr etwas zu trinken und versuchte dabei, mich selbst zu beruhigen. Julie nahm das Fläschchen, und natürlich konnte sie nicht gleichzeitig saugen und brüllen. Was für eine Erleichterung.

Nachdem sie in meinen Armen eingeschlafen war, legte ich sie so sanft wie möglich in ihr Bettchen. Sie rührte sich kaum, aber ich hielt so lange bei ihr Wache, bis ihre Atemzüge tiefer wurden und ich mir sicher war, dass sie tief und fest schlief.

Anschließend stellte ich eine Tasse Milch für mich selbst in die Mikrowelle, rührte ein Päckchen Kakaopulver hinein und stellte die Tasse auf das Tischchen neben dem großen Sofa. Dann erlaubte ich mir, mich einfach hinzusetzen und verdammt noch mal wieder ruhiger zu werden.

Als das Telefon klingelte, war ich schon eingenickt.

Joe.

Ich entdeckte das Telefon neben dem Sofa, genau dort, wo ich es fallen gelassen hatte, und nahm beim fünften Klingeln ab.

»Meine Güte, Lindsay«, sagte Cindy. »Was ist eigentlich los mit dir, verdammt noch mal? Ich habe gesagt, dass ich einen Treffer habe. Ich habe eine eurer Verdächtigen identifiziert!«

»Die Kleine«, sagte ich. »Hatte einen Schreianfall.«

»Alles wieder in Ordnung?«

»Ich glaube schon.«

»Also gut.« Cindy machte weiter. »Die blonde Frau aus dem Hotel. Da hat mir jemand geschrieben, dass er weiß, wer sie ist. Hast du Zeit? Oder soll ich es einfach Richie sagen?«

»Schalt deinen Lautsprecher ein und sag es uns beiden«, erwiderte ich.

Richie knurrte: »Ich bin hier.«

»Gut. Cindy, wer ist die Blondine? Wer zum Teufel ist sie?«

19

Gut möglich, dass Cindys anonymer Tipp der entscheidende Durchbruch war. *Falls* er wirklich stimmte.

Ich nahm meinen Laptop mit auf das Sofa im Wohnzimmer, ließ Julies Tür offen und machte mich an die Arbeit. Ich gab den Namen *Alison Muller* in eine Datenbank nach der anderen ein, und als ich nirgendwo einen Treffer landen konnte, googelte ich sie.

Um 23.00 Uhr wählte ich Bradys Nummer.

Er räusperte sich den Schlaf aus der Kehle und meldete sich mit seinem Namen.

Ich sagte: »Cindy hat einen anonymen Tipp bekommen. Es geht um die geheimnisvolle Blondine aus dem Hotel. Am besten behalten wir das für uns, bis Conklin und ich mehr rausbekommen haben.«

Jeder Polizeibeamte weiß, dass das FBI seine Erkenntnisse nicht gerne mit anderen teilt. Sobald sich das Bureau in einen Fall einschaltet, wird man ausgeschlossen und erfährt nur mit Glück noch das eine oder andere aus der Zeitung.

Genau das erklärte ich Brady, aber mehr als ein unverbindliches Knurren konnte ich ihm nicht entlocken.

»Was hast du rausgekriegt?«, fragte er.

»Cindys Quelle behauptet, dass es sich um eine gewisse Alison Muller handelt. Sie ist fünfunddreißig Jahre alt und

Angestellte bei einer Software-Firma namens Aptec im Silicon Valley. Angeblich kennt der Tippgeber sie und ihre Familie persönlich, weil sie in derselben Straße in Monterey wohnen.«

»Hast du auch eine Adresse?«

»Die habe ich.«

Im Hintergrund hörte ich Yuki fragen: »Brady, wer ruft denn da um diese Zeit noch an?«

Brady erwiderte: »Das ist Lindsay. Wir sind gleich fertig.«

»Ich habe auf der Website von Aptec ein paar Informationen über Muller entdeckt. Sie ist mit Khalid Khan verheiratet, dem Komponisten. Sie haben zwei Kinder, fünf und dreizehn Jahre alt. Sie hat in Stanford studiert, anschließend am MIT ihren Doktor in Mathematik gemacht und spricht fließend Spanisch und Chinesisch. Könnte also durchaus sein, dass sie Chan in Stanford kennengelernt hat.«

In der nun folgenden Pause ließ Brady sich das alles durch den Kopf gehen. »Okay«, sagte er. »Ich rufe die Kollegen in Monterey an. Sie sollen bis morgen früh das Wohnhaus dieser Muller bewachen. Du und Conklin, ihr fahrt bei Dienstbeginn da raus und bringt sie mit.«

Ich rief meinen Partner an und ließ ihn an den neuesten Entwicklungen teilhaben. Dann probierte ich es noch einmal bei Joe.

Seine Mailbox war immer noch voll.

Ich schleppte mich mitsamt meinem Gedankenkarussell ins Bett und machte die Augen zu, aber der Schlaf hielt konsequent Abstand von mir. Was mir auch egal war. Eine Stunde nach meinem Telefonat mit Brady rief er mich zurück.

»Also, Folgendes, Boxer.«

»Ich höre.«

»Diese Alison Muller: Ihr Mann hat sie seit etlichen Tagen nicht mehr gesehen.«

»Wirklich?«

»Khalid Khan hat am Montagnachmittag das letzte Mal mit ihr gesprochen. Sie hat die Geburtstagsparty ihrer Tochter verpasst. Hat gesagt, dass sie noch arbeiten muss und bald nach Hause kommt. Aber seither ist sie nicht wieder aufgetaucht.«

»Montagnachmittag. Also ungefähr zu der Zeit, als die Schüsse im Hotel gefallen sind«, sagte ich.

Brady sagte: »Stimmt.« Anschließend besprachen wir das Ganze. *Wo war Alison Muller? War sie entführt worden? War sie tot? Was hatte sie mit dem Tod von Michael Chan und den anderen Opfern dieses Vierfachmordes zu tun? Gar nichts, womöglich?*

Ich fragte Brady: »Noch was? Hat Mullers Mann einen Erpresseranruf bekommen?«

»Nein. Und er hat seine Frau seither telefonisch nicht erreicht. Die Polizeidienststelle in Monterey hat ihr Handy angepingt. Es ist am Montagabend um 18.57 Uhr zuletzt benutzt worden, irgendwo in der Nähe der Market Street.«

Dort lag auch das Hotel Four Seasons.

Ich rechnete nicht länger damit, dass ich Muller ausfindig machen und befragen konnte. Sie war verschwunden, und ich hatte keine blasse Ahnung, wo ich nach ihr suchen sollte. Da sprang mich noch ein Gedanke an, und zwar mit gefletschten Zähnen. Joe Molinari, mein Mann, war ebenfalls spurlos verschwunden.

Was machte er gerade? War er in diese ganze Sache verwickelt? Mir war plötzlich eiskalt, als wäre ich schon wieder auf diesem schneeumtosten Highway in Minnesota gelandet. Aber dieses Mal nackt, alleine und ohne Auto.

Julie stieß ein leises Wimmern aus. Ich warf einen Blick zu ihrer offenen Zimmertür und sagte zu Brady: »Ich nehme alles zurück, was ich vorhin gesagt habe.«

»Was meinst du?«

»Wir brauchen das FBI. Wir brauchen deren Möglichkeiten.«

Brady erwiderte: »Bis morgen früh.«

Wir legten auf, und mir wurde in diesem Moment in aller Deutlichkeit klar, was ich soeben getan hatte. Ich hatte wichtige, möglicherweise sogar entscheidende Informationen vor Brady zurückgehalten und damit auch meinen Partner belastet.

Ich musste Brady das mit Joe sagen.

Dafür würde er mich vielleicht feuern. Und er hätte recht damit.

Ich hoffte, dass mir bis morgen früh eine Theorie einfiel, welche unschuldige Rolle Joe in diesem Fall spielen könnte, und zwar eine Theorie, die nicht durch und durch schwachsinnig war.

Vielleicht kam er ja nach Hause, sodass ich ihn heute Nacht noch fragen konnte.

Das wagte ich zu hoffen.

20

Es brachte mich fast um den Verstand.

Die Vorstellung, dass ich allen möglichen Leuten dieses Video von Joe zeigen musste, war kaum zu ertragen. Was hatte er dort zu suchen gehabt? Es gab dafür absolut keine logische Erklärung. Ich wollte ihn fragen. Er war schließlich mein Ehemann, und ich vertraute ihm. Stimmt's? Aber was immer er dort auch gemacht hatte, er hatte es vertuscht. Er hatte mich angelogen. Er hatte mich in eine Zwickmühle gebracht.

Jetzt musste ich das Richtige tun. Darum setzte ich meine Pokermiene auf und schwebte durch die Tür unseres Bereitschaftsraums.

Der Mann, den wir Lieutenant Eisenhart nannten, saß in seinem Glaswürfel. Brady ist ein mutiger Mann. Ein gerechter Mann. Und er spielt keine Spielchen.

Ich hatte ja auch einmal diesen Job gehabt, aber immer nur am Schreibtisch zu hocken, das hatte mir nicht gefallen. Darum ist er jetzt mein Vorgesetzter. Es ist schon gelegentlich einmal vorgekommen, dass ich mir gewisse Freiheiten in Bezug auf die Vorschriften erlaubt habe, und jedes Mal hat Brady mir die Hölle heißgemacht … und mich gewarnt.

Heute, so fürchtete ich, würde es wohl nicht bei einer Warnung bleiben.

Ich brachte den Hindernisparcours aus grauen Metallschreibtischen und schlachterprobten Kollegen erfolgreich hinter mich und klopfte an Bradys Tür. Er winkte mich zu sich, während er weiter auf seinen Laptopmonitor starrte.

»Ich habe zu tun, Boxer. Kann das warten?«

Als ich nichts sagte, riss Brady den Kopf nach oben und durchbohrte mich mit seinen unerbittlichen stahlblauen Augen.

»Ich habe in fünf Minuten eine Besprechung mit Jacobi, also raus mit der Sprache.«

»Brady, ich muss dir was sagen. Ich habe seit sechsunddreißig Stunden nichts von Joe gehört. Aber gestern, als Conklin und ich bei Chans Witwe in Palo Alto waren, hat unser Kamerafahrzeug Aufnahmen gemacht, auf denen zu sehen ist, wie Joe am Haus der Chans vorbeifährt.«

»Kapiere ich nicht«, erwiderte er kurz angebunden. »Was willst du damit sagen?«

Brenda, unsere Sekretärin, kam herein, legte einen Papierstapel auf Bradys Schreibtisch und sagte: »Sergeant Chi will Sie sprechen, Lieutenant, und Ihre Ex-Frau hat auch angerufen.«

»Alles erst nach meiner Besprechung«, gab Brady zurück.

»Wir können auch später darüber reden«, sagte ich und wollte aufstehen.

»Bleib sitzen«, sagte er.

Ich gehorchte.

»Ich will das verstehen«, fuhr er fort. »In kurzen, klaren Sätzen.«

Ich schluckte schwer und gab mir schließlich einen Ruck. In kurzen Sätzen, so, wie Brady es verlangt hatte, berichtete ich ihm von dem Video aus Palo Alto, Joes Vorbeifahrt an der Kamera um 17.24 Uhr und den Aufnahmen aus dem Hotel vom Tag des Vierfachmordes.

»Auf den Überwachungsvideos haben wir einen Mann entdeckt, der Joe sehr ähnlich sieht.«

»Joe war im Four Seasons, als diese Morde dort stattgefunden haben?«, hakte Brady nach.

»Es sieht danach aus – was natürlich alles andere als eine eindeutige Identifikation ist.«

Brady sagte: »Du teilst mir also mit, dass Joe im Hotel und vor Chans Haus gewesen ist. Was hat er denn vor?«

»Ich weiß nicht, ich weiß nicht, ich weiß …«

»Kann es sein, dass er etwas mit den Schüssen zu tun hat?«

»*Auf gar keinen Fall*«, stieß ich im Brustton der Überzeugung hervor, aber wenn ich ganz ehrlich sein soll, ich wusste wirklich nicht mehr, wozu Joe alles fähig war. Überhaupt nicht mehr.

»Mein Gott, Lindsay. Das hättest du mir gestern schon sagen müssen!«

Brady war stinksauer. Das wäre ich an seiner Stelle auch gewesen. Ich rechnete fest damit, dass er mir gleich meine Dienstmarke und meine Pistole abnehmen und mich nach Hause schicken würde.

»Ich wollte das zuerst mit Joe persönlich besprechen«, sagte ich. Dann sah ich Brady an und wartete auf die Schimpftirade. Doch ich wartete vergeblich. Vielleicht hielt er sich ja zurück, weil er mit Yuki verheiratet ist. Weil wir uns privat regelmäßig sehen. Weil Joe und ich mit ihnen befreundet sind.

»Die Besprechung bei Jacobi ist ein Treffen mit dem FBI«, sagte Brady. »Du wirst deine Joe-Geschichte also gleich noch mal erzählen müssen. Bring das Video mit, Boxer. Wir treffen uns oben.«

21

Der Worldwide-Airlines-Flug Nummer 888 aus Peking befand sich im Landeanflug auf den Internationalen Flughafen von San Francisco. Es war 9.00 Uhr, und nur einige wenige Nebelschwaden zogen über den sonnigen Vormittagshimmel.

Michael Chan saß in der Mittelreihe. Die Sitze waren schmal und unbequem und in einander gegenüberliegenden Viererblocks angeordnet, sodass jeweils acht Passagiere die Knie aneinander rieben.

Seit zwölf Stunden versuchte Chan, das schmuddelige amerikanische Pärchen zu ignorieren, das ihm gegenübersaß. Diese Leute kleckerten beim Essen. Sie hatten die Schuhe ausgezogen und ihre Chipstüten und Zeitungen in den engen Zwischenraum vor ihren Füßen fallen lassen.

Er hatte sein Möglichstes getan, um jeden direkten Augenkontakt zu vermeiden, ganz im Gegensatz zu diesen Leuten. Der lange Flug war die reinste Hölle gewesen. Aber jetzt war das Ende in Sicht.

Der Pilot ließ die Maschine kreisen, und sie kamen dem Flughafen immer näher. Die Zeichen zum Anschnallen leuchteten, und die Stewardessen hatten ihre Servierwagen verstaut und sich ebenfalls angeschnallt.

Michael Chan hielt den Blick fest auf die Toilette am vorderen Ende der Kabine auf der linken Seite gerichtet. Dort hatte er sich vorhin die Hände gewaschen, und dabei war ihm sein Ehering vom Finger gerutscht und ins Waschbecken gefallen. Er hatte ihn zwar wieder herausgefischt, aber genau in dem Augenblick hatte das Flugzeug ruckartig gewackelt. Er hatte das Gleichgewicht verloren und sich mit beiden Händen festgehalten, um nicht umzukippen. Dabei war der Ring in den dunklen, bakterienverseuchten Spalt zwischen der Toilettenschüssel und dem Waschbecken gefallen. Im selben Augenblick war die Ansage »Bitte nehmen Sie Ihre Plätze ein« ertönt.

Die Stewardess hatte an die Tür geklopft, und Chan hatte die Toilette nach einer kurzen, ergebnislosen Suche verlassen. Er würde sich den Ring nach der Landung wieder holen. Aber jetzt, als das gewaltige Passagierflugzeug im Landeanflug war, wurde ihm bewusst, dass er einen Fehler gemacht hatte.

Chan wandte sich an den Mann neben ihm, der genau so verkrampft und übermüdet war wie er selbst, und sagte, dass er noch einmal aufstehen wollte.

Der Nachbar stank nach Schweiß und schlechter Laune. Murrend bog er die Knie zur Seite. Chan bedankte sich und stieg etwas ungeschickt über dessen Beine, stieß dabei gegen die Knie der Frau von gegenüber und murmelte eine Entschuldigung.

Er war nur noch wenige Schritte vom WC entfernt, als die Stewardess – die Rothaarige mit dem grellen pinkfarbenen Lippenstift – ihren Gurt löste, ihm den Weg versperrte und sagte: »Mr. Chan, Sie müssen sich wieder setzen.«

»Es dauert nicht lang«, erwiderte er.

Er stellte sich vor, wie die Maschine aufsetzte und die

Passagiere aus dem Erste-Klasse-Deck sowie alle anderen hinter ihm den Gang blockierten und in Richtung Ausgang drängten. Er würde warten müssen, bis das Flugzeug sich geleert hatte, dann würden sich sämtliche vierhundert Passagiere dieses Flugs vor ihm in die endlose Schlange vor dem Zoll einreihen. Diese Verzögerung würde bei den Männern, die ihn erwarteten, für große Verärgerung sorgen. Das konnte er schlicht und einfach nicht hinnehmen.

»Entschuldigung, Entschuldigung«, sagte er und schob sich an der Stewardess vorbei. Als er die Hand auf der Türklinke hatte, gab es direkt unter der rechten Tragfläche eine Explosion.

Chan registrierte einen grellen Blitz und spürte eine heftige Erschütterung. Er wurde von den Beinen gerissen. Gleichzeitig durchbohrte ein Metallstück den Rumpf der Maschine und durchschnitt seinen linken Oberschenkel. Chans Gehirn wollte eine Frage formulieren, doch noch bevor er den Gedanken zu Ende gebracht hatte, wurden sein Geist und sein Körper durch eine unerklärliche, zerstörerische Kraft in Stücke gerissen.

Knapp zwanzig Sekunden nach der Katastrophe traf ein Regen aus Leichen und Gegenständen auf den Boden.

22

Ich wollte gerade die DVD mit den Aufnahmen von Joe holen, um sie in die Besprechung mitzunehmen, da stürmte Brady durch die Tür des Bereitschaftsraums.

»*Alle mal herhören!*«, brüllte er.

Er schnappte sich die Fernbedienung von Brendas Schreibtisch und schaltete den Fernseher ein, der unter der Decke hing. Eine Reporterin kreischte gerade in ihr Mikrofon, dass eine Boeing 777 der Worldwide Airlines auf dem Flug von Peking nach San Francisco kurz vor der Landung abgestürzt sei, und zwar nur wenige Meter westlich des Highways 101.

Die Reporterin hatte sich mit dem Rücken zum Highway aufgebaut. In einiger Entfernung hinter ihr war eine lodernde Flammenwand zu erkennen, und darüber eine dichte, wirbelnde Rauchsäule. Ihre Stimme ging fast unter im Geheul der Sirenen der Notarztwagen und Polizeifahrzeuge, die dem abgestürzten Flugzeug entgegenrasten.

Elf Personen befanden sich im Bereitschaftsraum, und wir starrten alle wie ein Mann auf die Bilder, entgeistert, atemlos, entsetzt.

Brady stellte den Ton ab und sagte: »Also, bis jetzt weiß ich Folgendes: Vor zehn Minuten ist dieses Flugzeug da abgestürzt. Höchstwahrscheinlich sind alle Passagiere und Besatzungsmitglieder dabei ums Leben gekommen. Absturzort sind die Sportanlagen der Mills High School in der Millbrae Avenue. Gott sei Dank waren gerade keine Schüler draußen, aber die Gebäude haben auch Trümmerteile und was weiß ich sonst noch abbekommen. Vielleicht gibt es Verletzte. Kann eigentlich gar nicht anders sein.«

Während wir weiter auf den stumm geschalteten Fernseher starrten, fuhr Brady fort und berichtete, dass der Flughafen gesperrt sei, dass eine Flugverbotszone in Kraft gesetzt worden sei und der Gouverneur den Notstand ausgerufen habe. Das National Transportation Safety Board, also die Verkehrsaufsichtsbehörde, war vor Ort, und auch die Nationalgarde war bereits alarmiert worden und unterwegs.

Brady holte Luft, schüttelte dabei den Kopf und machte weiter.

»Wir wissen nicht, was da passiert ist. Wir haben keine Passagierliste, und Worldwide Airlines gibt so lange keinen Kommentar, bis sie sagen können, dass das Unglück nicht ihre Schuld war. Wir können also nur annehmen, dass über vierhundert Passagiere in diesem Flugzeug gesessen haben.

Das NTSB leitet die Ermittlungen, aber mittlerweile dürfte praktisch jede andere staatliche Behörde auf dem Weg zur Absturzstelle sein. Alle Polizeikräfte werden zur Unterstützung herbeigezogen.

Ab sofort seid ihr alle für den Notdienst eingeteilt, wo immer wir gerade gebraucht werden, und zwar so lange, bis man euch offiziell in den Feierabend schickt. Ich habe keine Ahnung, wann das sein wird. Boxer, du bist die Einsatzleiterin, so lange, bis ich selbst vor Ort sein kann.«

Er gab mir die Kontaktdaten des NTSB-Kommandopostens an der Highway-Ausfahrt Millbrae Avenue.

Anschließend brachen wir auf.

Conklin und ich stürmten mit den anderen die Treppe hinunter. Kaum saßen wir im Auto, las ich auf meinem Smartphone die neuesten Meldungen durch und sah mir die Bilder der riesigen Rauchwolken aus dem SFPD-Hubschrauber an. Noch nie hatte ich etwas Vergleichbares gesehen.

Mehrere viel befahrene Straßen, Flughafenein- und -ausfahrten, das Burlingame-Plaza-Einkaufszentrum, zahlreiche kleine Geschäfte und Industriebetriebe und, großer Gott, nicht nur eine, sondern gleich drei Schulen lagen in der unmittelbaren Umgebung der Unglücksstelle.

Conklin hatte die Sirene eingeschaltet, und als wir durch den dichten Verkehr auf der Bryant Street hetzten, sagte er: »Lass mal sehen, Linds.«

»Richie. Pass auf, wo du hinfährst!«

Meine Fluchtreflexe waren in höchster Alarmbereitschaft, mein Herz pochte wie verrückt, Schweißtropfen liefen mir über den Körper, und meine Gedanken jagten in Lichtgeschwindigkeit durch meine Gehirnwindungen, bis sie auf eine unüberwindliche Tatsache prallten: Ich hatte keinerlei Erfahrung, die mich auf die bevorstehende Konfrontation mit der katastrophalen, allumfassenden Zerstörung menschlichen Lebens hätte vorbereiten können.

23

Ein weißes Wohnmobil mit blauer Aufschrift und dem Logo des National Transportation Safety Board stand auf der rechten Spur der Millbrae Avenue, gleich hinter der Abfahrt des Highways 101. Zahlreiche weitere Wohnwagen der Behörde für Alkohol, Tabak und Feuerwaffen, des FBI, des Heimatschutzes und des Sheriffbüros bildeten eine Straßenblockade mit einem schmalen Durchlass für die Fahrzeuge der Katastrophenhelfer.

Conklin parkte direkt hinter dem Wohnmobil. Wir stiegen aus und standen auf der geradezu unheimlich stillen Straße.

Ein Mann mit einer NTSB-Windjacke nahm uns an der Tür des Wohnmobils in Empfang. Captain Jan Vanderleest war Mitte vierzig, hatte tiefe Falten im Gesicht und besaß einen kräftigen Händedruck. Wir betraten nach ihm seine enge und niedrige Kommandozentrale, in der zahlreiche NTSB-Mitarbeiter gebückt vor ihren Computern hockten.

Wir stellten uns hinter sie, und Vanderleest verschaffte uns per Live-Stream einen ersten Überblick über die Unglücksstelle und das umliegende Trümmerfeld. Er legte seinen dicken Zeigefinger auf einen Monitor und zeigte uns die Absturzstelle: Das Footballfeld der Mills High, gerade einmal hundert Meter von den Klassenzimmern entfernt.

Vanderleest zog einen Kreis um den inneren Bereich. Er

hatte einen Durchmesser von rund vierhundert Metern mit dem Flugzeugwrack genau in der Mitte. Der äußere Bereich hatte einen Durchmesser von etwa achthundert Metern und schloss auch die beiden Grundschulen mit ein.

Als ich an die Kinder dachte, überschlugen sich meine Gedanken: Hatten sie mit ansehen müssen, wie brennende Flugzeugteile auf ihrem Schulspielplatz gelandet waren? Womöglich gar Tote oder Verletzte?

Vanderleest sagte: »Wir können im Moment noch niemanden in die Schulen schicken. Es gibt zu viele unberechenbare Gefahren – Feuer, giftige Dämpfe, herabstürzende Objekte.«

Er fuhr mit dem Finger die verstopften Straßen entlang, verharrte bei mehreren Auffahrunfällen, und ich wusste, dass wir es hier mit panischen Eltern zu tun hatten, die nichts anderes wollten, als zu ihren Kindern zu gelangen.

»Die Straßen hier sind alle gesperrt, aber der Highway 101 Richtung Süden ist weiterhin zugänglich, genau wie – aber das wissen Sie ja vielleicht – das Mills-Peninsula Medical Center im Trousdale Drive.« Vanderleest fuhr fort: »Die Highway Patrol wird die Kinder aus der Schule dorthin schaffen. Da gibt es eine große Notaufnahme, und es liegt ganz in der Nähe. Dort können Sie sich nützlich machen.«

»Weiß man schon etwas über die Absturzursache?«, erkundigte sich Conklin.

»Im Moment wissen wir nur, dass der Flug aus Peking pünktlich war. Alles lief normal, und es war eine ganz normale Landung geplant. Der Pilot war im Gespräch mit dem Kontrollturm und hatte bereits die Freigabe für die Landebahn 28 L bekommen. Und dann hat sich das Flugzeug in knapp tausend Metern Höhe von einem Augenblick auf den anderen in einen Feuerball verwandelt. Ich weiß beim besten Willen nicht, was da passiert ist, wie es passiert ist oder wer oder was dafür verantwortlich ist. Und das gilt für uns alle. Im Augenblick hat niemand auch nur den Hauch einer Ahnung.«

24

Conklin ließ unseren Wagen an, und wir machten uns auf den Weg ins Mills-Peninsula Medical Center. Die Fahrt würde uns an der nur vierhundert Meter entfernten Absturzstelle vorbeiführen.

Kaum hatten wir die Absperrung hinter uns gelassen und waren auf die flache, vierspurige Millbrae Avenue abgebogen, konnten wir das ganze Ausmaß der Katastrophe überblicken. Ich weiß gar nicht, wie oft ich diesen breiten Vorstadt-Highway schon entlanggefahren bin, um Mittagessen zu besorgen, zu tanken oder Schecks einzulösen.

Aber jetzt war er nicht wiederzuerkennen.

Linker Hand stand das trockene Gras auf dem Mittelstreifen der Rollins Road in lodernden Flammen. Vor uns, in Richtung der westlich gelegenen Hügel, wurde der Himmel von einer dichten, düsteren Rauchwolke fast vollständig verdeckt.

Je näher wir der Absturzstelle kamen, desto schlimmer wurde der Hustenreiz durch den Rauch. In keine Richtung konnten wir weiter als drei Wagenlängen sehen. Und das, was wir sahen, war absolut grauenhaft.

Überall lagen Gepäckstücke auf der Straße, aus denen Kleider und persönliche Gegenstände hervorquollen. Auf dem Mittelstreifen waren ein paar Bücher gelandet, und ein pinkfarbenes Kleid lag auch da, so sauber, als sei es gerade erst ausgepackt worden.

Conklin riss das Lenkrad herum und konnte gerade noch einem Klumpen aus verkohltem Fleisch ausweichen, einem kopflosen Fluggast, dem die Explosion die Kleider vom Leib gerissen hatte. Ich klemmte meinen Kopf zwischen die Knie, aber das nützte auch nichts.

»Linds. Kein Problem. Warte kurz.«

Er hielt an, und ich machte die Tür auf und tat, was ich sonst nie tat. Ich übergab mich am Tatort. Danach fuhren wir weiter.

Direkt vor uns waren jede Menge roter Blinklichter zu sehen. Ein halbes Dutzend Feuerwehrautos säumte die Straße neben dem Sportplatz der Mills High School. Es war ein Anblick wie aus einem Science-Fiction-Streifen und einem Horrorfilm zugleich.

Keine joggenden Kinder auf der Laufbahn und keine rangelnden Schüler auf dem Rasen. Stattdessen mehrere abgerissene Sitzreihen mit immer noch festgeschnallten Passagieren. Und im Zentrum dieses grässlichen Totenfeldes standen drei verbogene Teile des Flugzeugrumpfs, erhoben sich wie groteske Skulpturen knapp sieben Meter hoch in die rauchverhangene Luft. NTSB-Mitarbeiter in Schutzanzügen fotografierten und markierten die verschiedenen Leichname und Leichenteile.

Der Wind blies Rauch über den Sportplatz, fachte hier und da ein kleines Feuer an und trieb mir die Tränen in die Augen. Conklin bekreuzigte sich.

Ein Team der Flughafenpolizei näherte sich unserem Fahrzeug. Wir wiesen uns aus und ließen uns noch einmal die beste und einzige Route zur Notaufnahme beschreiben: drei Häuserblocks weit geradeaus, dann links auf den Camino Real und nach drei langen Häuserzeilen wieder rechts auf den Trousdale Drive.

»Mills-Peninsula. Ein großes Glasgebäude«, sagte der Polizist.

»Das kennen wir«, erwiderte Conklin.

»Gute Fahrt.«

Ich würde diesen Anblick nie wieder vergessen. Ganz egal, wie sehr ich es versuchte.

25

Der Parkplatz des Mills-Peninsula Medical Center war überfüllt. Hunderte Eltern von Kindern aus drei verschiedenen Schulen waren hierhergefahren. Sie hatten ihre Autos verlassen und drängten sich jetzt alle vor der Polizeisperre.

Es war ein großer Parkplatz, und wir standen immer noch auf der Straße, aber selbst aus hundert Metern Entfernung war klar und deutlich zu erkennen, dass die Eltern völlig aufgelöst waren. Wer wollte es ihnen verdenken? Sie wollten zu ihren Kindern, aber stattdessen standen sie vor einer Barriere.

Während Conklin und ich noch die Szenerie beobachteten, kurvte ein Schulbus über den Trousdale Drive und gelangte über die hintere Zufahrt auf den Parkplatz. Die Eltern änderten daraufhin die Richtung und stürmten auf den Bus zu, wurden jedoch von einer Polizeisperre aufgehalten.

Zum ersten Mal seit Brady *»Alle mal herhören!«* gebrüllt hatte, kochte die Wut in mir hoch, die Wut über diesen unsagbaren Schrecken, dieses abscheuliche Sterben, das Trauma, das die Bewohner San Franciscos nun für den Rest ihres Lebens begleiten würde.

Wieder einmal stellte ich mir die Fragen, die mich auch bei meiner tagtäglichen Routinearbeit begleiten.

Was war mit Flug WW 888 passiert? War der Absturz auf

einen Pilotenfehler oder einen technischen Defekt zurückzuführen? Hatten womöglich ein oder mehrere Personen dieses Flugzeug mit vierhundert Passagieren an Bord absichtlich abgeschossen?

War der Absturz von Flug WW 888 als kriegerischer Akt einzustufen?

Im Funkgerät meldete sich jetzt die Zentrale.

»Boxer, Conklin, bleibt, wo ihr seid. Der Sheriff von San Mateo County begleitet euch ins Gebäude.«

Ich bestätigte, und mein Partner griff zu seinem Handy.

Er wartete, während es klingelte, dann sagte er: »Cin? Ja, ich bin's. Ich weiß nicht. Grauenhaft. Furchtbar, schrecklich, schlimm. Wie geht's dir?«

Ich beobachtete die hin und her wogende Menge auf dem Parkplatz sowie die Schulbus-Karawane, mit der die Schulkinder ins Krankenhaus gebracht wurden. Und ich hörte meinem Partner und meiner lieben Freundin Cindy zu, die sich gegenseitig berichteten, was sie erfahren hatten, und die einander trösten konnten.

Ich sah nach, ob Joe mich vielleicht angerufen hatte.

Hatte er nicht.

26

Ein sanfter Regen fiel, als das Taxi vor dem überaus romantischen Hotel Andra in Belltown, einem Stadtteil von Seattle, anhielt.

Der Türsteher kam mit einem Regenschirm zum Wagen und machte der eleganten Dame in Schwarz die Tür auf. Sie schwang ihre Stiletto-Absätze nach draußen, trat mit anmutigen Schritten auf die Straße, schlang sich den Riemen ihrer Handtasche über die Schulter und zog sich die weiche Strickmütze bis über die Augenbrauen. Als sie das skandinavisch anmutende Foyer betrat, hatte sie ein Handy am Ohr.

Beim Empfangstresen angelangt, steckte sie das Handy wieder ein. Der Tresen war ein richtiges Kunstwerk: eine wunderschöne Konstruktion aus Walnuss- und Ahornholz. Durch die Glasplatten unterhalb der Granitplatte und über dem Fußboden hatte es fast den Anschein, als würde er schweben.

Die attraktive Frau liebte dieses Hotel.

Sie wechselte ein paar Worte mit dem Concierge, zeigte ihm, wie gefordert, ihren von einer staatlichen Behörde ausgestellten Dienstausweis, und er überreichte ihr im Gegenzug einen kleinen weißen Briefumschlag. Sie bedankte sich, schritt über mehrere bunte, handgeknüpfte Teppiche hinweg, vorbei an den Flammen des offenen, von Bücherregalen flankierten Kamins und blieb vor den Fahrstühlen stehen.

Als der Lift im Erdgeschoss angelangt war, trat ein junges Pärchen aus der Kabine. Es war garantiert auf dem Weg zum Abendessen. Der junge Mann lachte gerade über seinen eigenen Witz, und das Mädchen sagte: »Witzig. Ha. Echt gut, Brad.«

Die Frau lächelte angesichts des jungen Glücks und betrat alleine die Fahrstuhlkabine. Sie war zwar zwanzig Minuten zu spät dran, aber wenn man etwas vorhatte, was sich wirklich lohnte – und das tat es –, dann war es auch wert, dass man darauf wartete. Sie betrachtete sich im Spiegel an der Rückwand und rückte ihre Mütze zurecht, spielte mit den Spitzen ihrer frisch gefärbten, braun-goldenen Strähnchen. Ihre braunen Kontaktlinsen vervollständigten das Bild.

Ihr gefiel es. Und ihm würde es hoffentlich auch gefallen.

Der Fahrstuhl ruckelte mehrere Stockwerke nach oben, schließlich glitten die Türen auf, und sie stand in einem mit dicken Teppichen ausgelegten und ziemlich schummerig beleuchteten Flur. Pro Stockwerk gab es nur zwölf Zimmer, und sie ging bis ganz nach hinten.

Schließlich kratzte sie mit den Fingernägeln an der Zimmertür, wie eine Katze, riss den Briefumschlag auf, den der Concierge ihr gegeben hatte, und holte die Schlüsselkarte heraus.

Sie zog die Karte durch den Schlitz, die kleine Leuchtdiode sprang auf Grün, und die Klinke ließ sich mühelos herunterdrücken. Einen Augenblick lang blieb sie im Türrahmen stehen und betrachtete ihn inmitten dieses Ambientes aus Holztönen und eleganten Linien, bevor sie die Tür ins Schloss drückte.

Er wusste, dass sie da war, doch er blickte nicht auf. Er

saß auf einem Sofa vor dem Couchtisch, nackt, mit einem Handtuch über dem Schoß, und reinigte seine Pistole.

Ali betrat das Zimmer, knöpfte ihren schwingenden Ledermantel auf und ließ ihn auf die halbmondförmige Ottomane am Fußende des Betts fallen. Dann zog sie auch alles andere aus.

Als sie außer ihren Stilettos nichts mehr am Leib hatte, ließ der Mann die Pistole sinken. Er stand auf und nahm sie in die Arme.

Er drückte sie fest an sich, wiegte sie ein wenig hin und her, küsste sie auf den Hals und packte sie an den Schultern, um sie kräftig zu schütteln.

»Warum lässt du mich warten?«, fragte er. »Warum willst du, dass ich mir Sorgen mache?«

»Es tut mir leid«, erwiderte sie. »Es wird nicht wieder vorkommen.«

ZWEITER TEIL

27

An diesem Abend stellte ich den Streifenwagen direkt neben meinem Explorer in der Harriet Street ab und stieg aus, um den düsteren Bereich unter der Überführung möglichst schnell zu verlassen. Claire hatte mich angerufen, weil sie mich sofort sprechen musste. Ich war ausgehungert, deprimiert und wurde von allen möglichen und unmöglichen Sorgen zerfressen, aber wenn Claire mich sprechen wollte, musste ich los.

Ich kam nicht weit.

Unvermittelt raste ein BMW aus der Dämmerung hervor und kam mit quietschenden Reifen vor mir zum Stehen. Irgendwie kam es mir so vor, als hätte dieser Wagen mich schon verfolgt, seit ich beim Mills-Peninsula Medical Center losgefahren war, aber ich war mir nicht sicher. Ein Mann stieg aus dem schwarzen Wagen und kam auf mich zu. Er war asiatischer Abstammung, Mitte dreißig und hatte ein breites Gesicht mit einer schmalen Narbe am Kinn. Er trug ein schwarzes Hemd und eine Jeans.

»Du Polizei«, sagte er zu mir. Es war keine Frage.

»Ja. Was kann ich für Sie tun?«

»Mein Sohn da drin.«

Die Angehörigen der Passagiere des Flugs WW 888 hatten erfahren, dass die Toten hierher zur Gerichtsmedizin gebracht wurden, aber das war nur zum Teil richtig.

Das Gerichtsmedizinische Institut war in einem solchen Fall die erste Anlaufstation. Doch nachdem es seine Kapazitätsgrenze erreicht hatte, waren die Leichname auf verschiedene Krankenhaus-Leichensäle in der ganzen Stadt verteilt worden. Und nachdem auch dort kein Platz mehr gewesen war, hatte man beschlossen, die restlichen Absturzopfer in mehreren Kühl-Lastwagen in einem Hangar auf dem Flughafen zu lagern.

Der Mann, der sich jetzt mit zu Fäusten geballten Händen direkt vor mir aufgebaut hatte, konnte also unmöglich wissen, wo sein verstorbener Sohn gerade war.

Ich sagte: »Er tut mir wirklich leid, Sir, aber Sie dürfen das Gerichtsmedizinische Institut nicht betreten. Bitte rufen Sie diese Nummer an.« Damit reichte ich ihm eine Visitenkarte. »Dort erfahren Sie, wo Sie Ihren Sohn finden können und wann der Leichnam freigegeben wird.«

»Das Lüge. Nummer ist Lüge. Ich muss rein. Muss sehen ihn«, erwiderte er.

Der überdachte Durchgang, der vom Hinterausgang der Hall of Justice an der Gerichtsmedizin vorbei bis zur Straße führte, wurde von vier uniformierten Polizeibeamten bewacht. Ich konnte sie sehen. Aber konnten sie auch mich sehen?

Ich erklärte dem Asiaten noch einmal, dass es mir sehr leidtat und dass er doch bitte die zentrale Telefonnummer anrufen solle, die ich ihm gegeben hatte, aber er wurde fuchsteufelswild und beschimpfte mich in einer Sprache, die ich nicht verstand. Ich hatte das Gefühl, als würde er sich gleich auf mich stürzen.

Ich war bereit. Sobald er handgreiflich wurde, würde ich

ihn zu Boden zu werfen und ihm Handschellen anlegen. Doch dann löste sich Inspektor Monty McAllister aus der Gruppe im Durchgang und kam auf mich zu. Er war sehr groß. Und sehr kräftig.

»Brauchen Sie Hilfe, Sergeant?«, erkundigte er sich und ließ mich durch die Absperrung.

»Danke, McAllister.«

»Jederzeit.«

Jetzt stiegen noch drei Männer aus dem BMW und kamen auf uns zu.

Ich ging weiter. Claire erwartete mich bei der Krankenwageneinfahrt. Als ich bei ihr war, hörte ich hinter mir lautes Geschrei: McAllister und seine Männer drohten den Asiaten mit ihrer Festnahme.

Claire streckte die Arme nach mir aus und führte mich ins Innere des Gebäudes. Anschließend klammerten wir uns aneinander fest.

»Noch nie im Leben habe ich so etwas erlebt«, sagte sie. »Und ich kann bloß hoffen, dass ich nie wieder etwas Ähnliches erleben muss.«

28

Es war gegen 18.00 Uhr, als meine Freundin mich in die mit Edelstahl ausgekleidete Leichenhalle brachte. Dort standen, dicht an dicht, zwei Reihen mit zugedeckten Bahren.

»Das sind insgesamt sechzehn Unfallopfer«, sagte Claire. »Offiziell ist das unsere maximale Kapazität, aber wir haben noch ein bisschen zusätzlichen Platz geschaffen. Da drin liegen noch mal sechs«, sagte sie und wies mit dem Kinn in Richtung Obduktionssaal.

»Wie fühlst du dich?«

»Ganz okay, in Anbetracht der Tatsache, dass ich gerade den anstrengendsten Abend meines ganzen Lebens verbringe. Die meisten Toten sind ja noch nicht mal identifiziert. Da drüben liegt ein Dreijähriger. Ich hoffe, dass ich wenigstens ihm heute noch ein Namensschild umhängen kann.«

Dr. Germaniuk, der erfahrene Pathologe vom Dienst und Claires Stellvertreter, schob gerade einen Leichnam in eine Schublade, während drei verschwitzte Assistenten seinen Arbeitsplatz sauber machten und den nächsten Toten für die Obduktion vorbereiteten.

Claire rief ihm zu: »Dr. G, ich mache fünfzehn Minuten Pause, okay?«

»Gönn dir zwanzig«, meinte er.

Ich folgte Claire durch den Flur bis in ihr Büro. Sie machte die Tür hinter mir zu, setzte sich auf ihren Schreibtischsessel, und ich ließ mich auf den Stuhl vor ihrem Schreibtisch sinken. Sie hatte ihr Büro so gemütlich wie nur möglich eingerichtet.

In einer Wasserschale auf dem Schreibtisch schwebte eine Gardenienblüte, unter der gläsernen Tischplatte waren ein paar Fingerbilder zu sehen, und hinter ihr an der Wand hingen mehrere gerahmte Fotos von ihren Freundinnen aus dem Club der Ermittlerinnen und ihrer Familie. Ihr Mann Edmund war dabei, ebenso wie ihre beiden erwachsenen Söhne und ihr kleines Mädchen, Rosie.

Mein Blick blieb an der Kleinen hängen.

Claire sah mich an: »Raus mit der Sprache«, sagte sie.

»Richie und ich haben heute ununterbrochen kleine Kinder aus ihren Schulbussen in die Mills-Peninsula-Notaufnahme begleitet. Jede Menge Eltern waren da, aber sie mussten alle hinter der Absperrung warten, obwohl die Angst um ihre Kinder sie fast wahnsinnig gemacht hat. Aber sie durften nicht zu ihnen, verstehst du? Ich glaube, die meisten hätten am liebsten die Busse gestürmt. – Wir mussten die ganzen kleinen, verängstigten, traumatisierten Kinder ins Krankenhaus bringen, damit sie untersucht werden konnten. Wir haben sie nach ihren Namen gefragt. Haben ihnen zu trinken gegeben. Anschließend haben wir versucht, die Namen der Kinder mit der Liste der Eltern abzugleichen, die draußen die Barrikaden stürmen wollten. Bei jeder Übereinstimmung hat die Highway Patrol per Megafon den Namen in die Menge gebrüllt, und Rich und ich haben diese Fünfjährigen nach draußen begleitet, mitten in die aufgebrachte Menge. Mütter und Väter haben jedes Kind angebrüllt: ›Kennst du meine Tochter? Hast du meinen Jungen gesehen?‹

Wir haben jedes einzelne Wiedersehen hautnah miterlebt. Großer Gott, Claire. Jedes Mal, wenn eines von diesen kleinen Kindern mit aufgeschürften Armen und zerrissenen Kleidern sich von mir losgemacht und in ein Paar liebende Arme geworfen hat, hatte ich das Gefühl, als würde mir das Herz aus der Brust gerissen.«

Ich konnte nicht mehr weiterreden, und Claire griff über den Schreibtisch hinweg nach meiner Hand.

Dann fuhr ich fort: »Ich habe ständig an Julie gedacht. Wie soll ich eigentlich meine kleine Tochter beschützen, in einer Welt wie dieser?«

Eine lange Stille folgte, während wir über das Undenkbare nachdachten. Plötzlich fragte Claire: »Hat Joe sich schon gemeldet?«

Ich schüttelte den Kopf. »Was ist denn bloß passiert, verflucht noch mal? Wieso hat er mich nicht angerufen? Dafür muss es doch einen guten Grund geben, oder, Claire? Ich muss doch davon ausgehen, dass er mich anrufen würde, wenn er könnte. Und wenn er nun schwer verletzt ist? Oder tot? In diesem ganzen Durcheinander würde doch kein Mensch nach meinem vermissten Mann suchen.«

Claire murmelte ein paar tröstende Worte. »Er ist bestimmt okay. Er hat sicher einen guten Grund. Er meldet sich bestimmt bald.«

Ich blickte meine Freundin mit Tränen in den Augen an. »Ich muss jetzt nach Hause«, sagte ich. »Aber warum hast du mich eigentlich angerufen?«

»Stimmt«, erwiderte Claire und zog eine Schublade auf, holte einen kleinen Papierstapel heraus und schob ihn mir über den Schreibtisch hinweg zu.

»Das ist die Passagierliste«, sagte sie. »Ich bin sie durchgegangen, weil ich dachte, dass ich darauf vielleicht den kleinen Jungen und drei der anderen Opfer entdecke, die ihre Brieftaschen noch bei sich gehabt haben. Dabei ist mir der Name Michael Chan aufgefallen. Wahrscheinlich ist das ja ein ziemlich verbreiteter Name, Michael Chan.«

Ich starrte sie ratlos an. Was wollte sie mir eigentlich sagen? Michael Chan lag schließlich schon seit drei Tagen, seit seiner Ermordung im Hotel Four Seasons, in einem ihrer Kühlfächer.

Doch Claire wollte auf etwa anderes hinaus. Sie tippte mit dem Zeigefinger auf die Passagierliste, wo ein Name mit gelbem Leuchtstift markiert war.

»Schau doch mal, Linds«, sagte sie. »Chan. Michael. Professorville, Palo Alto. Das ist doch eines der Opfer aus der Schießerei im Hotel, stimmt's? Er kann unmöglich in diesem Flugzeug gesessen haben. Er liegt hier, in einem Kühlfach, markiert mit Name und Nummer. Ich habe das mehrfach überprüft. Er ist es, eindeutig.«

Mein Mund stand weit offen. Ich versuchte, den Nebel aus meinem Kopf zu vertreiben, und starrte auf den mit Leuchtstift markierten Namen in der Passagierliste. Wer war *dieser* Michael Chan? Unser Toter war von seiner Witwe identifiziert worden. Sogar mit zwei Gesichtstreffern hatte er noch ausreichend Ähnlichkeit mit seinem Führerscheinfoto gehabt.

Claire konnte es genauso wenig fassen wie ich.

»Wo ist dieser Michael Chan denn jetzt?«, wollte ich wissen und zeigte auf die Leuchtstiftmarkierung.

»Im Metropolitan Hospital, in der Leichenhalle«, sagte sie. »Dorthin haben wir ihn verlegt.«

29

Das Metropolitan Hospital ist ein riesiges Allgemein-Krankenhaus. Das gesamte Untergeschoss ist mit Labors und der Leichenhalle belegt.

Jetzt, gegen halb sieben Uhr abends, platzte der Parkplatz aus allen Nähten. Vorsichtig ließ Claire ihren Wagen zwischen den hastig abgestellten Fahrzeugen hindurchgleiten. Nirgendwo gab es eine freie Lücke, nicht für die Polizei, nicht für Ärzte und schon gar nicht für Patienten. Aber wir wussten, dass die völlig überlastete Direktorin der Pathologie am Eingang auf uns wartete.

Claire sagte: »Ich rufe Dr. Marshall an und sage ihr Bescheid.«

Sie holte ihr Handy aus der Tasche, und ich wollte die Gelegenheit nutzen, um mich bei Mrs. Rose zu melden – nur um festzustellen, dass mein Handy-Akku leer und mein Ladekabel im Streifenwagen liegen geblieben war.

Claire sagte: »Prima. Wir parken in der Valencia Street. Ein blauer Chevy Tahoe.«

Wir ließen also den Krankenhausparkplatz hinter uns und stellten unseren Wagen im Halteverbot vor einer Autowerkstatt in der Valencia Street ab. Lange mussten wir nicht warten. Eine unglaublich sportlich wirkende Frau mit glänzenden Haaren klopfte an Claires Seitenfenster. Sie trug einen grünen Ledermantel und darunter blutverschmierte Operationskleidung.

Wir stiegen aus, und Claire machte mich mit Dr. Pamela Marshall bekannt. Anschließend scharten wir uns zu einer spontanen Besprechung um Claires Motorhaube.

»Ziemlich hektischer Abend«, sagte Marshall, »und das nach dem heftigsten Tag aller Zeiten.«

»Geht mir ganz genauso«, erwiderte Claire. »Hören Sie, wir wollen nur kurz mit Ihnen in die Leichenhalle gehen, schnell einen Blick auf Mr. Chan werfen und sind sofort wieder weg.«

»Tja, Dr. Washburn, dazu muss ich Ihnen Folgendes sagen«, erwiderte Dr. Marshall. »Wir haben mittlerweile sechzig Leichen hereinbekommen, und es werden ständig mehr. Von vielen wissen wir nicht einmal den Namen. Sie haben Glück, dass Mr. Chan seinen Ausweis bei sich hatte. Aber um ehrlich zu sein, wenn ich das vorher gewusst hätte, hätte ich Ihnen die Fahrt hierher ersparen können. Ich kann Ihnen Chans Leichnam nicht zeigen, auch wenn Sie mir eine Million Dollar und ein Haus in Cannes anbieten.«

»Wenn Sie was vorher gewusst hätten?«, hakte Claire nach.

»Chan sollte eigentlich obduziert werden«, erwiderte Marshall, »aber dann muss irgendjemand die Bahre verschoben haben. Jedenfalls ist er vorübergehend nicht auffindbar.«

»Dr. Marshall«, schaltete ich mich ein. »Wollen Sie damit sagen, dass Sie Chan verloren haben?«

»Verlegt. Er taucht bestimmt wieder auf. Machen Sie sich keine Sorgen. Ich rufe Sie an, wenn es so weit ist. Aber jetzt muss ich wieder zurück. Wie gesagt, ich melde mich. Guten Abend, meine Damen.«

»Warten Sie«, rief ich ihr hinterher. »Ich möchte mir seinen Ausweis ansehen.«

Dr. Marshall ging einfach weiter.

Claire sagte: »Wenn sie den Leichnam nicht hat, hat sie auch keinen Ausweis. Die persönlichen Dinge liegen immer bei der jeweiligen Person.«

Ich wollte das nicht glauben. Chans Leichnam und sein Ausweis waren *verschlampt* worden? War das ein Scherz?

»Da stimmt doch was nicht«, sagte ich zu Claire.

»Lindsay, heute ergibt gar nichts einen Sinn. Fahr nach Hause. Morgen früh ruft Marshall uns bestimmt an.«

Ja… Und was, wenn nicht?

30

Ali Muller stellte ihren gemieteten Lexus in der Waverley Street im sogenannten Professorville-Viertel von Palo Alto ab. Es war früh am Morgen, und in dem salbeigrünen Haus mit dem Namen Chan am Briefkasten brannte Licht.

Ali schüttelte ihre Stirnfransen, trug frischen Lippenstift auf und legte ihr Schminktäschchen beiseite. Anschließend nahm sie sich noch einen Augenblick Zeit, um das süße Haus zu bewundern, den Beagle, der gerade dabei war, die Blumenbeete umzugraben, das Dreirad auf dem Gartenpfad, die Spitzenvorhänge hinter den Fenstern. Es war der Inbegriff eines Mittelschicht-Häuschens in einem Mittelschicht-Viertel.

Das amerikanische Ideal.

Sie suchte nach Überwachungskameras bei den Chans oder am Haus gegenüber, und als sie sich sicher war, dass keine Kameras, keine Blicke, keine vorbeifahrenden Autos zu befürchten waren, stieg sie aus und schloss den Wagen ab.

Anstatt zur Haustür zu gehen, steuerte sie die Seite des Häuschens an und öffnete das zierliche Maschendrahttor zwischen der Hauswand und der hohen Hecke, die die Grundstücksgrenze markierte. Wie erwartet führten ein paar niedrige Treppenstufen zu einer Tür, deren obere Hälfte aus Fensterglas bestand.

Ali ging die Treppe hinauf und spähte durch die Glasscheiben. Shirley Chan war gerade dabei, die Spülmaschine auszuräumen. Eines der Kinder saß mit einer Schale Cornflakes an der kleinen Frühstückstheke. Es war das jüngere Kind, ein Mädchen.

Ali drückte die Türklinke nach unten und gab der Tür einen leichten Stoß. Sie schwang auf, und Ali trat ein.

Shirley Chan hob verwirrt den Blick und versuchte zu verstehen, was da gerade passierte.

Was hatte diese Frau in ihrem Haus verloren?

»He«, sagte sie. »Sind Sie von der Presse? Sie haben vielleicht Nerven! Verschwinden Sie sofort, sonst hole ich die Polizei.«

»Bitte, Shirley, seien Sie unbesorgt. Ich bin nicht von der Presse, bestimmt nicht.«

»Was denn dann? Was wollen Sie von mir?«

»Bitte, beruhigen Sie sich doch, ich bitte Sie. Mein Name ist Ali Muller. Ich habe Ihren Mann gekannt. Die Nachricht von seinem Tod hat mich schwer getroffen. Wir haben gemeinsam an einem Projekt gearbeitet. Vielleicht hat Michael meinen Namen ja einmal erwähnt. Er hat gesagt, dass ich Ihnen diesen Brief geben soll, falls ihm etwas zustößt.«

Shirley Chan forderte ihre Tochter auf, sich etwas anzuziehen. Das kleine Mädchen beschwerte sich, dass der Hund noch draußen sei, und Shirley entgegnete: »Ich hole ihn gleich rein. Und jetzt flitz nach oben.«

»Setzen Sie sich doch«, sagte sie zu der beherrscht wirkenden und gut gekleideten Frau in ihrer Küche. »Ich habe nicht viel Zeit. Aber vielleicht können Sie mir sagen, wie Sie Ihren Kaffee trinken … und bitte geben Sie mir den Brief.«

»Ja, natürlich«, sagte Ali Muller. Sie stellte ihre Handtasche auf den Fußboden und bückte sich, um sie aufzuklappen.

Shirley ging zur Kaffeemaschine. »Wie trinken Sie Ihren Kaffee?«, erkundigte sie sich noch einmal.

»Mit einem Schluck Milch, wenn es Ihnen nichts ausmacht.«

»Nicht im Geringsten«, erwiderte Shirley.

Sie schenkte Kaffee in zwei blaue Steingutbecher, goss Milch in das Sahnekännchen und sagte: »Die Polizei hat gesagt, dass Sie die Letzte waren, die meinen Mann lebend gesehen hat. Ist das wahr?«

Sie wandte sich zu der Frau an ihrem Küchentisch um.

Ali Muller hielt eine Pistole in der Hand. Sie zielte. Sie drückte ab. Der Schalldämpfer unterdrückte den Knall der Schüsse, sodass nur ein leises Fauchen ertönte, zwei Mal, *pffft-pffft*. Zwei Löcher klafften in Shirley Chans Stirn.

Michael Chans Witwe landete tot auf dem Küchenfußboden.

31

Ich kam nach Hause, als die *Late Late Show* gerade anfing. Martha stürmte auf mich los, und Mrs. Rose schwang die Beine vom Sofa. Während sie ihre Schuhe suchte und sich die Kleidung glatt strich, sagte sie: »Der Kleinen geht es gut, Lindsay. Joe war kurz hier.«

»Joe war hier? Wann?«

Mrs. Rose sagte: »Vor einer Stunde ist er wieder weggefahren. Er hat gesagt, dass er mit den Absturz-Ermittlungen beschäftigt ist und nicht weiß, wann er wieder nach Hause kommt.«

Mrs. Rose holte einmal tief Luft, schlüpfte in ihre Schuhe und fuhr fort: »Ich soll Ihnen ausrichten, dass es ihm leidtut, dass er sich nicht bei Ihnen gemeldet hat.«

»Geht es ihm gut?«

»Er hat einen erschöpften Eindruck gemacht. Ich habe ihm ein Bier in die Hand gedrückt, und er hat zehn Minuten lang bei Julie gesessen. Dann hat er sich umgezogen und ist wieder gegangen, weil er wieder zurückmusste. Er hatte es wirklich sehr eilig, Lindsay.«

»Hat er vielleicht gesagt, dass er später noch mal anruft?«

Mrs. Rose sagte: »Das wird er. Natürlich wird er das.«

Als Mrs. Rose mir eine gute Nacht wünschte und die Tür ins Schloss zog, war ich immer noch starr vor Verblüffung.

Ich machte fast kein Auge zu.

Die ganze Nacht wurde ich von allen möglichen und viel zu realistischen Bildern aus meinem beruflichen und meinem privaten Umfeld, von Absturzopfern und anderen ungelösten Mysterien gequält.

Um 8.00 Uhr saß ich schon wieder an meinem Schreibtisch im Bereitschaftsraum, und als Brady sich eine Stunde später durch die Tür schob, war ich sofort bei ihm. Er winkte mich in sein Büro und begrüßte mich mit der Nachricht, dass die Mordkommission nichts mehr mit dem abgestürzten Verkehrsflugzeug zu tun hatte – das FBI hatte die Ermittlungen übernommen – und dass wir uns wieder ganz der Aufklärung unserer Mordfälle widmen konnten.

Speziell der Morde im Four Seasons.

Er sagte: »Gestern Morgen haben wir über Joe gesprochen. Hast du ihn in der Zwischenzeit gesehen?«

»Ja, ich meine: Nein. Unsere Kinderfrau hat gesagt, dass er gestern Abend nach Hause gekommen ist, aber da war ich noch bei der Arbeit. Er hat sich umgezogen und mir ausrichten lassen, dass er mit dem Flugzeugabsturz zu tun hat und bis zu den Augenbrauen in den Ermittlungen steckt.«

Brady warf mir einen skeptischen Blick zu.

»Er ist Experte für Flughafensicherheit«, sagte ich mit Nachdruck. »Und früher war er beim Heimatschutz.«

»Das weiß ich.«

»Hör zu, Brady, er hat sich nicht abgesetzt. Er wird mit mir Kontakt aufnehmen, sobald es geht. Dafür haben wir jetzt einen ganz neuen und ziemlich merkwürdigen Ansatzpunkt, was den Mord an Michael Chan angeht.«

Brady war ganz Ohr, und ich präsentierte ihm Michael Chan 2.0.

»Die Chef-Pathologin des Metropolitan Hospitals hat Michael Chans Leichnam verlegt. Vielleicht findet sie ihn ja heute oder im Lauf der Woche noch. Sie hat versprochen, dass sie anruft, sobald er wieder aufgetaucht ist. Darum wollte ich heute Morgen noch einmal mit Shirley Chan sprechen. Ich habe sie angerufen, aber sie hat sich nicht gemeldet, weder zu Hause noch im Büro. Ich versuche es trotzdem weiter. Ich möchte mehr über ihre Ehe und ihre finanzielle Situation erfahren. Ob ihr Mann seltsame Angewohnheiten gehabt hat. Beim ersten Mal war sie nicht in der Verfassung, dass wir ihr …«

»Fahr zu ihr«, sagte Brady. »Sofort.«

Wir brauchten vierzig Minuten für die fünfzig Kilometer, schließlich hielten Conklin und ich vor dem grünen Haus in der Waverley Street an. Das alte Gebäude saß genau in der Mitte des Grundstücks. Alles sah hübsch und aufgeräumt aus, abgesehen vielleicht von dem Dreirad auf dem Gartenpfad und dem Beagle-Dachshund-Mischling, der sich auf der Eingangstreppe ausgestreckt hatte. Als der Hund das Klappen unserer Autotüren hörte, sprang er auf und fing an zu jaulen.

»Hunde lieben mich«, sagte ich. »Pass mal auf.«

Ich näherte mich dem Hund, sagte: »Hallo, mein Kleiner«, und streckte ihm die flache Hand entgegen. Er wedelte mit dem Schwanz, wich ein Stück zurück, stellte sich vor die Tür und reckte den Kopf in Richtung Türknauf.

Conklin stellte sich neben uns und klingelte. Ich klopfte an und rief: »Shirley? Ist jemand zu Hause?«

Wir drehten uns um und wollten gerade wieder gehen, da klapperte die Tür, der Knauf drehte sich, und ein kleiner Junge in Schlafanzughose stand in der Tür. Ich konnte mich sogar an seinen Namen erinnern.

»Brett? Ich bin Sergeant Boxer. Ich war vor ein paar Tagen schon einmal hier. Kannst du dich erinnern?«

Er sah uns an und brach in Tränen aus.

Ich stieß die Tür auf. Die Hose des Kleinen war nass, und die Fußspuren, die von der Küche bis zur Haustür führten, waren rot.

Seine Hände und Füße, seine Brust und die eine Seite seines Gesichts … alles *rot*.

Brett Chan war voller *Blut*.

32

»Gib mir deine Hand«, sagte ich zu dem kleinen Jungen. Ich konnte mich erinnern, dass Shirley Chan gesagt hatte, Brett sei sieben Jahre alt. Er war klein für sein Alter und hatte dunkle Haare. Seine Brille saß schief, und seine Wangen waren tränenüberströmt.

Er streckte mir seine vom getrockneten Blut rot gefärbte Hand entgegen.

Ich zog ihn an seinem schmalen Handgelenk nach draußen, machte die Haustür zu, ging in die Knie und musterte ihn aufmerksam.

»Tut dir etwas weh?«, fragte ich ihn. Er weinte laut – schluchzte haltlos, um genau zu sein –, aber ich konnte keine Verletzungen erkennen. Das Blut stammte nicht von ihm.

»Wer ist noch im Haus?«

»Mein Mom. Und Haley.«

»Sonst niemand?«, wollte ich wissen. »Sind die beiden verletzt?«

Der kleine Junge schluchzte nur.

Waren der oder die Täter geflüchtet? Oder war Shirley Chan wahnsinnig geworden und hatte alles kurz und klein geschossen, einschließlich ihrer Tochter und sich selbst? Hatte sie Brett mit einer Drohung zur Haustür geschickt? *Wenn du auch nur ein Sterbenswörtchen verrätst, bringe ich dich um.*

Conklin sagte: »Brett? Komm, wir gehen mal zu unserem Polizeiauto, ja? Ich muss Unterstützung anfordern. Und du musst auf dem Beifahrersitz sitzen und den Polizeifunk abhören, okay? Wir brauchen deine Hilfe.«

Brett Chan nickte.

Conklin legte dem Jungen die Hand auf den Rücken und brachte ihn die sechs, sieben Meter bis zu unserem Zivilfahrzeug. Ich sah, wie mein Partner in sein Mikrofon sprach, den Wagen abschloss, zwei Schutzwesten aus dem Kofferraum holte und zur Eingangstreppe zurückkehrte.

»Die Kollegen von der örtlichen Wache sind unterwegs«, sagte er. »Wir können nicht länger warten.«

Brett Chan war voller Blut. Gut möglich, dass er das letzte überlebende Familienmitglied war, aber vielleicht war auch jemand im Haus gerade dabei zu verbluten. Niemand erwartete von uns, dass wir uns in eine potenziell gefährliche Situation brachten, bevor die Verstärkung eingetroffen war, aber wenn hier jemand sterben musste, nur weil wir zu spät kamen, würden mein Partner und ich uns ewig Vorwürfe machen.

Wir schlüpften in unsere Westen und zogen unsere Pistolen. Am Eingang rief ich: *»Hier spricht die Polizei! Wir kommen jetzt rein!«*

Ich nickte Conklin zu, und er trat die Tür ein.

Blutige Fußabdrücke verliefen kreuz und quer über den Fußboden des Foyers und der vorderen Zimmer. Conklin bog nach rechts ab Richtung Schlaf- und Kinderzimmer, und ich folgte den Spuren nach links.

Als ich mich der Küche näherte, richteten meine Nackenhärchen sich auf, fast so, als hätte mich eine kalte, tote Hand gestreift. Was würde ich am Schnittpunkt dieser vielen kleinen Fußspuren wohl zu sehen bekommen? Lief ich geradewegs einem Bewaffneten mit gezückter Pistole in die Arme?

Mit schussbereiter Waffe schob ich mich durch die Türöffnung in die Küche.

Shirley Chan lag zwischen dem Küchentresen und dem Kühlschrank auf dem Fußboden, die Augen an die Decke gerichtet. Das Blut hatte rund um ihren Kopf einen leuchtend roten Kranz gebildet. Ich ging neben ihr in die Knie und tastete nach einem Puls, obwohl ich wusste, dass da keiner mehr war. Ihre Haut war immer noch warm, und Pulvergeruch hing in der Luft.

Ich sah mich um. Keine Patrone auf dem Fußboden, und an der Hintertür waren keinerlei Anzeichen für ein gewaltsames Eindringen festzustellen. Eine Schale mit in Milch eingeweichten Frühstücksflocken stand auf dem Tisch. Vor meinen Füßen lag ein zerbrochener Kaffeebecher in einer Kaffeelache, und auf dem Tresen neben der Kaffeemaschine war ein identischer blauer Steingutbecher zu sehen.

Mir war klar, was sich hier abgespielt hatte. Shirley Chan hatte für eine zweite Person Kaffee gemacht. Vielleicht hatte sie sich zu der anderen Person umgedreht, um etwas zu sagen. In diesem Augenblick hatten die tödlichen Schüsse ihre Stirn durchschlagen. Das hier war kein Selbstmord, kein Unfall, kein missglückter Raubüberfall. Hier war kein überflüssiger Schuss abgegeben worden. Mrs. Chan war von einem Profi eiskalt ermordet worden.

Ich hörte Conklin sagen: »Jetzt ist alles gut, Haley. Wollen wir mal nachsehen, wo Brett steckt?«

Ich verließ die Küche und schüttelte den Kopf, sodass

mein Partner wusste, dass er die Kleine auf keinen Fall hier hereinbringen durfte. Ich streckte die Arme aus, und Conklin übergab mir Haley mit den Worten: »Du hast dich im Schrank versteckt, stimmt's, Süße?«

»Haley«, sagte ich, während Conklin die Küche in Augenschein nahm. »Ich bin von der Polizei. Hast du heute Morgen vielleicht jemanden im Haus gesehen, der hier nicht hingehört?«

Ich holte mein Smartphone aus der Tasche und zeigte dem fünfjährigen Mädchen ein Foto von Ali Muller.

»Haley? Kennst du diese Frau? Hast du sie schon mal gesehen?«

Das Kind klammerte sich noch fester an mich als zuvor und schluchzte heiße Tränen in die Grube zwischen meinem Hals und meiner Schulter. Armes, kleines Mädchen.

Welches Leben hatte sie jetzt zu erwarten?

33

Eine Viertelstunde nach unserem Eintreffen beim Haus der Chans war unser Auto von Streifenwagen, der Kriminaltechnik, einem Krankenwagen und dem Transporter der Gerichtsmedizin umringt.

Sechs Kriminaltechniker sicherten die Spuren im Inneren des Hauses, während Conklin und ich uns mit Lieutenant Todd Traina vom Palo Alto Police Department besprachen.

Natürlich wollten Conklin und ich die Zuständigkeit für diesen Fall behalten. Schließlich waren wir nicht nur als Erste am Tatort gewesen, wir waren außerdem bereits mit Shirley Chan, ihrem ermordeten Ehemann sowie einem geheimnisvollen, *zweiten* Michael Chan befasst, der beim Absturz des Flugs WW 888 ums Leben gekommen war.

Zusammengefasst könnte man also sagen, dass wir umfassend informiert und hoch motiviert waren.

Allerdings hatte sich dieses fürchterliche Verbrechen in Palo Alto und nicht in unserem Zuständigkeitsbereich abgespielt. Mehr als einen offenen Informationsaustausch zwischen unserer Dienststelle und der in Palo Alto konnten wir nicht erwarten.

Conklin, Lieutenant Traina und ich standen also unter einem Baum auf dem verdorrten Rasenstück zwischen Bürgersteig und Straße, und wir berichteten dem Lieutenant, wie wir in Professorville auf den Schauplatz eines taufrischen Mordes gestoßen waren.

Ich sagte zu dem jungen Lieutenant: »Wir wollten noch einmal mit Mrs. Chan sprechen. Wir hatten gehofft, dass ihr vielleicht noch etwas eingefallen ist, was uns bei der Aufklärung des Mordes an ihrem Mann hätte helfen können. Wir haben angeklopft, und Brett Chan hat uns aufgemacht.«

Nachdem ich ihm den herzerweichenden Zustand des kleinen Jungen geschildert hatte, kam ich zu meiner persönlichen Einschätzung.

»Ich glaube, dass Mrs. Chan den Täter gekannt hat«, sagte ich. »Es gibt keinerlei Einbruchsspuren, und sie wollte gerade zwei Tassen Kaffee machen, als sie aus nächster Nähe zwei Kugeln in den Kopf bekommen hat, und zwar von vorn. Ich habe keinerlei Anzeichen für einen Raubüberfall erkennen können. Das war ein professionell ausgeführter Mordanschlag.«

Traina machte sich Notizen und sagte: »Mm-hmm. Bitte, fahren Sie fort.«

Conklin übernahm. »Haley ist fünf Jahre alt. Sie hat gerade gefrühstückt, als eine Frau mit ›gestreiften Haaren‹ zur Hintertür hereingekommen ist. Haley sagt, dass ihre Mutter sie gebeten hat, sich für die Schule fertig zu machen. Als sie gerade wieder in die Küche gehen wollte, hat sie ein ›lautes Geräusch‹ gehört und sich schnell in ihrem Zimmer versteckt.«

Traina hakte nach: »Gestreifte Haare? Was könnte das denn heißen?«

»Braune Haare mit blonden Strähnchen, zum Beispiel«, sagte ich.

»Hmmm. Hat sie die Frau denn gekannt?«

»Hat sie noch nie zuvor gesehen«, erwiderte Conklin.

»Und der kleine Junge? Brett?«

»Er stand gerade unter der Dusche, als das alles passiert ist«, sagte ich.

Ich versicherte Lieutenant Traina, dass wir ihm alle wichtigen Informationen zukommen lassen würden, und er versicherte uns dasselbe. »Klare Sache.«

Wir tauschten Visitenkarten aus und setzten uns in unseren Wagen, als das Jugendamt vor Ort eintraf.

Warum waren die beiden College-Professoren Michael und Shirley Chan von professionellen Auftragskillern ermordet worden? Und was, wenn überhaupt, konnten wir daraus über den Toten schließen, der an Bord des Unglücksflugs WW 888 von Peking nach San Francisco gewesen war? Den Toten, der unter Michael Chans Namen und seiner Adresse gereist war?

Gab es da eine Verbindung?

Irgendjemand musste das wissen.

34

Breite, von Palmen gesäumte Wege führen auf das wunderschöne und weitläufige, mit Hunderten anderer Baumarten gespickte Gelände der Stanford University. Die Universitätsgebäude – überwiegend im mediterranen und spanischen Stil erbaute Sandsteinhäuser mit roten Ziegeldächern – sind sehr gut erhalten und gepflegt. Einfach wundervoll.

Wir hatten einen Termin mit Eugene Levy, Leiter der Geschichtsfakultät und Michael Chans ehemaliger Vorgesetzter. Levy war klein und trug einen Vollbart sowie eine dicke Brille. Er erhob sich von seinem Schreibtisch, gab uns die Hand, bat uns, Platz zu nehmen, und machte seine Tür zu.

»Was für eine Tragödie«, sagte er. »Ich bin Michael immer nur in beruflichen Zusammenhängen begegnet, aber wir kannten uns seit mehr als acht Jahren. Ich habe ihn wirklich gerngehabt. Er war zuverlässig. Gewissenhaft. Kannte sich auf seinem Forschungsgebiet sehr gut aus. Obwohl, angesichts seines Todes… wer weiß? Vielleicht habe ich ihn ja überhaupt nicht gekannt.«

Levy hatte eine Liste mit etlichen von Chans Kollegen und Studenten vorbereitet, alphabetisch sortiert und mit Telefonnummer. Diejenigen, von denen er glaubte, dass sie eine persönliche Beziehung zu Chan gehabt hatten, waren mit einem Sternchen gekennzeichnet.

»Ich bin immer noch vollkommen erschüttert wegen alledem. Die ganze Universität ist erschüttert. Sagen Sie mir Bescheid, wenn ich noch etwas für Sie tun kann?«

Ich erwiderte, dass wir das tun würden, und wir verließen sein Büro. Im Lauf des restlichen Vormittags und des ganzen Nachmittags befragten wir zwei Dutzend Personen.

Unsere Standardfragen lauteten: *Wie gut haben Sie Michael Chan gekannt? Hat er sich irgendwie merkwürdig verhalten? Hatte er Feinde? Können Sie sich einen Grund denken, weshalb er letzte Woche in einem Fünfsternehotel ermordet worden ist?*

Niemand konnte uns auch nur den geringsten Hinweis geben.

Gegen 17.00 Uhr waren wir einem ersten Erklärungsansatz für Michael Chans Tod genau so nahe wie vier Tage zuvor. Wir waren gerade auf dem Weg zu unserem Wagen, als eine atemlose Stimme »Hallo« rief.

Ein stämmiger junger Mann Mitte zwanzig in kurzer Hose und Stanford-T-Shirt kam den Weg entlanggelaufen. Als er uns eingeholt hatte, blieb er stehen und stellte sich als Stiles Paul Titherington vor, Assistenztrainer des American-Football-Teams. Auf Levys Liste war er als persönlicher Freund von Michael Chan markiert.

Er sagte: »Ich habe Ihre Nachricht bekommen. Ja, stimmt, Michael und ich waren eng befreundet.«

Bei diesen Worten hüpfte er beinahe auf und ab. Er schien ganz begierig zu sein, uns alles zu sagen, was er wusste.

»Also, ich weiß wirklich nicht, wer ihn umgebracht hat, aber das eine kann ich Ihnen sagen: Er hatte eine Affäre, absolut Hollywood-mäßig, war total verknallt. Michael war eigentlich nicht unbedingt der emotionale Typ, aber dann hat er diese Frau kennengelernt, und mit einem Mal, *bumm*, glaubt er, dass er den Sinn des Lebens gefunden hat.«

Titherington fuhr fort, dass Michael nicht daran gedacht hatte, Shirley zu verlassen, und dass Alison allem Anschein nach auch verheiratet war und Kinder hatte.

Bei dem Namen Alison wurde ich hellhörig.

»Vor ein paar Tagen wollte er sich mit ihr treffen«, sagte Titherington. »Er wollte sich danach bei mir melden und mir Bescheid sagen, wie es gelaufen ist. Und da erfahre ich, dass Michael tot ist.«

»Hat Michael Ihnen Alisons Nachnamen verraten?«, wollte ich wissen.

»Mehr als das, was ich Ihnen gerade gesagt habe, hat er mir nicht erzählt. Dass sie wunderschön, klug und witzig ist, die perfekte Kombination.«

Auf der Rückfahrt in die Stadt redeten Conklin und ich ununterbrochen. Wir hatten zwar ein paar Hinweise erhalten, aber die reichten nicht für eine schlüssige Theorie. Alison Muller hatte Michael Chan in seinem Zimmer im Four Seasons besucht. Er war in sie verliebt gewesen. Sie waren beide verheiratet und hatten sich zu einem Rendezvous getroffen.

Trotzdem blieben viele Fragen ungelöst. Warum hatte Muller nicht die Polizei gerufen, nachdem ihr Geliebter ermordet worden war? War sie entführt worden? War sie tot? Oder hatte sie Chan umgebracht und war anschließend untergetaucht?

Ich rief gerade Brady an, um ihm von unserem Tag in Stanford Bericht zu erstatten, da klingelte Conklins Handy.

Er sagte: »Okay, klar. Danke, Cin. Wir treffen uns dort.«

»Was war das denn?«, fragte ich ihn. »Wo treffen wir Cindy?«

35

Das Grand Pacific Hotel liegt ein kleines Stück südlich des Flughafens am Old Bayshore Highway. Das Personal hatte die Schiebetüren zwischen drei nebeneinanderliegenden Konferenzräumen im Zwischengeschoss geöffnet und in einen Saal umgewandelt, der groß genug war, um die Menschenmassen aufzunehmen, die die Pressekonferenz des NTSB zum Stand der Ermittlungen im Zusammenhang mit dem Absturz von Flug WW 888 verfolgen wollten.

Der in beigen und bordeauxroten Farbtönen gehaltene Saal war voll besetzt. Es gab nur noch Stehplätze. Ich drängte mich zusammen mit Conklin und Cindy an den rechten Rand, nicht weit vom Hinterausgang entfernt.

Um Punkt 18.00 Uhr betrat eine blonde Frau mit einem holzkohlegrauen Anzug und einem NTSB-Aufkleber auf der Brusttasche die hastig errichtete Bühne am vorderen Saalende. Sie stellte sich an ein Pult, klopfte einmal kurz auf das Mikrofon und begann sofort zu sprechen, ohne abzuwarten, bis Ruhe eingekehrt war.

»Mein Name ist Angela Susan Anton. Ich bin die Vorstandsvorsitzende des National Transportation Safety Boards. Mir ist durchaus klar, dass Sie seit unserer ersten Erklärung ungeduldig auf weitere Verlautbarungen warten, aber wir haben uns in der Zwischenzeit im Angesicht der nahezu vollständigen Zerstörung des Flugzeugs sowie des tragischen Todes der Passagiere und der Besatzung intensiv bemüht, möglichst viele sinnvolle Informationen zusammenzutragen.«

Lautes Weinen tönte durch den Saal, als Freunde und Angehörige der Toten nun auch offiziell mit anhören mussten, dass sie einen oder mehrere geliebte Menschen nie wieder zu Gesicht bekommen würden.

Die Vorstandsvorsitzende Anton nahm den Faden wieder auf.

»Ich stehe im ständigen Austausch mit unserem Leitenden Ermittler, Mr. Jan Vanderleest, der einem fünfundzwanzigköpfigen Ermittlerteam vorsteht. Bislang wurden unter anderem die Bekannten der vierköpfigen Piloten-Crew und ihrer Ablösung befragt.«

Anton schilderte im Folgenden die Arbeits- und Ruhezeiten der Crew während der zweiundsiebzig Stunden vor dem Absturz und schloss mit den Worten, dass die Piloten in guter körperlicher und seelischer Verfassung gewesen seien, was durch den Verlauf des Flugs von Peking bis zum Eintreten des Vorfalls bestätigt worden sei.

Die Vorsitzende ließ die zahlreichen Zwischenfragen, mit denen sie jetzt bombardiert wurde, unbeantwortet und fuhr mit den Aussagen der Fluglotsen fort, die zum Zeitpunkt der Tragödie im Tower des Internationalen Flughafens von San Francisco ihren Dienst versehen hatten. Sie berichteten übereinstimmend, dass der Pilot sich am Donnerstagvormittag um 8.56 Uhr auf der Frequenz des Towers zur Landung auf der Landebahn 28 Links angemeldet hatte. Als Flug WW 888 noch etwa zweieinhalb Kilometer von der Landeschwelle entfernt gewesen war, war die Landeerlaubnis erteilt worden.

»Hier sehen Sie ein Bild des Luftraums unmittelbar vor dem Vorfall«, sagte sie.

Anton schaltete einen großen Bildschirm zu ihrer Rechten ein. Darauf war jetzt eine PowerPoint-Präsentation zu sehen, die den Anflug von WW 888 auf die Landebahn simulierte, einschließlich der Explosion und einer eindrücklichen Darstellung des auseinanderbrechenden Flugzeugs.

Sie sagte: »Es gibt Berichte über einen Blitz am Himmel, nur wenige Sekunden vor dem Absturz des Flugzeugs. Aufgrund der Flugrichtung und der Höhe der Maschine in diesen letzten Augenblicken haben wir leider keinen eindeutigen Blick auf die rechte Tragfläche, wo die Explosion stattgefunden hat. Bei der Explosion des Treibstoffs im Inneren der Tragfläche wurde diese nach oben gerissen, was vom Boden aus wie der Kondensstreifen einer Rakete gedeutet werden kann.

Trotzdem lässt sich die Möglichkeit eines Raketenangriffs nach derzeitigem Stand nicht ausschließen …«

Die Vorstandsvorsitzende wurde von einem Tsunami aus Fragen und Schreien unterbrochen. Die Fotografen, die den Bildschirm mit den Abbildungen knipsen wollten, lieferten sich eine ausgedehnte Schubserei. Anton brüllte in ihr Mikrofon: »Von Chief Vanderleest erfahren Sie jetzt weitere Einzelheiten. Danke schön.«

Anton hatte ihren Platz kaum verlassen, da betrat Vanderleest die Bühne. Er blieb wie ein Felsblock stehen, bis der Saal sich wieder beruhigt hatte.

Dann fing er an zu sprechen. »Wie die Vorstandsvorsitzende bereits gesagt hat, können wir nicht ausschließen, dass Flug WW 888 von einer Rakete getroffen wurde. Aber bevor wir die Flugschreiber nicht gefunden und die Überreste der Boeing 777 geborgen und analysiert haben, können wir zur Absturzursache nichts sagen. Auf unserer Website sowie auf der von Worldwide Airlines erfahren Sie, wo die bereits identifizierten Toten untergebracht worden sind. Worldwide Airlines wird Sie außerdem täglich über den Fortgang der Ereignisse unterrichten. – Vielen Dank für Ihre Aufmerksamkeit.«

Über das an- und abschwellende Getöse der Menge rief Conklin mir und Cindy zu: »Bleibt bei mir.«

Wir befanden uns im Flur vor dem improvisierten Pressesaal, als ein asiatisch aussehender Mann in Jeans und einer schwarzen Jacke mich mit voller Wucht rammte. Ich taumelte rückwärts in eine Gruppe anderer Menschen und konnte mich nur mit größter Mühe auf den Beinen halten. Ich blickte mich hektisch um, wollte wissen, wer mich da so rüde attackiert hatte, und bekam eine halbe Sekunde lang sein Gesicht zu sehen: breite Stirn, schmale weiße Narbe auf dem Kinn.

In diesem Augenblick gingen die Türen am hinteren Ende des Saals auf. Hunderte Menschen stürmten Richtung Ausgang und rissen uns einfach mit sich.

36

Vollkommen erledigt kam ich an diesem Abend nach Hause. Martha sprang auf mich zu, und ich hielt sie an den Schultern fest und rief »Liebling!«, hatte für einen Moment vergessen, dass ich Joe seit Tagen nicht gesehen hatte. Vielleicht hoffte ich auch einfach nur, dass er mir antwortete.

Mrs. Rose flötete mir ein liebevolles »Hallo« entgegen und trat in den Flur, während sie sich mit einem Geschirrhandtuch die Hände abtrocknete.

»Joe ist nicht da, aber Julie geht es wunderbar. Und Ihnen? Ist alles in Ordnung?«

Ich nickte und versuchte, die Bilder von Shirley Chans Leichnam und dem völlig zerstörten Leben ihrer Kinder aus meinem Gehirn zu vertreiben.

Wo war Joe?

Ich wollte meinen Mann zurückhaben. Ich wollte, dass es ihm gut ging. Dass er mich nicht irgendwie hintergangen hatte, auch wenn es sich so anfühlte. Ich wollte, dass er mich in dieser Nacht festhielt und ich ihn, und dass wir miteinander sprachen und einander liebten.

»Lindsay, ich wusste nicht genau, wann Sie nach Hause kommen.«

»Tut mir wirklich leid«, sagte ich zu Mrs. Rose. »Der Tag ist mir einfach zwischen den Fingern zerronnen.«

»Kein Problem. Ich habe einen Hackbr…«

»Ich liebe Sie«, platzte ich heraus.

»Ich liebe Sie auch«, erwiderte sie, breitete die Arme aus, umarmte mich kurz und sagte, dass ich zu meiner Tochter gehen solle. »Sie plappert inzwischen wirklich ununterbrochen.«

Sie brachte mir ein Glas Wein ins Kinderzimmer, und ich wiegte Julie im Arm, starrte zum Fenster hinaus und redete mir ein, dass alles in Ordnung war und ich einfach nur ein bisschen schlafen musste.

Gegen 21.00 Uhr war ich mit Julie alleine. Sie sagte: »Mama, Sissste«, was so viel bedeutete wie »Mama, erzähl mir eine Geschichte«. Das Wort hatte Joe ihr beigebracht, und es war keine Bitte, sondern eine Forderung. Ich nahm sie und Martha zu mir ins Bett und erzählte Julie die Geschichte, wie ich Martha in einem Tierheim für herrenlose Border Collies gefunden hatte.

»Es war Liebe auf den ersten Blick, stimmt's, Boo?«

Martha bellte, Julie lachte und ich auch ein bisschen. Es war das erste Mal seit etlichen Tagen, so viel stand fest.

Eigentlich wollte ich Julie gleich wieder in ihr Kinderbettchen zurückbringen, doch dann wurde ich gegen drei wach, als sie den ersten, zaghaften Schrei ausstieß, der normalerweise der Vorbote für einen hysterischen Schreianfall ist.

»Süße, Süße, Mommy ist doch da.«

Wo war Daddy? Wo war Joe?

37

Außer sich vor Wut stürmte Claire aus dem Metropolitan Hospital ins Freie.

Jetzt war es endgültig. Dr. Marshall hatte Michael Chans Leichnam verloren. Ihre erste Aussage, »Ich melde mich telefonisch«, hatte sich zuerst zu einem »Ich habe wirklich keine Ahnung, was aus ihm geworden ist« gewandelt und schließlich mit »Ich frage mich langsam, ob Mr. Chan überhaupt jemals hier war oder bloß der Plastikbeutel mit seiner Brieftasche« geendet.

»Und wo ist seine Brieftasche?«, hatte Claire sich erkundigt.

»Ich habe verdammt noch mal keine Ahnung. Hören Sie, ich habe seit drei Tagen nicht mehr geschlafen.«

Es war Samstagmorgen, und Lindsay ging nicht ans Telefon. Claire wollte sie eigentlich nicht aufwecken.

Aber trotzdem.

Sie setzte sich in ihr Auto, wählte noch einmal Lindsays Nummer, und dieses Mal nahm sie ab.

»Wie viel Uhr ist es?«, erkundigte sie sich mit rauer Stimme.

»Viertel vor elf«, sagte Claire. »Du schläfst noch. Darum in aller Kürze: Michael Chans Leichnam ist immer noch unauffindbar, und im Metropolitan haben sie die Suche mittlerweile eingestellt. Aber ich gebe nicht auf, so lange, bis er in meiner Leichenhalle liegt.«

»Ist kein Problem«, erwiderte Lindsay. »Sie haben's ja versucht.«

»Sie haben's *versucht*? Was ist eigentlich los mit dir, Lindsay?«

»Nichts. Alles bestens«, erwiderte Lindsay.

»Ist Joe inzwischen wieder zu Hause?«

»Nein. Aber er wird schon kommen.«

»Okay«, saget Claire, legte auf und ließ den Motor an. Es war an der Zeit, dass endlich etwas unternommen wurde. So konnte es jedenfalls nicht weitergehen. Sie rief Cindy und Yuki an, und als sie vor Lindsays Haus eintraf, warteten die beiden schon in Cindys Wagen auf sie.

Claire klopfte an das Seitenfenster.

»Seid ihr startklar?«

»Und wie!«, erwiderte Cindy. »Genau der richtige Tag, um jemandem gründlich den Kopf zu waschen.«

Die drei trugen ihre Einkaufstüten zu dem Hauseingang Ecke Lake Street und Twelfth Street, und Claire drückte auf die Klingel. Als Lindsay sich mit »Niemand zu Hause« meldete, rief Claire: »Ich bin's, du Faultier. Mach auf!«

Der Türöffner summte. Claire, Cindy und Yuki betraten das altehrwürdige Wohnhaus und stiegen die breite Treppe bis in den zweiten Stock hinauf. Claire klingelte.

Hundegebell ertönte, mehrere Schlösser schnappten auf, und die Tür wurde geöffnet.

»Was soll denn das, Claire? Kann ich nicht ab und zu mal ausschlafen?« Dann erst nahm sie auch den Rest des Clubs wahr und riss die Tür sperrangelweit auf. Als Claire sah, dass Lindsay ihren Schwangerschaftsschlafanzug trug, musterte sie ihre Freundin fragend.

»Nein, ich bin nicht guter Hoffnung«, sagte Lindsay. »Ich hab bloß sonst nichts Sauberes mehr.«

Martha führte einen Freudentanz auf, irgendwo im hinteren Teil der Wohnung weinte das Baby, und Lindsay sagte: »Bloß, dass ihr Bescheid wisst: Vor Montag setze ich keinen Fuß vor die Tür. Vielleicht nicht mal dann.«

»Einverstanden«, erwiderte Claire. »Und jetzt machen wir's uns in aller Ruhe gemütlich und lassen's uns gut gehen.«

»Wir haben Sandwiches und Kekse mitgebracht. Und Kaffee«, sagte Yuki.

»Und Linds, bloß, dass du's weißt«, schaltete Cindy sich ein. »Ganz egal, was hier alles gesprochen wird, es bleibt unter uns. Selbst wenn du weißt, wer Kennedy wirklich erschossen hat. Sogar, wenn du weißt, wo der Heilige Gral aufbewahrt wird.«

Lindsay lachte, und Yuki holte Julie aus ihrem Bettchen und drückte sie ihrer Mom in den Arm.

»Setz dich, Lindsay«, sagte Claire. »Möge das Schlemmen beginnen.«

Nachdem die vier besten Freundinnen sich um das Fingerfood auf dem Couchtisch versammelt hatten, sagte Claire mit feierlicher Stimme: »So, nachdem wir es jetzt alle bequem haben, Lindsay, lass es raus. Wann hast du Joe das letzte Mal gesehen?«

38

Wenn Claire vorher angerufen hätte, hätte ich gesagt: »Schönen Dank für das Angebot, aber vergiss es. Ich bleibe den ganzen Tag im Bett.«

Aber sie hatte nicht angerufen. Darum wurde ich ohne Vorwarnung und ohne Genehmigung von Yukis ansteckendem Lachen, Claires rigoroser Mütterlichkeit und Cindys natürlicher Lebensfreude aus meiner wohlverdienten Depression gerissen.

Und vom Essen.

Julie genoss die Gesellschaft in vollen Zügen. Sie war überglücklich. Ich setzte sie in ungefähr eineinhalb Metern Entfernung auf ihren Kinderstuhl, und nachdem Martha sich zu meinen Füßen zusammengerollt hatte, war unsere Mädelsgruppe vollzählig. Alles war gut. Ich korrigiere: Alles war großartig.

Claire sagte: »Jetzt wird gearbeitet, Linds. Wann hast du Joe das letzte Mal gesehen? Wann hast du das letzte Mal von ihm gehört?«

»Und was ist da eigentlich los?«, fügte Cindy hinzu. »Ganz egal, was es ist, du weißt, dass wir dir niemals einen Vorwurf machen würden.«

»Wir wollen bloß endlich dieses große Geheimnis lüften«, sagte Yuki. »Wir wollen wissen, womit wir es hier zu tun haben, stimmt's?«

Yukis Rechtsanwältinnengehirn arbeitete auf Hochtouren und verlangte nach einer Chronologie der Ereignisse. Also fing ich von vorn an und schilderte alles in der Reihenfolge, in der es sich abgespielt hatte.

Am Anfang meines Berichts stand die erstaunliche Tatsache, dass Joe am Montagabend nicht nach Hause gekommen war, dass er aber am Dienstagmorgen schnarchend neben mir gelegen hatte. Ich erzählte meinen Freundinnen, dass er sich völlig normal benommen hatte, ja, dass er sogar in richtig romantischer Stimmung gewesen war. Er hatte für mich und Julie Frühstück gemacht und war zu Hause geblieben, während ich joggen gegangen war.

»Am Montag war die Schießerei im Four Seasons. Rich und ich hatten wahnsinnig viel zu tun. Am nächsten Tag hatten wir Michael Chan identifiziert und sind zu seiner Witwe rausgefahren.«

Meine Freundinnen nickten, sagten »Mm-hmm, mm-hmm, mm-hmm« und wollten noch mehr hören.

Ich fuhr fort: »Am Dienstag habe ich mit Joe telefoniert, als wir Shirley Chan ins Präsidium gebracht haben. Und irgendwann am späten Abend habe ich mir die Überwachungsaufnahmen aus dem Kamerawagen angesehen, den wir vor dem Haus der Chans aufgestellt hatten. Und auf den Aufnahmen habe ich ihn gesehen. – Moment mal, ich zeig's euch.«

Ich fuhr meinen Laptop hoch, wartete, bis die anderen hinter mir standen, und spielte das Video ab. Ich zeigte ihnen, wie Joe auf der Waverley Street seinen Wagen stoppte und direkt in die Spionagekamera des San Francisco Police Department starrte. Anschließend erzählte ich ihnen noch, dass Richie auf den Überwachungsbändern aus dem Hotelfoyer einen Mann identifiziert hatte, der Joe sehr ähnlich sah.

»Aber seit dieser Videoaufnahme habe ich Joe nicht mehr gesehen.«

Meine klugen, geheimniserprobten Freundinnen stellten mir jede Menge Fragen, aber ich hatte darauf keine Antworten.

»Also, ich glaube ja, dass er irgendwie mit der ganzen Sache zu tun hat«, sagte Cindy. »Natürlich nicht im negativen Sinn, aber dass er da in Palo Alto vor dem Haus der Chans aufgetaucht ist, kann kein Zufall sein.«

»Ich weiß es nicht, Cindy«, sagte ich. »Ich finde ja auch, dass es etwas zu bedeuten haben muss, aber wir kennen vielleicht nicht alle Aspekte.«

»Was heißt das?«

»Er ist Sicherheitsberater. Er weiß alles über die Sicherung von Häfen. Vielleicht hat er ja irgendein streng geheimes Projekt am Laufen. Vielleicht darf er sich nicht mit mir in Verbindung setzen. Vielleicht werden unsere Telefone abgehört.«

»Hast du seine Auftraggeber angerufen?«

»Würde ich ja, wenn ich wüsste, wer das ist.«

Cindy ließ sich nicht beirren. »Weiter im Text«, sagte sie.

»Okay, okay.«

Also berichtete ich meinen Freundinnen von der geheimnisvollen Blondine, die Chans Zimmer im Four Seasons betreten hatte.

Da meldete sich wieder Cindy zu Wort: »Ich habe ein Foto von ihr auf unserer Website veröffentlicht und einen Tipp bekommen.«

»Am nächsten Tag«, fuhr ich fort und hob dabei meine Hände in die Luft, »noch bevor wir dem Tipp nachgehen konnten ...«

Claire brachte meinen Satz zu Ende: »Der Absturz von Flug WW 888.«

»Als ich an diesem Abend nach Hause gekommen bin, sagt Mrs. Rose, dass ich Joe knapp verpasst habe. Er hat sich nur schnell umgezogen und lässt mir ausrichten, dass er mit diesem Flugzeugabsturz-Albtraum beschäftigt ist und ... also, dass ich nicht auf ihn warten soll.«

»Das heißt also, er ist definitiv am Leben«, sagte Yuki. »Er ist auch nicht verletzt oder so. Sondern er *arbeitet*.«

»Das hat er jedenfalls gesagt.«

Ich zweifelte nicht an meinen Worten, aber verdammt noch mal, es war doch sehr seltsam, dass Joe überhaupt keinen Kontakt zu mir aufnehmen konnte. Ehrlich gesagt war das absolut unerklärlich. Nachdem meine Freundinnen wieder gegangen waren, spendierte ich Julie ein ausführliches Bad, fütterte sie mit Apfelmus und wählte Joes Nummer.

»Wir bedauern«, sagte die mechanische Ansagestimme, »aber die Mailbox des Teilnehmers ist ausgelastet. Auf Wiederhören.«

Soll ich ganz ehrlich sein? Das Ganze brachte mich fast um den Verstand.

39

Den Rest des Tages verbrachte ich damit, Wäsche zu waschen, und gegen Abend bekam ich langsam Hunger. Ich brachte Julie zu Mrs. Rose hinüber, sagte: »Ich bin gleich wieder da«, und ging zu dem kleinen asiatischen Lebensmittelladen um die Ecke.

Als ich auf die Straße hinaustrat, war es schon dunkel. Ich überlegte, welches Gemüse wohl zu dem Schmorbraten von gestern passen würde, als ich etwas spürte – einen Stoß oder einen Schlag vielleicht.

Mein Kopf dröhnte, und ich konnte nur noch Schemen erkennen, aber das, was da vor meinen Augen flimmerte, das waren eindeutig die Umrisse von *Schuhen*.

Lichter flackerten auf, Scheinwerfer sausten vorbei. Das ergab doch keinen Sinn! Ich hätte mich am liebsten übergeben. Kaum hatte ich mich mühsam auf alle viere gestemmt, empfing ich einen Schlag in die Seite und lag sofort wieder am Boden. Ich rollte mich zu einer Kugel zusammen und hielt schützend die Hände vors Gesicht. Dann hörte ich zwei Stimmen, vielleicht auch mehr, die auf Englisch mit einem starken ausländischen Akzent auf mich einredeten.

Ich blickte zwischen meinen Fingern hindurch und sah vier verschwommene asiatische Gesichter auf mich herabstarren. Den einen kannte ich doch! Das war doch der Kerl, der mich vor der Gerichtsmedizin so angepöbelt und nach der NTSB-Pressekonferenz geschubst hatte.

Er trug schwarze Kleidung und besaß ein breites Gesicht. Jetzt brüllte er mich an. Es klang wie: »Du kennen Chan?«

Bildete ich mir das alles nur ein?

»Lassen Sie mich in Ruhe«, sagte ich. »Ich bin Polizeibeamtin.«

Ich wollte nach meiner Waffe greifen, aber meine Hand ging ins Leere. Schon wieder wurde ich angebrüllt: »Für wen du arbeit?«

»Was? Verschwinden Sie!«

Ich bekam noch einen Tritt an den Hinterkopf. Als ich wieder zu mir kam, lag ich in einem Notarztwagen, der mit Höchstgeschwindigkeit durch die Stadt raste. Der Sanitäter neben mir sagte: »Herzlich willkommen. Wie heißen Sie?«

Ich rief sofort Conklin an und bat ihn, Mrs. Rose Bescheid zu geben. Um die Sirenen zu übertönen, musste ich so laut schreien, dass mir fast der Schädel platzte.

Kurz darauf wurde ich in die Notaufnahme gerollt. Meine Kleidung landete in einem Plastikbeutel. Eine Krankenschwester maß meinen Blutdruck und meine Körpertemperatur und packte mich in zwei frische Decken ein. Irgendwann tauchte ein Dr. DiDonato auf.

Er untersuchte mich gründlich.

»Wie fühlen Sie sich, auf einer Skala von eins bis zehn, wenn zehn für unerträglich steht?«

»Ich fühle mich, als hätte mich jemand zusammengeschlagen.«

»Daran können Sie sich erinnern?«

»Lebhaft.«

»Haben Sie schon einmal in einem Computertomografen gelegen?«

»Nein.«

»Dann machen Sie sich auf eine neue Erfahrung gefasst. Anschließend sage ich Ihnen, wie es um Ihren Kopf bestellt ist, und zur Beobachtung behalten wir Sie über Nacht hier.«

»Meine einjährige Tochter ist gerade bei meiner Nachbarin. Und irgendjemand muss eventuelle Augenzeugen auftreiben.«

»Ich habe bis elf Uhr Dienst«, sagte DiDonato. »Danach übernimmt Dr. Santos. Vielleicht entlässt er Sie ja morgen früh.«

Während ich noch auf meine CT wartete, tauchte Conklin auf. Er sah besorgt und stinksauer zugleich aus.

»Was ist denn passiert? Du bist überfallen worden? Du?«

»Vier asiatische Typen haben mich zusammengeschlagen, aber ich lebe. Sie haben mich nicht ausgeraubt.« Dabei wackelte ich mit den funkelnden Diamanten am Ringfinger meiner linken Hand.

»Aber wieso haben sie dich niedergeschlagen? Was wollten die von dir?«

»Ich glaube, das hängt irgendwie mit Chan zusammen. Obwohl ich es nicht beschwören kann, Richie. Das ging alles viel zu schnell. Warum ich? Ich habe nicht die geringste Ahnung«, sagte ich.

40

Am nächsten Morgen gegen acht rollte Rich mich aus dem Krankenhaus, half mir beim Einsteigen in seinen Bronco und schnallte mich an.

Und schon legte er los.

»Du bist übermüdet. Die hätten dich umbringen können. Du hast keine Ahnung, wer die Schläger gewesen sein könnten, nicht den geringsten Schimmer. Keine Namen, nur sehr vage Beschreibungen und ansonsten nicht den Hauch einer Spur. Weißt du, was mir das sagt, Lindsay? Dass du völlig neben der Spur bist. Es ist Sonntag. Der Tag der Ruhe, und ich rate dir dringend, das zu beherzigen. Leg dich ins Bett und bleib dort. Ich komme hier auch alleine klar.«

Ich wehrte mich.

»Was soll ich denn zu Hause, Rich? Mir die ständigen Wiederholungen dieses Flugzeugabsturzes im Fernsehen anschauen?«

»Genau das. Und schlafen.«

»Hör zu. Ich gebe zu, dass ich mich dämlich angestellt habe, okay? Ich hätte nicht ohne Waffe losgehen dürfen. Ich hätte vorher besser nachdenken müssen. Aber noch einmal: Ich wollte doch bloß kurz was einkaufen. Und, ganz nebenbei: Ich habe einen höheren Dienstgrad als du. Du kannst mich also gar nicht auf die Ersatzbank verbannen.«

»Willst du, dass Brady dir eine Auszeit verschreibt? Aus medizinischen Gründen? Ich hab seine Nummer jedenfalls eingespeichert«, sagte mein Partner, mein Bruder, mein Unterstützer, mein Mitstreiter, mein Freund. Als ich nicht sofort antwortete, fuhr er fort: »Hör auf mich! Bleib zu Hause.«

»Auf keinen Fall.«

Ich hielt mich an seinem Arm fest, während er mir in den klapperigen Aufzug unseres Wohnhauses half. Mrs. Rose machte uns die Wohnungstür auf und bat uns, leise zu sein. »Julie schläft.«

»Können Sie hierbleiben?«, fragte ich sie. »Ich muss arbeiten.«

Rich schickte mir einen vernichtenden Blick, den Mrs. Rose aber gar nicht bemerkte. Sie sah mich an und sagte: »Aber selbstverständlich, Lindsay. Bei dem Stundenlohn wird es nicht mehr lange dauern, bis ich mich in Südfrankreich zur Ruhe setzen kann.«

»Aber bevor es so weit ist, ernenne ich Sie zur Einsatzleiterin des Babysitter-Notfallkommandos.«

»Sehr gut. Dann hätte ich gerne einen Salut«, meinte sie. »Bis jetzt hat noch nie jemand vor mir salutiert.«

Ich erfüllte ihr die Bitte, und sie lachte so heftig, dass ich mitlachen musste.

Was sehr weh tat.

Sie kochte Kaffee, und ich stellte mich unter die Dusche und nahm mich dabei ein wenig unter die Lupe. Von den Achseln bis zu den Knien, vom Bauchnabel bis auf den Rücken reihte sich ein blauer Fleck an den nächsten. Aber ich hatte keine inneren Verletzungen, und mit meinem Kopf war auch alles in Ordnung. Gott sei Dank. Daraus schloss ich, dass die vier vermummten Asiaten nicht die Absicht gehabt hatten, mich zu ermorden. Vielleicht war es eine Warnung gewesen, und das bedeutete, dass sie mich vielleicht noch mal überfallen würden.

Ich zog mich an, versteckte den Kratzer, der sich von meinem Unterkiefer über die Wange zog, unter einer Schicht Make-up und schnallte meine Dienstwaffe um. Als ich startklar war, ging ich zurück ins Wohnzimmer. Julie war aufgewacht. Sie trug einen sonnenblumengelben Strampelanzug und hüpfte in ihrem Kinderstühlchen auf und ab.

Sie sah wirklich zum Anbeißen aus, und es kam mir so vor, als sei sie seit gestern ein ganzes Stück gewachsen. Mein kleines Mädchen. Sie streckte mir die Arme entgegen und fing an zu brüllen. Mein Herz machte einen großen Sprung.

Was, wenn ich gestern Abend umgebracht worden wäre?

Was dann?

Ich nahm sie in die Arme, drückte sie an mich, bis sie ein wenig ruhiger wurde, und übergab sie anschließend an Mrs. Rose.

Ich musste zur Arbeit, und darum musste ich mein Ein und Alles, mein kostbares kleines Mädchen bei der netten Dame von gegenüber lassen.

»Kommst du jetzt mit oder lässt du's bleiben?« Das war Rich.

Ich folgte ihm nach draußen.

41

Mein Partner hielt mir die Beifahrertür auf und war mir beim Einsteigen behilflich, so umsichtig und behutsam, als sei ich ein kleines Küken.

Ich schnallte mich an, steckte mein Handy-Ladegerät ein und schluckte ein paar Ibuprofen, während ich mit den Gedanken bereits bei Alison Muller war.

Wir hatten uns seit Tagen nicht mehr mit unserer einzigen Verdächtigen im Fall der Four-Seasons-Morde beschäftigt. Aber der Flugzeugabsturz hatte alle anderen Ermittlungen selbst die zu diesem Vierfachmord – überlagert.

Der Absturz hatte nicht nur einen Teil der Stadt lahmgelegt, sondern auch praktisch alle Angehörigen der Strafverfolgungsbehörden vereinnahmt. Und das hatte den unterschiedlichsten Kriminellen, angefangen bei einfachen Ladendieben bis hin zu psychopathischen Serienkillern, eine Phase der Narrenfreiheit beschert. Vielleicht gehörte Alison Muller ja auch dazu, wo immer sie jetzt gerade sein mochte.

Während der Fahrt berichtete Conklin, dass er sich gestern Abend auf den Websites und den anderen Plattformen der Unternehmen umgesehen hatte, bei denen Muller angestellt gewesen war. Er hatte sich eine Auswahl von Fotos auf sein Smartphone geladen, sodass ich mir jetzt ansehen konnte, wie »Ali« mit verschiedenen Haarlängen, Frisuren und Haarfarben aussah. Sogar der »Streifen-Look« war mit dabei.

»Rich, du bist wirklich einmalig, weißt du das?«

»Dann sind wir ja schon zwei.« Er lachte. »Ich weiß allerdings nicht, ob ich mich darüber freuen soll.«

Wir fuhren auf dem Highway 101 Richtung Süden. Irgendwann tauchte rechts das große Feld mit dem verkohlten Gras und den Flugzeugtrümmern auf, während links die Bucht von San Francisco zu sehen war, und daraufhin ging es immer geradeaus, an unserer weltberühmten Küste entlang.

Wir schalteten das Radio aus und nutzten die Zeit, um uns die vielen scheinbar zusammenhanglosen Bruchstücke dieses Falls noch einmal vorzunehmen, angefangen bei Michael Chan und den drei anderen Toten aus dem Hotel. Gab es vielleicht einen Zusammenhang zwischen dem Flugzeugabsturz und dem verschwundenen Leichnam des zweiten Michael Chan sowie dem Tod des ersten? Wir sprachen über die Videoaufnahme von Joe, sein ungewöhnliches Verschwinden und darüber, wie die Asiaten, die mich gestern Abend zusammengeschlagen hatten, in dieses ganze Durcheinander passten.

Das Einzige, was wir sicher wussten, war, dass Alison Muller bei alldem eine zentrale Rolle spielte. Und dass wir ohne sie vollkommen im Dunkeln tappten.

Kurz hinter San Jose und immer noch hundert Kilometer vor Monterey knüllte ich meine Jacke zusammen, legte sie an das Seitenfenster und schlief eine knappe Stunde lang. Als ich wieder aufwachte, steckten wir im dichten Verkehr fest und kamen nur stoßweise voran. Mir wurde leicht übel, und

Conklin erkundigte sich, ob ich den Überfall eigentlich anzeigen wollte.

»Ich denke darüber nach.«

Er hielt an. Wir standen in einer sonnenbeschienenen Straße mit wunderschönen Häusern.

»Jetzt, wo ich drüber nachgedacht habe, halte ich es für keine besonders gute Idee«, sagte ich. »Was meinst du?«

Er zuckte mit den Schultern. »Es hätte Vor- und Nachteile. Wie gesagt, Brady würde dich sofort auswechseln.«

»Mir geht's gut, Rich, ehrlich. Alles bestens.«

Er drehte sich zu mir um und sah mich so liebevoll und besorgt an, dass es mir fast das Herz brach. »Falls aber nicht alles bestens ist, musst du es mir sagen, Lindsay. Ich will nicht, dass dir irgendetwas Schlimmes zustößt.«

»Ich weiß.«

Mein Partner schaltete den Motor aus.

»Wir sind da«, sagte er.

42

Ali Muller bewohnte ein atemberaubendes, mediterran anmutendes Haus am Ocean View Boulevard. Es war in den Zwanzigerjahren des letzten Jahrhunderts erbaut worden. Das Dach der weißen, stuckverzierten Villa war mit Terrakottaziegeln gedeckt und wurde von einem sechseckigen Turm gekrönt, der genau in der rechtwinkligen Schnittstelle der beiden Gebäudeflügel emporragte.

Durch das Fenster des Streifenwagens hindurch betrachtete ich den sanft ansteigenden Vorgarten, der bis hinauf zu der mit Schnitzereien verzierten Eichenholz-Haustür mit einheimischen Kaktuspflanzen gespickt war, und fühlte mich… abgeschreckt. Es war ein wunderschöner Anblick und so einladend wie eine Festung.

Conklin sagte: »Alles in Ordnung, Linds?«

»Was soll die Frage?«

»Na gut. Dann los.«

Der Mann, der uns die Tür öffnete, sah gut aus, war knapp über eins achtzig groß, Mitte vierzig und trug einen Kaschmir-Pullover, eine dunkle Hose, Hausschuhe und einen goldenen Ehering. Er machte einen gepflegten Eindruck und schien sich nicht über unseren Besuch zu freuen.

»Ja? Was kann ich für Sie tun?«, fragte er.

Conklin stellte uns vor, zeigte ihm seine Dienstmarke und

erklärte ihm, dass Alison Muller eine mögliche Zeugin in einem Mordfall war und wir uns deshalb für ihr Verschwinden interessierten.

»Ich bin Khalid Khan«, sagte der Mann. »Alison ist meine Frau. Kommen Sie rein.«

Wir folgten ihm an einer Wendeltreppe vorbei ins Innere des Hauses und betraten einen hellen, luftigen Raum, der jederzeit auf das Cover eines Lifestyle-Magazins gepasst hätte. Die hohe Decke und die ebenso hohen Fenster sorgten für einen atemberaubenden Blick auf die Bucht.

Khan bot uns das blasse lederne Sofa an und setzte sich auf einen dazu passenden Sessel. Sanfte Musik umschwebte uns – irgendeine Streicherkomposition, die ich nicht kannte. Im ganzen Zimmer waren weder Gemälde noch Fotos noch sonst irgendwelche persönlichen Dinge zu sehen. Und wieder fühlte ich mich irgendwie abgeschreckt.

»Wir versuchen zurzeit, vier Morde aufzuklären, die sich Anfang der Woche im Hotel Four Seasons ereignet haben.«

Ich zeigte Khan mein Smartphone mit dem Standbild seiner Frau aus dem Überwachungsvideo. Khan sah es sich ausführlich an.

»Ich kann verstehen, dass man die Frau da für Ali halten kann, auch wenn ihre Haare das ganze Gesicht verdecken«, sagte er. »Man sieht ja praktisch nur die Nase. Ich glaube aber nicht, dass das meine Frau ist.«

»Haben Sie den Mantel gesehen, Mr. Khan? Könnte der Alison gehören?«

Er zuckte mit den Schultern. In diesem Augenblick kamen zwei Mädchen die Treppe herunter und betraten das Wohnzimmer. Sie waren sehr hübsch und hatten dichtes, glänzendes Haar. Die eine schätzte ich auf dreizehn, die andere auf fünf. Khan sagte: »Caroline und Mitzi, das da sind Polizeibeamte aus San Francisco. Sie suchen eure Mama.«

Die Jüngere, Mitzi, entgegnete mit ernster Miene. »Hoffentlich suchen sie auch wirklich gründlich.«

Ich sagte, dass wir das bestimmt taten, und dann, nachdem die Kinder in die Küche gestürmt waren, machte Conklin mit der Befragung Khans weiter.

»Wann haben Sie Ihre Frau das letzte Mal gesprochen?«

»Sie hat am Montag angerufen und gesagt, dass sie am Abend nach Hause kommt. Das ist allerdings nicht geschehen, was für Alison nichts Ungewöhnliches ist. Sie hat immer sehr viel zu tun.«

Conklin machte weiter. »Haben Sie keine Angst, dass ihr etwas zugestoßen sein könnte?«

Khan beantwortete jede von Conklins Fragen mit einem dezidierten Nein, ohne sichtbare Gefühlsregung oder wenigstens Neugier. Nein, es gab keine Lösegeldforderung, er hatte kein ungewöhnliches Verhalten beobachtet, keine Fremden in der Nachbarschaft, keine Anrufer, die gleich wieder auflegten, und den Namen Michael Chan hatte er auch noch nie gehört.

Warum blieb Khan so ruhig und gefasst? Seine Frau war schließlich seit fast einer Woche spurlos verschwunden.

Darum fragte ich ihn: »Sie scheinen sich keinerlei Sorgen zu machen, Mr. Khan. Wie kommt das?«

»Das ist nicht das erste Mal, dass Ali für ein paar Tage verschwindet, ohne Bescheid zu sagen. Manchmal klinkt sie sich einfach aus. Konzentrationsphasen, nennt sie das. Dann braucht sie Zeit für sich, um nachzudenken.«

Tatsächlich? Ohne ein Wort zu sagen?

»Ich vertraue meiner Frau«, sagte er.

Ich erkundigte mich, ob es vielleicht jemanden gab, der ihr Schaden zufügen wollte: ein Mitarbeiter, ein Wettbewerber, ein Stalker oder einfach nur eine eifersüchtige Bekannte.

»Ali ist sehr erfolgreich, das stimmt. Und Neider gibt es überall, aber sie ist auch ein wunderbarer Mensch. Sie kommt bestimmt wieder nach Hause, sobald sie so weit ist. Ich richte ihr aus, dass sie sich unverzüglich bei Ihnen melden soll.« In seinen Worten lag nicht einmal ein Hauch von Aufrichtigkeit.

Khan war sich absolut sicher, dass Alison lebte. Oder aber: Sie war ihm scheißegal.

»Wir haben auch eine Videoaufnahme von der Frau, die wir für Alison halten, mitgebracht. Falls Sie sie identifizieren können, wissen wir zumindest, wo sie sich am Montagnachmittag aufgehalten hat.«

»Natürlich, das sehe ich mir gerne an.«

Dann fragte ich ihn, ob ich das Badezimmer benützen konnte, und er erwiderte: »Sie meinen, sie wollen ein bisschen in meinem Haus herumschnüffeln? Von mir aus, tun Sie sich keinen Zwang an.«

Das hatte ich auch nicht vor.

43

Mit Khans Erlaubnis sah ich mich im ersten Stock gründlich um. Den Schwerpunkt legte ich auf das Elternschlafzimmer. Wie das Wohnzimmer, so wirkte auch das Schlafzimmer wie ein Foto aus einem Lifestyle-Magazin: kostspielig möbliert und vollkommen unberührt.

Das Bett war fein säuberlich gemacht. Auf dem Fußboden lagen keine Kleider, auf den Kommoden kein Krimskrams, und was Haustiere, Handschellen, Staubflusen oder Blutflecken anging … absolute Fehlanzeige.

Wir wussten, dass Alison Muller das Blutbad im Four Seasons möglicherweise mit eigenen Augen beobachtet hatte. Außerdem war sie unsere einzige Tatverdächtige. Da sie aber nicht anwesend war und ich keinen Durchsuchungsbeschluss hatte, war das jetzt meine einzige Chance.

Ich ging also an dem fantastischen Ausblick auf die Bucht vorbei zur hinteren Wand, schob die Schranktüren auf und schaltete das Licht ein.

Alisons Kleiderschrank sah aus wie das Musterzimmer eines Modedesigners: Acht Meter lang, drei Meter tief, insgesamt fünfundzwanzig Regalmeter voller Kleider, und darunter zahlreiche Schubladen und Schuhregale.

Eine Abteilung bestand aus Bürokleidung – Seidenblusen, teure Hosenanzüge, italienische Stiefel und hochhackige

Pumps mit roten Sohlen zu sechshundert Dollar das Paar. Neben der Bürokleidung hing ihre wahrhaft umwerfende Sammlung mit verschiedenen Abendgarderoben – leger, festlich, und alles von europäischen Designern. Über und unter den Regalen stapelten sich jede Menge Handtaschen und Schachteln voller Riemchenschuhe.

Weit und breit kein knielanger schwarzer Ledermantel.

Hätte ich so einen Mantel vorgefunden, wäre das vielleicht ein Beweis dafür gewesen, dass Alison Muller die blonde Frau aus dem Four Seasons war. Doch dass der Mantel nicht da war, bewies gar nichts. Vielleicht trug sie ihn ja noch. Vielleicht war sie auch in ihm begraben worden.

Als meine Besichtigungstour durch Alis Kleiderschrank sich dem Ende näherte, fiel mir doch noch etwas auf: eine nahezu unsichtbare Fuge zwischen zwei Schubladen.

Ich legte die Finger an die eine Seite der Fuge und drückte. Jetzt sprang eine Klappe auf und brachte einen großen Vorrat an höchst gewagter, hauchdünner Reizwäsche zum Vorschein.

Ich sah mir gerade ein Fischbein-Korsett an, als Khan durch die offene Schranktür trat.

»Haben Sie was gefunden, Sergeant? Eine Mordwaffe vielleicht oder einen Haufen mit blutigen Kleidern?«

Als er die sexy Unterwäsche sah, stutzte er sichtlich.

»Sie haben das noch nie gesehen?«, hakte ich sofort ein.

»Das ist überhaupt nicht Alis Stil.«

»Und doch habe ich die Sachen hier in ihrem Kleiderschrank gefunden, in einem Geheimfach. Möchten Sie dazu vielleicht etwas sagen, Mr. Khan?«

Er starrte die Reizwäsche mit flatternden Augenlidern

an, stellte sich an die Schlafzimmertür und wartete, bis ich das Zimmer verlassen hatte. Anschließend folgte er mir die Treppe hinunter. Vor der geöffneten Haustür bedankte ich mich bei ihm und gab ihm meine Visitenkarte. »Rufen Sie mich an, sobald Sie etwas von Alison hören.«

»Auf jeden Fall«, erwiderte Khan steif. »Als Allererstes.«

44

Sogar Männer, die ihre Frau ermordet hatten, legten mehr Besorgnis für ihre vermissten Gemahlinnen an den Tag als Khalid Khan, der Mann aus der Festung mit Blick über die Bucht.

»Netter Kerl«, sagte ich zu meinem Partner, sobald wir im Wagen saßen. »Deine Einschätzung?«

»Du zuerst.«

»Also gut«, sagte ich. »Ich frage mich wieder mal, ob Alison die Täterin ist oder ob sie gerade auf irgendeiner Müllhalde verrottet. Und ob sie ihrem Mann so oder so vollkommen gleichgültig ist.«

»Könnte an seiner kulturellen Prägung liegen. Was ist er gleich noch mal?«

»Zunächst mal ist er arrogant. Folgende Idee, reine Spekulation …«

Conklin hatte sein Smartphone in der Hand und las seine Nachrichten. Ich redete weiter.

»Sagen wir mal, Khan kriegt raus, dass Alison was mit Chan am Laufen hat, und engagiert einen Profi, der sie verschwinden lassen soll. Vielleicht hat er sogar den Mord an Chan beauftragt. Es macht jedenfalls ganz den Eindruck, als könnte Khan sich die absolut Besten leisten. Die beiden Lauscher im Nebenzimmer und die Putzfrau waren wohl lediglich Kollateralschäden.«

»Brady hat angerufen.«

»Okay. Gib mir noch einen Augenblick.«

Ich schilderte Conklin gerade Khans Reaktion auf Mullers Reizwäsche-Sammlung, da klopfte es an die Windschutzscheibe. Ich zuckte zusammen. Was verdammt noch mal…?

Da sah ich, wer da angeklopft hatte: Caroline, die ältere Tochter von Khan und Muller.

Conklin ließ das Fenster herunterfahren.

»Schnell«, sagte Caroline. »Ich will nicht, dass er mich sieht.«

Conklin machte die hintere Tür auf, und Caroline stieg ein, ließ sich bis unter den Fensterrand sinken und bat Conklin, loszufahren. Er fuhr bis zum Ende des Häuserblocks, bog um die nächste Ecke und brachte den Wagen dort zum Stehen.

Caroline sagte: »Hören Sie. Mein Vater ist ein Idiot. Das hab ich ihm auch schon gesagt, aber was meine Mutter angeht, da ist er komplett hirntot. Sie ist eine Irre. Sie hat keine Gefühle und sie lügt ständig.«

»Das muss aber ziemlich schlimm sein, Caroline«, sagte Conklin. »Lügt sie denn auch dich an?«

»Ständig.«

»Kannst du mir ein Beispiel geben?«

»Vier Millionen, wenn es sein muss.«

»Eins reicht schon«, sagte mein Partner und lächelte.

Mittlerweile drückte das Mädchen sich mit dem Gesicht an das Gitter zwischen den Vordersitzen und der Rückbank. Sie redete schnell. Sie wollte alles loswerden und möglichst schnell wieder verschwinden.

»Also, zum Beispiel sagt sie manchmal, dass sie noch spät arbeiten muss. Aber wenn ich sie anrufe, geht sie nie ran, und dann kommt sie, kurz bevor wir aufstehen müssen, nach Hause, zieht schnell einen Morgenmantel über und tut so, als wäre sie die ganze Nacht zu Hause gewesen. Und wenn ich auf dem Tacho nachschaue, ist sie über fünfhundert Kilometer gefahren. – Zuerst hab ich gedacht, dass sie irgendwo einen Freund hat. Ein paarmal habe ich auch gehört, wie sie am Telefon mit jemandem geflirtet hat. Und dann habe ich die Wahlwiederholung gedrückt. Es war eine Nummer in Übersee. Aber sie arbeitet doch *hier*. Also warum telefoniert sie mit jemandem in Berlin?«

Ich fragte: »Caroline, hat deine Mom seit letztem Montag überhaupt nicht mehr angerufen? Oder vielleicht eine SMS geschickt?«

Sie schüttelte den Kopf, sodass die langen Haare ihr übers Gesicht streiften. Sie wischte ihre Tränen mit einer hastigen, kräftigen Handbewegung weg.

»Bitte fragen Sie mich nicht, ob ich sie liebe.«

Das brauchte ich gar nicht. Es war ja offensichtlich.

»Zeig ihr das Bild, Rich«, sagte ich.

Er wischte über das Display seines Smartphones und brachte die Aufnahme der attraktiven Blondine im Foyer des Hotels Four Seasons zum Vorschein.

»Ist das deine Mom?«, wollte ich wissen.

»Hundertprozentig. Die Sonnenbrille, das ist ihre Gucci. Und das ist ihr Zak-Posen-Mantel. Da, sehen Sie mal, die Hand mit dem Handy. Was habe ich gesagt? Sie hat ihren Ehering abgenommen.«

Conklin zeigte Caroline das Führerscheinfoto von Michael Chan. »Hast du diesen Mann schon mal gesehen?«

»Ja, klar.«

»Und wo?«

»Mann … im Internet. Ich kann schließlich lesen. Glauben Sie, dass meine Mom was mit ihm zu tun hatte?«

»Das war eine reine Routinefrage«, erwiderte Conklin.

Anschließend bedankte er sich bei dem Mädchen, gab ihr seine Visitenkarte und sagte, dass sie ihn jederzeit anrufen könne. Dann stieg sie aus. Ich auch und sah ihr nach, wie sie mit gesenktem Kopf die Straße entlangging. Als sie bei der Einfahrt zu ihrem Zuhause angekommen war, setzte ich mich wieder auf den Beifahrersitz.

Mein Partner sagte: »Also, ich sehe das so: Alison Muller betrügt ihren Mann, ist eine Narzisstin und eine furchtbare Mutter. Gut möglich, dass sie auch eine pathologische Lügnerin ist. Und was schließen wir daraus?«

Er bildete mit Daumen und Zeigefinger eine deutlich erkennbare Null.

»Ganz genau«, sagte ich.

Anschließend rief ich Brady an.

Er sagte: »Die Polizeidienststelle Monterey hat mir vor einer Stunde die Muller-Akte zugeschickt. Sie gilt dort als vermisst. Die zuständigen Beamten haben mit Nachbarn, Bekannten und Geschäftspartnern gesprochen, aber ohne Ergebnis.«

Wir waren also nicht die Einzigen.

45

Ich hatte Conklin gesagt, dass nach den Prügeln von gestern Abend alles bestens sei, dass das Krankenhaus mich entlassen und für dienstfähig befunden hatte. Aber als ich mich jetzt anschnallte, da schoss mir der Schmerz wie ein Strahlenkranz vom Brustkorb in den Rücken und brannte sich in meinen Schädel ein.

Ich musste alle Selbstbeherrschung aufbieten, um nicht zusammenzuzucken. Oder laut zu schreien.

Wir fuhren auf dem Ocean View Boulevard nach Norden, und Conklin wollte gerne irgendwo anhalten und eine Kleinigkeit essen.

»Gern«, sagte ich unkonzentriert.

Im Seitenspiegel war mir ein schwarzer BMW Crossover aufgefallen, der sich unverändert mehrere Wagenlängen hinter uns hielt. War das nicht derselbe Wagen, den ich vorhin durch ein Fenster der Muller-Khan-Villa gesehen hatte? Der auf der anderen Straßenseite geparkt hatte? Vielleicht hatte ich ihn aus dem Augenwinkel sogar noch ein zweites Mal gesehen, als ich Caroline Khan nachgeblickt hatte.

»Rich, der schwarze BMW hinter uns. Die Asiaten, die mich vor ein paar Tagen vor der Gerichtsmedizin so angeschnauzt haben, die hatten auch so einen Wagen.«

Conklin warf einen Blick in den Rückspiegel und sagte:

»Okay, den behalten wir im Auge.« Um gleich darauf hinzuzufügen, dass in und um Monterey vermutlich ein paar tausend solcher Fahrzeuge unterwegs waren.

Ich versuchte, mich zu entspannen.

Wir steuerten die Innenstadt von Monterey an. Linker Hand lag die Monterey Bay mit ihren wunderschönen Häusern und bildete eine sehr schöne Kulisse für meine aufgewühlten Gedanken. Ich dachte an Ali Muller und fragte mich, wo verdammt noch mal eigentlich *mein* Ehemann steckte und worin er sich überhaupt von Ali Muller unterschied. Doch die Richtung, die meine Gedanken nahmen, gefiel mir nicht, sodass ich wieder in den Rückspiegel schaute.

Der BMW hatte sich hinter einen Lieferwagen fallen lassen, blieb uns aber auf den Fersen, als wir den Lovers Point Park passierten und nach rechts auf die Ausfallstraße abbogen.

»Ist immer noch da«, sagte ich zu meinem Partner, als wir vor einer roten Ampel im Zentrum von Pacific Grove anhalten mussten. Wir bogen nach rechts ab in eine Straße mit zahlreichen Geschäften und Restaurants – die meisten hatten sonntags geschlossen –, und tatsächlich, der schwarze BMW war wieder nur zwei Wagen hinter uns.

Vor uns auf der rechten Seite lag das Postamt von Pacific Grove.

»Rich. Fahr da mal rechts ran.«

Conklin hielt am Straßenrand an, sodass dem anderen Wagen genügend Zeit blieb, in aller Ruhe an uns vorbeizurollen. Da verlor der Fahrer plötzlich die Nerven. Er riss das Lenkrad herum, gab Vollgas und raste ohne anzuhalten über die Stoppstelle an der nächsten Ecke.

»Los«, sagte ich zu meinem Partner.

Während wir über den Asphalt jagten, rief ich die Funkzentrale an und bat sie, das Monterey Police Department zu verständigen, dass wir ein verdächtiges Fahrzeug verfolgten. Ich gab die Marke, das Modell und die beiden Zahlen durch, die ich auf dem Kennzeichen noch erkannt hatte.

Conklin schaltete Blinklicht und Sirene ein, und ich krallte mich an der Armlehne fest. Wir verfolgten den BMW die Lighthouse Avenue entlang und durch eine Wohnstraße, die wegen der vielen hohen Wohnblocks nur die »Ridge Road« genannt wurde. Als wir auf eine T-Kreuzung trafen, riss Conklin den Wagen mit quietschenden Reifen um die Kurve und bretterte durch ein Sträßchen voller hübscher kleiner Häuser mit Vorgärten. Ich konnte nur beten, dass keine Hunde, Autos oder Kinder zwischen uns und den BMW gerieten.

Ich schaltete das Megafon ein, beugte mich zum Seitenfenster hinaus und brüllte: »Hier spricht die Polizei! Anhalten! *Sofort!*«

Der BMW setzte seine rasende Fahrt fort.

46

Der Fahrer des schwarzen BMW hatte alle Trümpfe in der Hand und dazu einen ordentlichen Vorsprung. Er jagte auf der Bewohnerspur durch die Absperrung und nutzte die ganze Breite der kurvenreichen Straße aus. Wir fuhren direkt auf den 17 Mile Drive zu, die Ausflugsstraße, die einmal quer über die Halbinsel bis nach Carmel führte.

Die Verfolgungsjagd schüttelte mich heftig durch. Ich wurde immer wieder von links nach rechts und wieder zurück gerissen und in den Sicherheitsgurt gedrückt. Irgendwann kam ich mir vor wie in einem Hochleistungs-Wäschetrockner.

Doch kaum hatten wir die zweispurige Straße erreicht, wurden wir ausgebremst. Der Verkehr drängte sich zwischen dem baumbestandenen Mittelstreifen zu unserer Linken und den wuchernden Pflanzen und Gartenzäunen zu unserer Rechten.

Unser Blinklicht und die Sirene sorgten dafür, dass die anderen Autos uns hastig Platz machten. Am Rip Van Winkle Open Space kamen wir jedenfalls zumindest abschnittsweise auf sechzig Stundenkilometer. Unter den gegebenen Umständen machte Conklin seine Sache ganz hervorragend, umkurvte stehende Fahrzeuge und die, die sich dicht an den Rand des Golfplatzes auf der rechten Seite gedrängt hatten.

Als der Kerl am Steuer des anderen Wagens ruckartig

nach rechts ausscherte, wusste ich, dass er sich hier in der Gegend gut auskannte. Er schoss jedenfalls quer über eine mit Gestrüpp bewachsene Brachfläche, jagte am Ufer des Pazifiks entlang, bevor er bei einer Stoppstelle einem Pick-up die Vorfahrt nahm und mit einem haarsträubenden Manöver nach links auf die Ocean Road abbog.

Hupen dröhnten. Bremsen quietschten. Autos bohrten sich ineinander. Ich rief erneut die Funkzentrale an und sagte, dass wir immer noch ein verdächtiges Fahrzeug verfolgten und Verstärkung benötigten. Dringend!

Der schwarze BMW nahm jetzt die Bird Rock Road, ein schmales, gewundenes Sträßchen, das durch einen anderen Golfplatz führte, und zwar mit über hundert Stundenkilometern. Und dann verließ er die Straße und raste mitten über den Platz.

Wir verfolgten ihn durch das Chaos und die Panik aus umgestürzten Golfcarts und flüchtenden Golfern. Nachdem der BMW etliche Flaggen umgemäht und eine Menge Sand aufgewirbelt hatte, landete er wieder auf der Bird Rock Road und steuerte in einem weiten Bogen erneut den 17 Mile Drive an.

Auf dem Golfplatz fielen wir zurück.

Unser ziemlich heruntergekommener Ford hatte ursprünglich einmal einem Drogendealer gehört und fast fünfhunderttausend Kilometer auf dem Buckel. Er war dem nagelneuen, allradgetriebenen Crossover in jeder Hinsicht unterlegen. Als wir schließlich auch wieder Asphalt unter den Reifen hatten, lagen Dutzende Fahrzeuge zwischen uns. Trotzdem konnte ich unseren BMW weiter vorn im Stau ausmachen.

Mein Partner konzentrierte sich auf die Straße und den BMW, der rund fünfzig Meter vor uns zwischen etlichen anderen Fahrzeugen eingekeilt war. Wir passierten Pebble Beach im Schritttempo und nahmen den Highway 1 in Richtung Norden.

Dort war der Verkehr so dicht, dass unsere heulenden Sirenen überhaupt nichts mehr nützten.

Wo waren eigentlich die Streifenwagen, die wir angefordert hatten?

Wo waren die Straßensperren? Die Hubschrauber?

War der Fahrer des BMW ein verantwortungsloser Vater, der seine Alimente nicht bezahlen wollte, oder ein Drogendealer? Oder war er einer der Männer, die mich überfallen hatten? Mein Bauch sagte mir, dass das Letztere der Fall war und dass wir ihn nicht entkommen lassen durften.

Ich zählte drei schwarze Fahrzeuge in der unmittelbaren Umgebung. Jeder davon konnte der BMW sein, dem wir auf den Fersen waren, aber ich konnte die Nummernschilder nicht erkennen.

Wir bremsten, fuhren an und machten so viel Boden gut, wie irgend möglich, aber nachdem wir die Ausfahrt zum Highway 68 Richtung Salinas hinter uns hatten, sah ich einen BMW Crossover mit einem langen, tiefen Kratzer in der Beifahrertür in hohem Tempo die Einfahrt entlangrasen.

»Ah, Scheiße, Richie, er ist uns entwischt.«

»Mist«, sagte Conklin.

In diesem Augenblick näherten sich von hinten zwei Streifenwagen der Highway Patrol mit voller Beleuchtung. Sie hatten es jedoch nicht auf den BMW abgesehen, sondern signalisierten uns, dass wir an den Straßenrand fahren sollten.

»Was nun?«, fragte mein Partner und hielt laut schimpfend auf dem Seitenstreifen an.

Wir ließen unsere Seitenfenster herunter, hielten die Hände so, dass sie deutlich zu sehen waren, und warteten auf die Polizisten. Schotter knirschte unter harten Stiefelsohlen, dann tauchten zwei uniformierte Beamte des Sheriffs Department neben uns auf.

»Wir sind im Dienst«, sagte ich zu demjenigen, der zwei Meter von meiner rechten Schulter entfernt stand. »Ich mache jetzt meine Jacke auf und zeige Ihnen meine Dienstmarke.«

DRITTER TEIL

47

Am Montagmorgen, es war etwa 3.00 Uhr, schlug ich die Augen auf.

Joes Bettseite war kalt, und ich hörte Julie im Zimmer nebenan weinen. Vorsichtig stieg ich aus dem Bett, um meinem mit blauen Flecken übersäten Körper nicht mehr zuzumuten als unbedingt nötig, und schon wenige Minuten später saß ich mit meiner Tochter zusammen in unserem Lieblings-Schaukelstuhl. Ich sang sie sogar mit einem der irischen Wiegenlieder, die ich von meiner Mutter gelernt hatte, wieder in den Schlaf.

Nachdem das erledigt war, gönnten Martha und ich uns noch ein paar Stunden im großen Bett, und da stand auch schon die Tages-Oma vor der Tür.

Ich ließ Mrs. Dem-Himmel-sei-Dank bei der Kleinen und meiner Border-Collie-Hündin und saß um 8.00 Uhr mit Conklin beim Frühstück.

Montagmorgens zeigt sich unser schäbiger Pausenraum immer von seiner besten Seite. Natürlich nicht annähernd so herausgeputzt wie die Muller-Khan-Villa, aber zumindest sah es nicht so aus, als hätte eine Horde Hängebauchschweine hier eine rauschende Party gefeiert.

Ich kochte eine frische Kanne Kaffee – französische Röstung mit Vanillearoma –, und wir ließen uns die Churros schmecken, die mein Partner mitgebracht hatte. Noch war alles ruhig, und wir genossen jede Sekunde, während wir darauf warteten, dass Brady aus seiner Besprechung mit der Chefetage und dem NTSB zum Thema WW-888-Katastrophe wieder nach unten kam.

Conklin hatte die Morgenausgabe des *San Francisco Chronicle* dabei und schlug die Seite mit Cindys Kolumne auf. Sie hatte noch einmal die Bilder der jungen Lauscher aus Zimmer 1418 abdrucken lassen und bat ihre Leserschaft, sich bei ihr zu melden, falls jemand die beiden kannte.

»Sie stammen vielleicht aus einem anderen Bundesstaat«, sagte ich. »Oder sogar aus einem anderen Land. Könnten auch Touristen sein, stimmt's? Normalerweise hätten wir die Identität schon längst ermittelt, aber …« Ich musste das Offensichtliche nicht aussprechen. Die gesamte Aufmerksamkeit unserer geplagten Stadt war auf den Flugzeugabsturz gerichtet. Jeder suchte nach Erklärungen, bislang jedoch, ohne fündig zu werden.

Richie legte die Zeitung zusammen, strich sie glatt und sagte: »Ich sag jetzt mal was, einfach so. Reine Spekulation. Mach mich nicht gleich fertig deswegen.«

»Schieß los.«

»Es geht um Joe.«

»Ich höre.«

»Er ist Berater für Flughafensicherheit, richtig? Er hat irgendwie mit diesem Absturz und den Ermittlungsarbeiten zu tun. Das hat er dir doch ausrichten lassen, richtig?«

»Richtig.«

»Wir haben ihn auf dem Überwachungsvideo aus dem Hotel gesehen. Und vor dem Haus der Chans noch mal. Warum? Könnte es sein, dass Joe aus irgendeiner geheimen

Quelle erfahren hat, dass ein gewisser Michael Chan in einen Terrorangriff verwickelt ist? Dann findet er heraus, dass in Palo Alto ein Michael Chan wohnt. Er fährt zu der angegebenen Adresse und verfolgt Chan bis ins Hotel. Alles klar so weit?«

»Ja, ja, ich kann dir folgen.«

»Also, Joe hängt in der Hotellobby herum und wartet, dass Chan wieder geht. Und da tauchen wir auf, inklusive Spurensicherung und Claire, und stürmen mit der ganzen Kapelle in den vierzehnten Stock. Joe darf sich auf keinen Fall sehen lassen, also fährt er am nächsten Tag noch mal nach Palo Alto …«

»Aber wieso?«

»Er weiß nicht sicher, ob Chan noch am Leben ist, und will wissen, ob er irgendwann nach Hause kommt.«

»Okay.«

»Dann sieht er unseren Überwachungswagen vor dem Haus und verzieht sich wieder. Wahrscheinlich wird ihm genau in dem Moment, wo er in die Linse schaut, klar, dass wir Chans Haus beschatten.«

»Du glaubst also, dass Joe Michael Chan überwachen sollte?«

»Genau. Und zwei Tage später stürzt das Flugzeug ab. Joe hat die gleiche Passagierliste vorliegen wie Claire. Und stellt fest, dass ein Michael Chan mit im Flugzeug gesessen hat. Aber *dich* darf er nicht anrufen, weil sein Auftraggeber, wer immer das sein mag, ihm ein Kontaktverbot auferlegt hat. Weil sie auf keinen Fall von irgendwelchen Terroristen gehackt werden wollen.«

»Das hört sich gut an, Rich. Gefällt mir.«

Und es stimmte. Es war die erste halbwegs sinnvolle und trotzdem harmlose Erklärung für Joes plötzliches und spurloses Verschwinden.

Absolut einleuchtend.

Also: Warum glaubte ich es nicht?

Jetzt tauchte Brady in der Tür des Pausenraums auf.

Er stützte sich mit beiden Händen am Türrahmen ab und sagte: »Wir haben Alison Mullers Mietwagen gefunden. Ein brauner Lexus. Steht in einem Parkhaus am Internationalen Flughafen von Seattle. Sieht so aus, als wäre er von innen und außen gründlich sauber gemacht worden. Keine Fingerabdrücke, kein Müll, keine Leiche im Kofferraum. Gar nichts. Und ihr Name ist auf keiner Passagierliste zu finden. Ich dachte, das interessiert euch vielleicht.«

48

Als Brady sich vom Türrahmen abstieß, rief ich: »Lieutenant, hast du mal einen Moment Zeit?«

Er drehte sich noch einmal um: »Aber nicht länger. Die da oben warten auf mich.«

Er machte die Tür zu, setzte sich zu Conklin und mir an den Tisch, schob Papiere und Zuckerdose beiseite, um Platz für seine mächtigen Arme zu schaffen, und sah mich auffordernd an.

Ich musste an Conklins Worte denken: Wenn ich Brady erzählte, dass ich überfallen worden war, würde er mich auf der Stelle vom Spielfeld nehmen. Aber ich hatte keine andere Wahl, ich musste es tun. Also holte ich tief Luft und fing an.

»Ich werde von mehreren Asiaten verfolgt und belästigt«, sagte ich. »Vier Männer, aber ich habe keinen von ihnen bis jetzt so zu Gesicht bekommen, dass ich ihn beschreiben könnte. Vorgestern Abend haben sie mich auf der Straße überfallen …«

Brady stand auf, riss die Tür auf und rief unserer treuen und geduldigen Sekretärin Brenda zu: »Richten Sie Jacobi aus, dass ich mich verspäte.«

Anschließend setzte er sich wieder an den Tisch und starrte mich dabei durchdringend an, als sei er hin- und hergerissen – wütend und besorgt zugleich. Er sah sich den

Kratzer an meiner Wange an, den ich mit Schminke einigermaßen abgedeckt hatte, und meine immer dunkler werdenden Augenringe.

»Wie schlimm ist es?«

»Alles gut. Ich war in der Notaufnahme. Ziemlich viele Prellungen, aber es ist nichts gebrochen. Keine inneren Verletzungen, keine Gehirnerschütterung. Sie haben mich über Nacht dabehalten und am Morgen wieder entlassen.«

Jetzt war er nicht mehr zu bremsen.

»Du wirst also von vier Typen zusammengeschlagen und sagst mir kein Wort? Was ist eigentlich los mit dir, Boxer? Wie soll ich vernünftige Entscheidungen treffen, wenn du mir so was vorenthältst? Mach das nie wieder. *Niemals*, kapiert? Und pass verdammt noch mal auf dich auf. Arbeite auf keinen Fall alleine. Hast du mich verstanden?«

»Ja. Es tut mir leid. Wirklich.«

»Was wollten diese Typen von dir?«

»Ich weiß es nicht. Einer hat mich angeschrien, mit einem starken Akzent. Es hat sich angehört wie ›Kennst du Chan?‹. Und vielleicht noch ›Für wen arbeitest du?‹. Aber ich kann es nicht beschwören, Brady. Sie hätten mich umbringen können, wenn sie gewollt hätten. Ich hatte überhaupt keine Chance.«

Conklin schlug die Beine übereinander, setzte sie wieder ab, seufzte ständig, strahlte mit seiner ganzen Körpersprache große Unruhe aus. Vielleicht litt er auch mit mir mit.

»Los, erzähl mir alles haarklein«, forderte Brady mich auf.

Mir blieb nichts anderes übrig. Ich sagte, dass es alles in allem maximal vier Zwischenfälle gewesen waren: der Streit vor der Gerichtsmedizin, der Zusammenprall bei der NTSB-

Pressekonferenz, der Überfall vor meinem Haus und schließlich das Katz-und-Maus-Spiel in und um Monterey gestern. Ob das jedoch mit den anderen drei Vorfällen in Zusammenhang stand, war völlig unklar.

»Wir haben den Fahrer nicht gesehen«, sagte Conklin. »Aber das Entscheidende ist doch, Lindsay, dass du verfolgt, belästigt und überfallen worden bist.«

»Könntest du diese Typen identifizieren?«, erkundigte sich Brady.

»Vielleicht, zumindest den Kerl, der mich vor Claires Büro so angeschnauzt hat. Aber die anderen habe ich eigentlich nie richtig zu Gesicht bekommen.«

»Was ist da vor der Gerichtsmedizin passiert?«

»Dieser Kerl wollte seinen Sohn sehen, darum bin ich davon ausgegangen, dass der Sohn im Flugzeug gesessen hat. Brady, er konnte unmöglich wissen, ob sein Sohn bei Claire oder auf irgendeiner Polizeiwache oder immer noch neben dem Highway liegt. – Ich habe ihm eine Telefonnummer gegeben. Das hat ihm aber nicht gepasst. Vielleicht war alles andere nur Rache, aber das ist bloße Spekulation. Was hältst du davon?«

Brady sagte: »Du gehst jetzt sofort nach Hause. Keine Widerrede. Die Waffe behältst du. Willst du vielleicht mit jemandem reden? Einem Psychologen?«

Ich schüttelte den Kopf und hörte dabei sämtliche Tassen in meinem Oberstübchen klappern.

»Ruf mich an, falls diese Typen sich noch mal blicken lassen. Auch, wenn sie es nur *vielleicht* sind.«

Ich nickte, und Brady ließ uns allein.

Ich schnappte mir meine Jacke, und Conklin brachte mich

zu meinem Wagen. Dort angekommen, sagte er: »Bleib um Gottes willen zu Hause, schließ die Tür ab und sieh zu, dass du ein bisschen Schlaf bekommst.« Es war sehr rührend, wie mein Freund und Partner sich um mich kümmerte. Wie sehr er sich um mich sorgte.

Wir umarmten uns. Und dann, ohne dass ich ihm irgendetwas versprochen hatte, fuhr ich nach Hause.

49

Ich stellte den Wagen an der Ecke Eleventh Street und Lake Street ab, eine Querstraße von meiner Wohnung entfernt. Es war erniedrigend gewesen, zugeben zu müssen, dass ich von ein paar Drecksäcken verprügelt worden war und dass diese Drecksäcke ungestraft davongekommen waren, ja, dass ich sie nicht einmal identifizieren konnte.

Aber ich war froh, dass Brady mich nach Hause geschickt hatte.

Ich fühlte mich wirklich hundeelend, und das war noch nicht alles. Darüber hinaus hatte ich das dumpfe Gefühl, dass ich etwas sehr Bedeutendes und wirklich tief Sitzendes unterdrückte. Als hätte ich im Traum etwas verloren. Und jetzt, da ich wieder wach war, musste ich herausfinden, was es war.

Ich verriegelte meinen Explorer, steckte die Hände in die Hosentaschen und humpelte nach Hause. Der Schmerz hatte sich in meinem gesamten Körper festgesetzt. Als ich den Blick hob, sah ich Mrs. Rose vor der Haustür stehen. Sie musste gerade eben mit Julie und Martha aus dem Park gekommen sein.

Also, diese Gloria Rose sah wirklich niedlich aus. Sie trug einen wassermelonenfarbenen Wollmantel und eine Strickmütze, die wie ein Glockenhut mit auf der Vorderseite aufgestickten Blumen wirkte. Mein kleines Baby saß im Kinderwagen und strampelte aufgeregt mit den Füßchen, reckte mir die Ärmchen entgegen und fing an zu schreien, als es mich sah. Dazu kläffte Martha leise, sodass ich gar nicht anders konnte, als zu lächeln.

Ich nahm meine Kleine und den Hund in Empfang, umarmte Mrs. Rose und erzählte ihr, dass mein Chef mich nach Hause geschickt hatte, um mich zu erholen, und dass ich sie später anrufen würde.

Oben angekommen, machte ich Julie und mir einen Bananen-Smoothie. Wir setzten uns zum Essen vor den Fernseher, und ich dachte mir eine Geschichte von einer großen Banane aus, die gerne ein Smoothie sein wollte. Julie schien mich für eine großartige Geschichtenerzählerin zu halten, und als sie schließlich auf meinem Schoß eingeschlafen war, legte ich sie zu ihrem Stoffaffen in den Laufstall.

Dann schaltete ich auf einen Sender mit den neuesten Flugzeugabsturznachrichten um. Es lief fast nichts anderes. Worldwide Airlines hielt eine Pressekonferenz ab, die sich kein Sender entgehen lassen wollte.

Auf dem Podium vor einem schwarzen Vorhang saß ein rothaariger Mann. Das war Oberst Jeff Bernard. Der Schriftzug am unteren Bildschirmrand wies Bernard als Experten für Luftfahrtsicherheit und ehemaligen Oberst der Luftwaffe aus. Jetzt war er für das NTSB tätig.

Ich stellte den Ton laut und hörte ihn sagen, dass die Flugschreiber mittlerweile geborgen worden seien. Aus den Aufzeichnungen gehe hervor, dass die Maschine sich im völlig normalen Landeanflug befunden habe, dass die Piloten alles im Griff gehabt hatten und nichts auf eine bevorstehende Notlandung hingedeutet habe.

Oberst Bernard warf einen Blick auf seine Notizen, sah auf und fuhr fort.

»Wir halten es für wahrscheinlich, dass eine Flugabwehrrakete mit Infrarot-Suchkopf diesen Absturz verursacht hat. Sie wurde in maximal fünf Kilometern Entfernung zum Flugzeug abgefeuert, wahrscheinlich im Junipero Serra County Park. Nach dem Start hat die Rakete sich an der Wärmespur des rechten Flugzeugtriebwerks orientiert. Beim Aufprall und der anschließenden Explosion hat sich der Treibstoff in der rechten Tragfläche des Flugzeugs entzündet. Äh… nach meiner Überzeugung haben die Passagiere von alledem nichts mehr mitbekommen. Der ganze Vorfall hat gnädigerweise nicht länger als zwei Sekunden gedauert.«

Dann wurde wild durcheinandergeschrien, und in dem allgemeinen Gedränge verlor die Kamera Oberst Bernard aus dem Blick. Mit wild klopfendem Herzen schaltete ich erneut um. Ein Reporter stand vor der Zentrale von Worldwide Airlines und begann gerade mit einer Zusammenfassung der Neuigkeiten, dass nämlich Flug WW 888 einem Terrorakt zum Opfer gefallen sei und sich bereits mehrere Terrorgruppen zu dem Anschlag bekannt hatten. Allerdings hatte keines dieser Bekenntnisse einer Überprüfung standgehalten.

Ich klickte mich durch die ganzen anderen Programme, bis mich irgendwann der Schlaf packte und ich mich aufs Sofa warf. Eine Stunde später wurde ich wieder wach und hatte eine Idee.

Ich bin mir ziemlich sicher, dass ich schon wesentlich früher darauf gekommen wäre, wenn ich mich nicht mit allen Mitteln gegen die Erkenntnis gesträubt hätte. Doch das Gespräch mit Alison Mullers Ehemann hatte mir keine Ruhe mehr gelassen.

Wenn man Khan glauben wollte, vertraute er seiner Frau. Sie verschwindet spurlos, ruft nicht einmal an, und er sagt: »Sie kommt wieder, sobald sie so weit ist.«

Doch plötzlich tauchen in Alis Kleiderschrank diverse Geheimnisse auf, eindeutige Beweise dafür, dass Ali gewisse Dinge vor Khan versteckt hatte.

Ich persönlich war fest davon überzeugt, dass Ali Muller entweder eine Mörderin oder ein potenzielles Mordopfer war, aber mit Sicherheit keine unbeteiligte Dritte.

Worin bestand also der Unterschied zwischen Khalid Khan und mir? Beide vertrauten wir unseren Ehepartnern, und vielleicht verschlossen wir beide absichtlich die Augen davor, dass diese Ehepartner ein Doppelleben führten.

Blindes Vertrauen war für mich keine Option mehr.

Ich würde Joe suchen und finden, koste es, was es wolle.

50

»Julie-Julie-Ju-Liiieee«, sang ich.

Ich hob sie hoch, gab ihr einen lauten Schmatzer auf den Bauch und nahm sie mit ins Schlafzimmer. Nachdem ich die flauschige Bettdecke auf dem Teppich ausgebreitet hatte, legte ich sie zusammen mit ihrem Stoffaffen und ihrem Lieblingshund darauf.

Martha ist die perfekte Babysitterin, und so fingen die beiden, während ich Joes Schranktür öffnete, ein durch und durch sinnvolles Gespräch an.

Joes Schrank war nicht so ordentlich aufgeräumt wie der von Ali Muller. Und kleiner war er auch, ein ganz normales Standardmaß, eins achtzig mal eins achtzig, mit zwei Kleiderstangen: oben die Jacketts, unten die Hosen.

Ich holte eine Ladung nach der anderen heraus, ging immer wieder zwischen Schrank und Bett hin und her, und als die Kleiderstangen leer waren, nahm ich mir die Regale vor. Ich machte Schuhschachteln auf und warf einen Blick in Joes Waffentresor. Er war leer.

Als Nächstes überprüfte ich seinen Wäschekorb, fand aber nichts Außergewöhnliches, nur Unterwäsche, ein Hemd, eine Jeans und Strümpfe. Mein bloßes und ziemlich wütendes Auge konnte keine Farbkleckse, keine Pulverspuren, keinen Lippenstift entdecken. Ich roch an den schmutzigen Sachen. Sie dufteten nach Joe.

Anschließend strich ich mit einer Hand über jeden Quadratzentimeter der Schrankwände. Gab es da irgendwo Unregelmäßigkeiten, eine versteckte Klappe vielleicht oder eine Tür? Ich klopfte mit meiner Taschenlampe gegen die Wände. Nirgendwo klang es hohl. Ich hob, nur zur Sicherheit, den Teppich hoch, fand aber lediglich zusammengeknüllte Hundehaare in den Ecken.

Danach nahm ich mir Joes Hosentaschen vor und überprüfte die Säume und Futter. Ich schüttelte seine Stiefel aus und steckte die Finger tief in seine Schuhe. Nada.

Ich warf seine Kleider in den Schrank und machte die Tür zu. Anschließend widmete ich mich seiner Kommode und durchsuchte ebenso gründlich jedes Hemd und jede Unterhose. Nicht genug damit, dass ich die Schubladen auskippte, ich suchte auch nach doppelten Böden und nahm die Unterseiten unter die Lupe.

Nachdem ich zwischen den Matratzen und unter den Nachttischen nachgesehen hatte, fiel mir ein, dass ich es mit einem Mann zu tun hatte, der vom FBI ausgebildet worden war. Wenn Joe etwas so verstecken wollte, dass es nicht gefunden werden konnte, schaffte er das auch.

Aber trotzdem… ich konnte nicht aufhören.

Ich nahm Julie mitsamt ihrem Stoffaffen in den Arm, pfiff Martha zu mir und ging in das kleine Zimmer hinter dem Schlafzimmer, das Joe als Büro diente. Es war nicht besonders groß, vielleicht zweieinhalb mal dreieinhalb Meter. Vor dem einen Fenster, das auf die Twelfth Avenue hinauszeigte, stand ein Schreibtisch, dazu noch ein Drehstuhl und ein Bücherregal, mehr gab es hier nicht.

Der Schreibtisch war abgeschlossen, aber ich wusste,

dass der Schlüssel unter dem Waschbecken im Badezimmer klebte. Nicht weil ich so schlau bin, sondern weil er es mir gezeigt hatte.

Mit dem Schlüssel kehrte ich zurück in das hintere Zimmer, schloss den Schreibtisch auf und suchte seinen Laptop. Aber der war natürlich nicht da. Auch sein iPad und seine Computertasche waren verschwunden, und da die Tage des Taschenkalenders schon längst der Vergangenheit angehörten, fand ich hier nichts, was mich irgendwie weitergebracht hätte.

Keine geheimnisvollen Notizen auf dem Block neben dem Telefon, keine Telefonnummern in oder auf seinem Schreibtisch.

Aber ich kannte ein paar Namen von Leuten, mit denen er in jüngster Zeit zu tun gehabt hatte.

Also rief ich Brooks Findlay an, Joes ehemaligen Auftraggeber. Findlay ist ein richtiger kleiner Scheißkerl, der Joe vor einiger Zeit mit der Entwicklung eines Sicherheitsverfahrens für den Seehafen von Los Angeles beauftragt hatte. Und eines Tages hatte er ihn ohne Angabe von Gründen gefeuert. Wir hatten es uns so erklärt, dass Joe so gute Arbeit geliefert hatte, dass Findlay dadurch bei seinen Vorgesetzten in ein schlechtes Licht geraten wäre.

Joe hatte Findlay bei ihrem letzten Telefonat ein ziemlich elegantes »Leck mich« mitgegeben, sodass Findlay keinen Grund hatte, mir zu helfen. Aber er war zumindest ein Ausgangspunkt.

Findlay ging nicht selbst ans Telefon, aber die Frau, die sich meldete, sagte, dass er gerade Mittagspause machte und anschließend wieder am Platz sei. Ich nutzte die Zeit, um die

Bücherregale leer zu räumen, jedes Buch aufzuschlagen und mit der Hand über die Regalbretter zu streichen.

Außerdem rief ich drei FBI-Agenten an, mit denen ich im Rahmen unterschiedlicher Ermittlungen schon einmal zusammengearbeitet hatte. Ich rechnete allerdings nicht mit entscheidenden Erkenntnissen, und genauso war es auch. Niemand hatte etwas von Joe gehört oder wusste, woran er gerade arbeitete oder wo er sich aufhielt.

Plötzlich leuchtete Findlays Name auf dem Display auf.

Ich sagte ihm, dass ich seit Tagen nichts von Joe gehört hatte. Und dass er meines Wissens gerade für den Internationalen Flughafen von San Francisco tätig war, im Zusammenhang mit diesem Flugzeugabsturz. Ob Findlay etwas darüber wusste?

»Ich habe nichts mehr von Joe gehört und auch nichts *über* ihn. Aber ich glaube, Sie haben keine Ahnung, mit wem Sie da verheiratet sind, Lindsay.«

Mit einem Mal begriff ich die Bedeutung des Ausdrucks: »Das Blut gefriert mir in den Adern.«

Ich bedankte mich bei Findlay und verabschiedete mich – glaube ich zumindest. Dann kann ich mich erst wieder an das Piepsen aus dem Telefonhörer erinnern, der mitsamt meiner Hand an meine Seite gesunken war.

Ich legte auf, ging ins Badezimmer, wusch mir das Gesicht, schluckte ein paar Schmerztabletten und versuchte, wieder einen klaren Kopf zu bekommen. Jetzt blieb nur noch ein Name, eine Telefonnummer übrig, und die wollte ich nur äußerst ungern wählen. Aber es blieb mir nichts anderes übrig.

Ihre Nummer war immer noch in meinem Telefon gespeichert, weil sie vor neun Monaten nach San Francisco gekommen war, um unserem neugeborenen Baby ein Geschenk zu bringen. Ihr Name lautete June Freundorfer, und sie war Joes Ex-Freundin. Sie arbeitete bei der FBI-Niederlassung in Washington, D.C.

Ich rief sie an.

Sie nahm beim ersten Klingeln ab.

51

Ich war bereits fertig angezogen und koffeingesättigt, als meine Schwester Catherine aus Half Moon Bay eintraf. Sie hatte ihre beiden kleinen Mädchen und eine Luftmatratze im Gepäck. Ich freute mich sehr, sie alle zu sehen, und war verdammt froh, dass ich Julies Tante und ihren Cousinen meinen Haushalt anvertrauen konnte.

Ich hatte bei Brady zwei freie Tage herausgeschunden, und mein Taxi stand schon vor der Tür. Ich gab allen ein Begrüßungs- oder Verabschiedungsküsschen, schnappte meinen Koffer und lief die Treppe hinunter.

Der Fahrer ließ während der ganzen Fahrt zum Flughafen das Radio laufen. Ich kannte die Nachrichten eigentlich schon in- und auswendig, aber trotzdem hörte ich aufmerksam zu, als die Reporter über die zunehmende Panik in San Francisco berichteten. Die Meldungen von den vielen Toten und tragischen Ereignissen im Zusammenhang mit dem Absturz von WW 888 waren schon schlimm genug gewesen. Aber mittlerweile war das ganze Ausmaß der Katastrophe bekannt; sie galt nunmehr als die schlimmste Terrorattacke auf US-amerikanischem Boden seit dem 11. September 2001. Und bis jetzt wusste niemand, wer die Terroristen waren.

Ich nahm die 10.15-Uhr-Maschine mit Virgin America und baute darauf, dass die Terroristen nicht zweimal innerhalb einer Woche zuschlagen würden – eine Theorie, die jeglicher Grundlage entbehrte. Alle Passagiere hatten eine tapfere Miene aufgesetzt, und als der nette Herr zu meiner Rechten mir eine Schlaftablette anbot, nahm ich sie dankbar an.

Sieben Stunden nach dem Start in San Francisco saß ich in der spärlich beleuchteten Bar des noblen Hotels The George in Washington, D. C., und wartete auf June Freundorfer. Ich saß an einem kleinen Tisch mit einer Schale voller Nüsse, einer wässerigen Weißweinschorle und einer Heidenangst im Bauch.

Ich konnte mich noch gut daran erinnern – es war gar nicht so lange her –, wie ich auf den Gesellschaftsseiten in der Onlineversion der *Washington Post* ein Bild von June entdeckt hatte, mit dunklen Haaren und in einem eleganten Abendkleid. Ihr Begleiter hatte im Smoking ebenfalls eine umwerfende Figur gemacht, und dieser Begleiter war Joe gewesen. Er hatte damals noch regelmäßig in Washington zu tun gehabt. Als ich ihm das Bild gezeigt hatte, hatte er immer wieder behauptet, dass er und June lediglich befreundet seien und dass er sie damals zu einer Wohltätigkeitsveranstaltung begleitet hatte. Mehr nicht.

Mich hatte das ziemlich verunsichert.

June war wunderschön. Außerdem war sie früher, als sie beide für das FBI gearbeitet hatten, Joes Partnerin gewesen. Dann war sie an die FBI-Niederlassung in Washington versetzt worden, während Joe stellvertretender Direktor des Heimatschutz-Ministeriums geworden war, ebenfalls in D. C.

Zu der Zeit hatten sie, ungebunden wie sie waren, eine kurze Beziehung begonnen, aber ich hatte Joe nie nach den

Einzelheiten gefragt. Kurz nach Julies Geburt hatte June mir einen unangekündigten Besuch abgestattet und mir ein Geschenk für die Kleine in die Hand gedrückt. In einer himmelblauen Schachtel mit einem weißen Band.

Ich hatte mich bei ihr bedankt und das Geschenk, sobald sie außer Sichtweite war, in den Mülleimer gestopft. Ich wollte sie nicht sehen, sie nicht kennen, und was ich zuallerletzt wollte, war, dass Julie ihre Tiffany-Rassel – oder was immer dieses Ding gewesen sein mochte – in die Finger bekam.

Aber jetzt musste ich June wiedersehen. Und dieses Mal kam ich als Bittstellerin zu ihr. Sie hatte gesagt, dass sie mir gewisse Informationen geben könnte, aber nicht am Telefon. Und so kam es, dass ich jetzt fünftausend Kilometer von zu Hause entfernt in einer Hotelbar auf sie wartete.

Ich wollte mir gerade noch einen Drink bestellen, da sah ich sie auf mich zukommen. Sie trug einen grau schimmernden Anzug, eine Diamantenkette, perfekt frisiertes, welliges Haar … sie sah genau so aus, wie ich gerne ausgesehen hätte, nur, dass mir das ziemlich schwerfiel.

Ich war einfach zu sehr Polizistin.

Joes ehemalige Partnerin und Ex-Freundin, ein hohes Tier in der FBI-Hackordnung und gegenwärtig in unbekannter Beziehung zu Joe stehend, trat zu mir. Sie sagte: »Lindsay, wie schön Sie zu sehen.« Ich erhob mich, und sie gab mir ein wohlriechendes Luftküsschen.

Ich bedankte mich, dass sie sich für mich Zeit genommen hatte.

»Sie haben sich am Telefon sehr besorgt angehört«, lautete ihre Antwort. »Und das wäre ich an Ihrer Stelle auch.«

Großer Gott. Was sollte das denn heißen?

Der Kellner bot ihr einen Stuhl an, und als wir beide saßen, bestellte June sich ein Glas Club Soda und einen Jack Daniel's auf Eis. Jack Daniel's war Joes Favorit.

Daraufhin wandte sie sich wieder zu mir. »Ich kann zwar nur mit bruchstückhaften Informationen dienen, aber die könnten es in sich haben.«

Der Kellner brachte die beiden Drinks und stellte sie vor June ab. Sie schob den Whiskey auf meine Tischseite.

»Der ist für Sie«, sagte sie.

52

Ich nippte aus reiner Höflichkeit an dem eiskalten Bourbon, denn ich wollte nicht nur hören, was June mir zu sagen hatte, ich wollte auch beurteilen können, ob sie aufrichtig war oder mich nur durcheinanderbringen wollte. Sie legte ihr Handy auf den Tisch.

»Ich erwarte einen Anruf«, sagte sie und beugte sich vor. »Joe war an etlichen wirklich krassen Aktionen beteiligt, Lindsay.«

War?

»Als Sie ihn kennengelernt haben, war er beim Heimatschutz, richtig?«

Ich nickte. Jetzt betrat eine sechsköpfige Gruppe die Bar. Der Oberkellner brachte sie an einen Tisch, der etwa drei Meter von unserem entfernt war. Lautstark nahm die Gruppe ihre Plätze ein. Es wurde viel gelacht, und die Stühle kreischten über den Fußboden.

Ich sagte: »Als stellvertretender Direktor.«

June fuhr fort: »Nun ja, wie Sie wissen, war er vorher beim FBI tätig, in der Niederlassung in D.C. Aber was nur die wenigsten wissen, ist, dass er unmittelbar nach seinem Collegeabschluss rund zehn Jahre lang für die CIA gearbeitet hat.«

»Was? Das… das hat er mir nie erzählt.« Konnte das stimmen?

»Mir auch nicht. Aber ich habe kürzlich davon erfahren. Haben Sie den Namen Alison Muller schon einmal gehört? Manchmal nennt sie sich auch Alison Khan. Oder Sonja Dietrich.«

Oh ja, hatte ich. Ich hatte Ali Muller mit ihrer Gucci-Sonnenbrille und ihren blonden Zeitlupenhaaren plastisch vor Augen. Und plötzlich tauchte Joe mitten im Bild auf.

»Ali Muller ist letzte Woche auf einem Überwachungsvideo aufgetaucht, im Zusammenhang mit einem Vierfachmord.«

June erwiderte: »Das habe ich mir fast gedacht. Unsere Leute haben sie zwar auch gesehen, aber nicht eindeutig identifiziert. Das muss wirklich unter uns bleiben, Lindsay, bitte! Sonst bekomme ich womöglich große Schwierigkeiten, aber Sie wissen nicht, was mit Joe los ist, und mir ist klar, was Sie gerade durchmachen müssen.«

Ich nickte wie betäubt, und June sagte: »Joe und Muller haben bei der CIA zusammengearbeitet.«

»Was? Wie denn?«

»Soweit ich weiß, lief das folgendermaßen ab«, sagte June Freundorfer und spielte mit ihrer Diamantkette. »Muller wurde als sogenannte Venusfalle eingesetzt, das heißt, sie hat ihre … äh … ihre Attraktivität genutzt, um ihre Opfer zu umgarnen, einzulullen, und sobald sie hatte, was sie wollte, ist sie einfach vom Erdboden verschwunden. – Joe war, glaube ich, ihr Vorgesetzter. Jedenfalls waren sie ein sehr effektives Team. Muller hatte Beziehungen zu Außenministern, ausländischen Geheimagenten, Militärführern … wenn ich Ihnen eine Namensliste vorlegen würde, Sie würden es nicht glauben. Sie hat nicht nur regelmäßig verwertbare Informationen besorgt, sondern auch Gegner zu Überläufern gemacht. Bei der CIA ist sie fast so etwas wie eine Legende.«

Ich habe vermutlich geblinzelt wie eine Fledermaus im Scheinwerferlicht, während ich versuchte, Informationen zu verarbeiten, die sich schlicht und ergreifend nicht verarbeiten ließen. Joe. Führungsoffizier einer Mata Hari der CIA? Nein. Niemals! Gut möglich, dass June sich das alles ausgedacht hatte, aber warum sollte sie? Mein Eindruck war, dass sie es aufrichtig meinte. Vielleicht konnte sie mir ja tatsächlich helfen. Ich musste sie fragen.

»June. Arbeitet sie auch jetzt wieder mit Joe zusammen?«

»Das weiß ich nicht, Lindsay. Aber Sie sollten wissen, dass das keineswegs undenkbar ist. Alison und Joe haben einander sehr nahegestanden.«

Lautstarkes Rauschen dröhnte durch meinen Schädel. »Sehr nahe.« Sexuell. Emotional. Joe und diese blonde Fliegenfalle. Ich konnte es mir bildhaft vorstellen.

»Das ist jetzt reine Spekulation«, fuhr June fort, »aber vielleicht ist seine Beziehung zu Alison Muller irgendwann aus dem Ruder gelaufen. Vielleicht ist er deshalb von der CIA zum FBI gegangen. Ich habe das eine oder andere Gerücht in diese Richtung gehört, mehr nicht, aber, na ja … so ist das eben in meiner Branche.«

Ich nahm einen Schluck Whiskey, musste husten und spuckte das meiste gleich wieder aus. June gab mir eine Serviette und sagte, während ich mein Gesicht und den Tisch abtupfte: »Darf ich Sie etwas fragen?«

»Gern. Ich habe bloß absolut keinen Schimmer.«

Nicht einmal die Andeutung eines Schimmers. Um mich herum war es pechschwarze Nacht. Ich musste an den Satz denken, den der grässliche Brooks Findlay zu mir gesagt hatte: »Ich glaube, Sie haben keine Ahnung, mit wem Sie da verheiratet sind, Lindsay.«

War *das* die Wahrheit?

June sagte: »Wann wurde Alison Muller das letzte Mal gesehen, soweit Sie wissen?«

Ich erzählte ihr, dass die Videoaufnahmen am Montag vor einer Woche entstanden waren.

»Und wann haben Sie Joe das letzte Mal gesehen?«

»Auf einem Überwachungsvideo vom darauf folgenden Dienstag.«

June seufzte und ließ sich schwer gegen ihre Stuhllehne sinken.

Es kostete mich größte Überwindung, die nächste Frage zu stellen: »Ist Joe noch am Leben?«

»Ich weiß es nicht«, erwiderte June. »Er hat nicht auf meine Anrufe reagiert. Hören Sie. Ich nenne Ihnen jetzt einen Namen. John Carroll. Früher haben wir ihm den Spitznamen Nummer sechs gegeben, weil unser Chef ihn unter dieser Nummer im Kurzwahlspeicher hatte.«

June lachte.

»Ein witziger Typ. Er war damals mein Mentor und hat auch Joe und Alison gekannt. Seit einiger Zeit ist er pensioniert. Gut möglich, dass er selbst noch Kontakt zu Alison hat oder aber jemanden kennt. Sie können ihm vertrauen.«

Sie schrieb einen Namen und eine Telefonnummer auf die Serviette, dann klingelte ihr Handy. Nachdem sie wieder aufgelegt hatte, sagte sie: »Ich muss los. Viel Glück, Lindsay. Und falls Sie jemandem zum Reden brauchen, rufen Sie mich an.«

53

Als ich an diesem Morgen um drei Uhr wach wurde, hatte das nichts mit Julie zu tun. In meinem großen Hotelzimmer herrschte Totenstille, aber ich war in Gedanken weit weg und fand einfach keine Ruhe.

Im Schnelldurchlauf ließ ich meine Erinnerungen an Joe an mir vorüberziehen, stellte mir vor, wie er bei unserer ersten Begegnung ausgesehen hatte. Wie beeindruckt ich von seinen Fähigkeiten als Ermittler gewesen war. Von seiner klugen und witzigen Art, seiner Zuverlässigkeit. Unsere erste Liebesnacht wollte ich eigentlich überspringen, aber die Bilder nahmen ein ganzes Zimmer in meinem Kopf in Beschlag.

Meine Wohnung. Unser zweites Date. Selbst jetzt, trotz meiner Angst, trotz meiner Wut, konnte ich die knisternde Spannung zwischen uns spüren.

Danach war Joe immer wieder quer über den Kontinent geflogen, um mich zu besuchen. Und dann hatte er Washington und seine Arbeit dort hinter sich gelassen und war nach San Francisco gezogen, damit wir endlich aus der Achterbahn der Fernbeziehung aussteigen konnten. Das war ein sehr bedeutsamer Schritt gewesen. Arbeit oder Lindsay. Und er hatte sich für mich entschieden. Größer hätte die Liebe zu meinem breitschultrigen, gut aussehenden Geliebten gar nicht sein können.

Als meine Wohnung am Potrero Hill abgebrannt war, hatte Joe gesagt: »Zieh zu mir.«

Und das hatte ich getan.

Ich dachte an unsere Auseinandersetzungen und wie er uns immer wieder auf einen gemeinsamen Weg gebracht hatte. Es gefiel mir, dass er älter war als ich, und seine Wertvorstellungen, sein Verhalten und seine Handlungen, das alles zeigte mir, dass er ein guter Ehemann und Vater sein würde.

Als er um meine Hand anhielt, hatte ich nicht gezögert, und noch nie hatte ich einen Hauch von Reue empfunden.

Bis jetzt.

Weil es so aussah, als hätte er mich angelogen. Nicht so etwas wie: »Nein, du bist nicht dick.« Hier ging es um eine ganz andere Art von Lüge, um eine vollkommen andere Dimension. Nicht nur, dass er mir einen wichtigen Teil seines Lebens verschwiegen hatte, er hatte auch die Beziehung zu einer Frau ausgespart, die ihm sehr viel bedeutet hatte, einer Frau, die möglicherweise eine professionelle Mörderin war.

Ich konnte mich nicht länger selbst belügen.

Alleine Joes Verschwinden war ein Betrug. Und falls er tatsächlich früher einmal mit Alison Muller »liiert« gewesen war, war er es jetzt vielleicht auch wieder. Es konnte doch kein Zufall sein, dass Joe und Alison Muller gleichzeitig im selben Hotel gewesen und zur gleichen Zeit spurlos verschwunden waren.

Eine Schublade voller Reizwäsche blitzte vor meinem geistigen Auge auf.

Ich ertrug es nicht mehr länger.

Ich konnte nicht länger tatenlos in diesem Hotel herumliegen. Aber es war zu spät, um Claire oder meine Schwester anzurufen. Von June ganz zu schweigen.

Ich dachte an das letzte Mal, als Joe und ich uns geliebt hatten. Wie innig und verrückt und wunderschön es gewesen war. Ich hatte ihn festgehalten und geküsst, das alles in vollen Zügen genossen, und anschließend hatten wir zusammen mit unserem Baby im Schein der Morgensonne gefrühstückt.

Und jetzt?

War er mit einer anderen Frau im Bett?

Oder lag er tot irgendwo herum, mit einer Kugel im Hinterkopf? Hatte Alison Muller ihn umgebracht?

Hatte diese Schlampe meinen Mann ermordet?

54

Ich machte mich für mein Treffen mit John Carroll um 7.30 Uhr fertig. Dazu zog ich die Hose vom Tag zuvor, eine saubere Bluse und mein bestes Sakko an.

Die National Mall ist ein lang gestreckter, von Bäumen gesäumter Park, und der Blick auf das Lincoln Memorial und das Capitol, der sich von hier aus bietet, ist auf der ganzen Welt bekannt. Von meinem Hotel aus betrug die Entfernung genau drei Häuserblocks. Ich überquerte die Constitution Avenue und spazierte den Mittelstreifen entlang. Ich muss gestehen, dass die Würde und Pracht dieses Ortes mich nicht im Geringsten interessierten.

Ich wollte nichts anderes, als mich mit Mr. Carroll treffen und von ihm gesagt bekommen, dass all meine Ängste lächerlich waren. Dass er mit Bestimmtheit wusste, dass Joe gerade einen Auftrag bearbeitete, der für die nationale Sicherheit von größer Bedeutung war. Dass Joe nichts geschehen würde und er nicht das Geringste mit Alison Muller zu tun hatte.

Ich sah einen Mann alleine auf einer Bank sitzen und über den breiten, grasbewachsenen Mittelstreifen auf das rechteckige Wasserbecken des Reflecting Pools starren. Er war weiß und um die fünfzig, hatte lange Arme und Beine und dazu lichter werdendes braunes Haar. Er trug eine blaue Hose, einen schwarzen Anorak und Laufschuhe. Beim

Näherkommen sah ich, dass er einen Gehstock aus Aluminium in der rechten Hand hielt.

Ich sagte: »Mr. Carroll?«

Er hob den Blick und nickte. Ich nannte ihm meinen Namen.

Er bedeutete mir, mich zu setzen, und meinte: »June hat gesagt, dass Sie etwas über Ali Muller erfahren möchten, aber sie hat nicht gesagt, weshalb.«

»Ich arbeite für das San Francisco Police Department, Mordkommission. Wir glauben, dass Alison womöglich Zeugin eines Gewaltverbrechens war.«

»Oh. Das wäre bestimmt nicht das erste Mal. Dann ist sie für Sie also eine wichtige Zeugin.«

»Genau. Können Sie mir vielleicht weiterhelfen?«

»Kurz gesagt: Nein. Ich habe Alison seit Jahren nicht mehr gesehen. Gott sei Dank.«

Er legte die Finger um den Griff seines Gehstocks, stemmte die Spitze auf den Boden und wollte aufstehen.

Ich sagte: »Einen Moment noch, Mr. Carroll, bitte. Ich bin außerdem auch auf der Suche nach meinem Mann, Joe Molinari. June hat die Vermutung geäußert, dass die beiden vielleicht zusammenarbeiten.« Es war ein scheußliches Gefühl, mich diese Worte sagen zu hören. »Wenn Sie mir also irgendeinen Hinweis geben können, wo die beiden sich unter Umständen aufhalten …«

»Joe Molinari? Na, das ist ja mal eine überraschende Begegnung mit der Vergangenheit.« John Carroll ließ sich wieder auf die Bank sinken. Er lächelte. »Das glaube ich sofort, dass Muller weiß, wo Molinari ist. Haben Sie eigentlich eine Vorstellung davon, wo Sie da Ihre Nase reinstecken?«

»Ich glaube schon«, erwiderte ich. Er nahm meine Anspannung nicht wahr.

»Ich habe Anfang der Neunziger mit Joe zusammengearbeitet«, fuhr Carroll fort. »Kluger Mann. Mit einer Zukunft. Es hat mich erstaunt, als er die Behörde gewechselt hat. Aber wer kann schon wissen, warum wir tun, was wir tun? – Und sie war auch dabei. Sonja Dietrich. Alison Muller. Wunderschön. Die Männer haben sich reihenweise in sie verliebt, aber alle haben es früher oder später bereut. Sie haben alles für sie getan. Ihr alles verraten. Mich selbst hat es damals auch erwischt.«

Ich sagte kein Wort, räusperte mich nicht einmal. Ich musste hören, was er zu sagen hatte. Und Nummer sechs hielt sich nicht zurück.

»Als ich Muller kennengelernt habe, war ich verheiratet. Ich hatte eine reizende Frau, Sadie. Zwei tolle Kinder. Aber sie hat dafür gesorgt, dass mir das alles nichts mehr bedeutet hat. Als ich ihr schließlich so verfallen war, dass ich nicht einmal mehr über den Rand meines eigenen Grabes blicken konnte, hat sie sich an den Führungsstab gewandt und gesagt, dass man mir nicht trauen kann. – Na ja. In gewisser Hinsicht hatte sie recht. Ich hatte ihr ein paar Dinge verraten, und sie hatte jedes Gespräch aufgezeichnet. Ich war vollkommen fassungslos, dass sie mir das angetan hat. *Mir!*«

Der CIA-Agent im Ruhestand starrte auf das stille Wasser des Reflecting Pools. Zweifelsohne hatten ihn die Erinnerungen an Alison Muller übermannt. Und auch wenn er mir schon gesagt hatte, dass er mir nicht weiterhelfen könne, wollte ich es trotzdem noch einmal versuchen.

»Mr. Carroll, wo würden Sie an meiner Stelle nach Muller

suchen? Selbst der kleinste Hinweis könnten dem SFPD und mir weiterhelfen.«

»Als ich das letzte Mal etwas von Alison Muller gehört habe, das war am Abend, bevor sie meine Karriere, meine Ehe und mein Selbstvertrauen zerstört hat. Das Einzige, was ich Ihnen geben kann, ist meine Erfahrung. – Ich glaube, dass sie Joe damals, als ich die beiden gekannt habe, tatsächlich geliebt hat. Und ich dachte, dass er der glücklichste Mann der gesamten Milchstraße sein musste. Allerdings … Sollte sie Joe tatsächlich wieder am Haken haben, rate ich Ihnen, Ihren Rechtsanwalt anzurufen und sich auf die schnelle Auflösung Ihrer Ehe einzustellen. – Oder Sie hoffen einfach das Beste. Warten ab, was sich ergibt.«

»Danke. Dafür, dass Sie mir Ihre Zeit geopfert haben«, sagte ich. Hätte ich meine Pistole dabeigehabt, ich hätte ihm womöglich eine Kugel ins Herz gejagt.

So, wie er es mit mir gemacht hatte.

55

Ich hatte mein Handgepäck über die Schulter geschlungen und stand vor dem Hotel, zusammen mit ein paar anderen Leuten, die, wie ich, auf den Shuttle-Bus zum Flughafen warteten.

Ich dachte: *Es gibt das Böse, das man kennt, und dann gibt es* das *hier.*

Ich konnte es kaum erwarten, wieder nach Hause zu kommen.

Da rollte eine Limousine auf die Bushaltestelle zu. Das Fenster wurde heruntergelassen, und eine Stimme rief meinen Namen. Eine sehr sorgfältig manikürte Hand winkte mir zu.

»June?«

Ich trat zu ihr.

»Lindsay, ich habe im Hotel angerufen und von der Rezeption erfahren, dass Sie gerade ausgecheckt haben. Wie gut, dass ich Sie noch erwische.«

June Freundorfer machte die Tür auf, sagte: »Steigen Sie ein«, und machte mir auf der Rückbank Platz.

»Ich muss aber den Bus kriegen«, sagte ich. »Mein Flug …«

»Wir bringen Sie hin. Virgin America?«

Woher wusste sie das?

Ich stieg ein und ließ die schwere Tür ins Schloss klappen. June drückte die Taste an der Sprechanlage, gab dem Fahrer Anweisungen und lehnte sich zurück.

»Was ist denn los?«, fragte ich sie.

»Lindsay, das ist jetzt absolut inoffiziell, aber vielleicht können wir uns gegenseitig helfen. Ich hoffe, Sie sind mir nicht böse, aber ich habe mich ein wenig näher mit Ihrem Four-Seasons-Fall beschäftigt.«

»Tatsächlich? Warum?«

»Weil wir Michael Chan unter Beobachtung hatten.«

Das Blut dröhnte mir in den Ohren. Ich war immer noch komplett durcheinander von meinem Treffen mit diesem Mistkerl John Carroll, das gerade mal eine Stunde her war. Und mehr als alles andere wünschte ich, ich hätte die Zeit zurückdrehen können, und zwar bis … Wann war das gewesen? Vor einer Woche, als ich mich mit den Mädels zum Mittagessen getroffen hatte und voll und ganz im Reinen mit meinem Leben gewesen war. Jetzt saß ich in einem lang gestreckten schwarzen Auto neben June Freundorfer, die gern meine Freundin sein wollte. Mist. Ich fing schon langsam an, sie zu mögen.

»Der Grund dafür«, fuhr June fort, »war seine Frau.«

Jetzt hing ich an ihren Lippen.

»Shirley Chan wird schon seit Jahren von der CIA beobachtet, und von uns auch. Sie hat für das MSS gearbeitet, das chinesische Ministerium für Staatssicherheit. Das MSS rekrutiert regelmäßig Mitarbeiter aus dem akademischen Umfeld. Dort finden sich jede Menge potenzieller Industrie- und Militärspione, und die Universitäten zapfen sie natürlich auch an, um über Trends und Fortschritte auf dem Laufenden zu sein.«

Ich konnte mich noch gut an Shirley Chan erinnern, wie sie, nachdem sie vom Tod ihres Ehemannes erfahren hatte, weinend auf dem Rücksitz unseres Streifenwagens gehockt hatte. Sie war ein emotionales Wrack gewesen. Und das sollte eine chinesische Spionin sein? Jetzt hatte ich die Frau mit den »gestreiften Haaren« vor Augen und wie sie Shirley Chan mit zwei gut gezielten Schüssen niedergestreckt hatte.

June sagte: »Wir überlegen gerade, ob Michael Chan vielleicht auch für das MSS gearbeitet hat. Das könnte erklären, weshalb Muller sich an ihn herangemacht hat. Oder aber er war nur ein Mittel zum Zweck, um an Informationen über seine Frau zu gelangen. Sie haben sie kennengelernt, nicht wahr?«

Ich sortierte meine verwirrten Gedanken, so gut es ging. Ich wusste nicht viel über Shirley Chan. Ihre Ermordung war in Palo Alto und, etwas weniger ausführlich, von mir selbst für unsere eigenen Akten erfasst und registriert worden. Wir hatten ihr den Tod ihres Mannes mitgeteilt und hatten gehofft, dass sie uns sagen kann, weshalb Michael Chan umgebracht worden war. Das war alles.

Ich sagte zu June: »Mein Partner und ich haben sie im Anschluss an die Ermordung ihres Mannes befragt. Und sind drei Tage später noch einmal bei ihr vorbeigefahren.«

Ich berichtete June, dass wir Shirley Chan tot aufgefunden hatten und dass die Beschreibung der Täterin durch ihre Tochter sehr vage gewesen war. Es erschien aber denkbar, dass es Alison Muller gewesen war.

»Zwei Schüsse«, sagte ich. »Beides Kopftreffer. Sehr professionell. Keine Fingerabdrücke, keinerlei andere Spuren.«

June meinte: »Ja, das klingt voll und ganz nach Alison.«

Als die Limousine vor dem Schnell-Check-in-Schalter anhielt, beugte June sich zu mir herüber und nahm mich in den

Arm. Ganz automatisch erwiderte ich ihre Umarmung. Es fühlte sich ganz normal an. Ich stieg aus und schlich wie ein Zombie auf Xanax durch den Flughafen.

In der Kabine ließ ich mich auf meinen Fensterplatz plumpsen und schnallte mich an. Von Flugangst keine Spur.

Das war der schnellste Weg nach Hause.

56

Nach der Landung nahm ich die Beine in die Hand und war schon eine Stunde später zu Hause. Ich knuddelte mein kleines Mädchen, plauderte ein wenig mit meiner kleinen Schwester und meinen beiden süßen Nichten Brigid und Meredith, da rief Cindy an. Sie sagte: »In einer halben Stunde Treffen im Clubhaus. Deine geschätzte Anwesenheit ist dringend erforderlich.«

Ich stimmte mich mit Cat ab, und sie sagte: »Geh. Bitte, geh. Wir kommen klar.«

Zwanzig Minuten später, mit knurrendem Magen und pochenden Prellungen, zwängte ich mich durch den Eingang einer kleinen Kneipe namens Susie's Café in der Johnson Street.

Wir betrachteten das Café als unser Clubhaus und versuchten, uns wenigstens einmal pro Woche hier, zwischen ockerfarbenen, mit Schwammtechnik gestalteten Wänden, zu treffen.

Wie oft hatten wir in den letzten Jahren – umgeben vom prägnanten Rhythmus der Steel Drums im Vorderzimmer und der karibischen Düfte aus der Küche – in »unserer« Sitznische gesessen und gemeinsam gelacht. Und dabei auch das eine oder andere kniffelige Verbrechen gelöst.

Kaum war ich dort, stieß ich einen wohligen Seufzer aus.

Ich begrüßte die alten Bekannten an der Bambusbar mit

einem Nicken sowie Susie, die gerade die Spezialitäten des Tages an das Whiteboard schrieb, und ging durch den schmalen Gang an der Küche mit der Durchreiche vorbei in das deutlich kleinere Hinterzimmer.

Wie üblich waren Claire und Yuki die Ersten gewesen und hatten sich auf eine Sitzbank gesetzt. Und ebenfalls wie üblich hatte Yuki sich eine Margarita bestellt. Ich kannte sie schon viele Jahre lang, aber ihr schien immer noch nicht klar zu sein, wie schnell der Tequila ihr zu Kopf steigt. Wobei ein wenig Ausgelassenheit ihr ausgezeichnet steht. Yukis glockenhelles Lachen war eine der großen Freuden des Lebens.

Claire hatte am Gang Platz genommen, darum stand sie auf und umarmte mich. »Alles okay, Schätzchen?«

»Hab mich noch nie besser gefühlt.«

»Na klar.« Nur durch die Betonung machte sie klar, was sie von meiner Bemerkung hielt.

Ich setzte mich meinen beiden Freundinnen gegenüber und bestellte ein Bier. Gleichzeitig betrat Cindy das Hinterzimmer, dicht gefolgt von Richie.

Sicher, Richie ist kein Clubmitglied, aber wir lieben ihn heiß und innig. Außerdem kann es gelegentlich gar nicht schaden, ein bisschen Testosteron mit am Tisch zu haben, um unsere Gedanken in andere Bahnen zu lenken.

Cindy setzte sich neben mich, und Richie ergriff einen Stuhl und stellte ihn ans Kopfende. Lorraine nahm unsere Bestellung auf – die Spezialitäten des Tages und noch mehr Bier. Und schon richteten sich alle Blicke auf mich.

Im ganzen Raum herrschte ein solcher Lärm, dass es auf der ganzen Welt vermutlich keinen geeigneteren Ort gab, um über Joe Molinari, chinesische Spione und eine blonde Geheimagentin, die sich auf die Rolle der Venusfalle spezialisiert hatte, zu sprechen. Es sei denn, irgendwo unter den Fleischbergen war ein Mikrofon vergraben.

Ich erzählte also dem staunenden Publikum meine Geschichte.

»Ich weiß aus sicherer Quelle, dass Alison Muller – das ist nur einer ihrer Namen – eine CIA-Agentin ist.«

Cindy und Claire stießen mehrfach »Was?« und »Wer sagt das?« hervor. Als sie fertig waren, fuhr ich fort. »Die gleiche sichere Quelle behauptet, dass Shirley Chan ebenfalls eine Spionin war, und zwar im Auftrag der chinesischen Staatssicherheit.«

Noch mehr atemloses Staunen, noch mehr verblüffte Ausrufe, schließlich fragte Richie. »Und Michael Chan? War der etwa auch ein Spion?«

Ich zuckte mit den Schultern. »Kann sein. Oder aber er ist irgendwie zwischen die Fronten geraten. Zu guter Letzt hat meine Quelle noch eine Bombe platzen lassen, aber das, was sie behauptet, ist mir von anderer Seite noch einmal bestätigt worden: Joe war bei der CIA, lange bevor wir uns kennengelernt haben. Darum denke ich, dass er jetzt vielleicht wieder für die arbeitet.«

»Das würde erklären, wieso er sich nicht gemeldet hat«, meinte Rich. Nachdem sich alle mehrfach zum Thema »Joe, der CIA-Agent« geäußert hatten, wandte das Gespräch sich wieder Ali Muller zu.

Cindy stellte die Frage, was das wohl für eine Frau war, die mit Männern schlief, um sie anschließend zu hintergehen. Claire fügte hinzu: »Sex gegen Geheimnisse. Und manchmal ermordet sie ihre Opfer auch, stimmt's?«

»Eine Psychopathin«, sagte Yuki. »Oder Patriotin. Vielleicht sogar beides.« Ich versuchte, mich auf das Gespräch zu konzentrieren, wollte die Liebe und die Sicherheit spüren, die dieser wunderbar gemütliche Ort vermittelte.

Aber meine Gedanken kehrten immer wieder zu dem zurück, was ich nicht gesagt hatte. Dass Ali Muller Joes Mitarbeiterin gewesen war. Und dass sie sich sehr nahegestanden hatten. Ich hatte meinen allerbesten Freundinnen nichts von der Angst erzählt, die sich in meinem Inneren staute. Der Angst, dass Ali und Joe wieder ein Paar geworden waren.

Im Vorderzimmer ertönte jetzt laute Musik. Die Leute klatschten und riefen: »Lim-bo! Lim-bo!« Ich trank mein Bier und wusste eines ganz genau. Ich sehnte mich nach meinem verschwundenen Ehemann, und zwar mit jeder Faser meines Körpers.

57

Es wurde ein langer Abend. Cat und ich redeten viel, anschließend schliefen wir beide in meinem Ehebett ein. Am nächsten Morgen in aller Frühe versprachen wir uns gegenseitig, engeren Kontakt zu halten, dann winkte ich meiner Schwester und meinen Nichten zum Abschied nach.

Danach joggte ich mit Martha durch den Park und wieder zurück. Keuchend und schnaufend betraten wir die Wohnung. Ich stellte mich unter die Dusche, während Mrs. Rose Haferbrei zubereitete und Kaffee kochte. Das gemeinsame Frühstück mit Julie, Martha, Gloria Rose und mir war inzwischen beinahe Normalität geworden, abgesehen von dem leeren, sonnenbeschienenen Stuhl, auf dem Joe vor über einer Woche gesessen und seine Pfannkuchen gegessen hatte.

Ich fuhr durch den dichten Berufsverkehr zum Flughafen, dieses Mal, weil Conklin und ich uns über den Stand der Ermittlungen hinsichtlich der schlimmsten Tragödie für die Stadt San Francisco seit dem Erdbeben von 1906 informieren wollten. Wir setzten uns in einen kleinen roten Bus voller Polizisten und Journalisten und sausten über das Rollfeld bis vor die gähnende Öffnung der SuperBay am nordöstlichen Ende des Flughafens.

Die SuperBay war so riesig, dass vier Jumbojets darin Platz fanden. Aber jetzt war der gesamte, von zahlreichen Scheinwerfern ausgeleuchtete Betonfußboden mit einem gewaltigen, ungelösten Puzzle belegt, bestehend aus den Trümmern der Boeing 777.

Vanderleest empfing uns mit vollkommen neutraler Miene und begann mit einer sehr ausführlichen Führung am Rand des zusammengestückelten Flugzeugkadavers entlang. Er zeigte uns, wo der Heckflügel abgebrochen war, dann den Rumpf mit den Sitzreihen. Er wies uns auf den Ausgangspunkt der Explosion und die zerfetzte Tragfläche hin, und schließlich auch auf den Bug mit dem intakten Cockpit – eines der wenigen Teile, die zumindest noch eine gewisse Ähnlichkeit mit der ursprünglichen Form aufwiesen.

Schließlich beendete er seinen Vortrag mit den Worten: »Alles, was gründlicher analysiert werden musste, haben wir in unser Labor in Washington geschickt. Solche Untersuchungen nehmen in aller Regel ein Jahr in Anspruch, manchmal auch anderthalb. Wenn Sie sich über den aktuellen Stand informieren wollen, stehe ich Ihnen jederzeit zur Verfügung.«

Ich erkundigte mich bei Vanderleest, ob man etwas über diejenigen wusste, die die Rakete abgefeuert hatten.

Er erwiderte: »Bis jetzt gibt es kein glaubwürdiges Bekenntnis, hat niemand die Verantwortung für diesen … diesen Horror übernommen.«

Es war grausam, dieses Zerstörungswerk mit anzusehen, sich die Menschen vorzustellen, die nur noch wenige Sekunden von einer sicheren Landung, einer Wiedervereinigung mit Freunden und Angehörigen, entfernt gewesen waren. Die Explosion hatte Hunderte das Leben gekostet, ohne dass irgendjemand den Grund dafür kannte, und ohne einen einzigen Verdächtigen.

Als wir alles gesehen und gehört hatten, fuhren Conklin und ich mit dem Bus zurück zum Parkhaus, wo unsere Autos standen. Unterwegs sagte mein Partner zu mir: »Während du in Washington warst, waren Brady und ich bei der Beerdigung der Chans.«

»In Palo Alto?«

»Genau. Kleine Kirche, völlig überfüllt«, sagte er. »Viele haben geweint. Ich habe ein paar Leute aus Stanford wiedergesehen, zum Beispiel diesen Assistenztrainer, der uns hinterhergelaufen ist. Und den Leiter der Fakultät, Levy. Er hat einen Nachruf gehalten. Viele Leute haben nur chinesisch gesprochen.«

»Alison Muller hast du nicht zufällig gesehen?«

»Dann hätte sich die Fahrt wirklich gelohnt. Aber ich glaube, ich habe den Kerl gesehen, der dich bei der Pressekonferenz des NTSB angerempelt hat.«

»Echt?«

»Ein Typ mit einem ziemlich dreieckigen Gesicht. Breite Stirn. Weit auseinanderstehende Augen. Schmale weiße Narbe am Kinn.«

»Das ist er«, platzte ich heraus. »Das ist der Kerl.«

»Er hat gemerkt, dass ich ihn angeschaut habe, und ist in der Menge untergetaucht. Was hat er mit Chan zu tun?«

»Vielleicht wollte er sichergehen, dass Chan wirklich tot ist«, sagte ich. »Vielleicht weiß er nicht, welches der echte Chan ist und welches der Doppelgänger. Ich wette, der gehört zum chinesischen Geheimdienst.«

»Weißt du, was ich glaube?«, meinte Conklin. »Flug Nummer WW 888 aus Peking. Michael und Shirley Chan. Die chinesischen Ganoven, die dich belästigt haben. Das sind alles Teile eines einzigen, großen Ganzen.«

»Glaube ich dir sofort, Richie. Jetzt müssen wir nur noch rauskriegen, was dieses Ganze ist.«

58

Sobald ich an meinem Schreibtisch saß, rief ich Claire an: »Hast du etwas von Dr. Marshall gehört? Weiß sie inzwischen, wo unser zweiter Michael Chan abgeblieben ist?«

Claire erwiderte: »Sie hat mir Folgendes mitgeteilt, ich zitiere: ›Ich bin immer noch dabei, alle möglichen Körperteile zu sortieren. Ich rufe Sie an, sobald oder falls ich Mr. Chan oder einzelne Teile von ihm gefunden habe. Noch Fragen?‹ Das war eindeutig. Trotzdem, ganz egal wie sie es dreht – sie trägt die Verantwortung dafür.«

Ich hatte mich kaum von Claire verabschiedet, da rief Brenda an. Ich nahm den Hörer ab und drehte mich gleichzeitig zu ihr um.

Vor ihrem Schreibtisch stand ein groß gewachsener, dunkler und makellos gekleideter Mann. Ich hörte Brendas Stimme in Stereo.

»Mr. Khan möchte dich sprechen.«

»Schick ihn rein.«

Khalid Khan schob sich durch das Gatter und betrat unseren grauen, trübsinnigen Bereitschaftsraum. Er setzte sich auf den Stuhl neben meinem Schreibtisch und schnäuzte sich in ein Taschentuch. Ich hätte schwören können, dass er geweint hatte.

Er sagte: »Es fällt mir nicht leicht, das zuzugeben, aber

als Sie neulich wieder gegangen sind, da war mir klar, dass ich mich wie ein Arschloch benommen habe. Ich entschuldige mich für die Art und Weise, wie ich mit Ihnen geredet habe. Nein, sagen Sie nichts. Danke für alles, was Sie getan haben. Ich habe mich seit Jahren selbst zum Narren gehalten, und jetzt, wo ich bereit bin, der Wahrheit ins Auge zu sehen, weiß ich nicht, wo ich sie suchen soll.«

»Sagen Sie mir, was Sie wissen.«

Khan berichtete, dass seine Tochter sich absolut sicher sei, dass es sich bei der Frau auf der Videoaufnahme aus dem Four Seasons um Alison handelte. Caroline hatte ihn mit einigen der Lügen konfrontiert, die Alison ihm aufgetischt hatte, und das hatte ihn bis ins Mark erschüttert. Dann berichtete er mir von den »Konzentrationsphasen«, die Ali sich mehrfach genommen hatte. Jedes Mal war sie nach einer Woche wieder aufgetaucht, ohne auch nur ein Wort darüber zu verlieren, wo sie gewesen war oder was sie gemacht hatte.

»Wir waren uns immer einig, dass das, was gut für den Einzelnen ist, auch gut für unsere Ehe ist. Das erschien mir auch logisch. Ali war alles andere als eine traditionelle Ehefrau, und genau das habe ich an ihr geliebt. Aber jetzt muss ich den Preis für meine unfassbare Leichtgläubigkeit bezahlen. Bitte, sagen Sie mir, was ich tun soll.«

Ich berichtete Khan, dass wir in San Francisco nach seiner Frau fahndeten, dass auch die Polizei in Monterey nach ihr Ausschau hielt und dass wegen der vier Ermordeten im Hotel Four Seasons auch das FBI seine Finger mit im Spiel hatte.

»Mr. Khan, der Flugzeugabsturz hat jeden einzelnen Strafverfolgungsbeamten in ganz Kalifornien voll und ganz in Beschlag genommen. Trotzdem haben wir nicht vergessen, dass Alison vermisst wird. Sie hat sich nicht zufällig telefonisch gemeldet, bei Ihnen oder Ihren Töchtern?«

»Nein.«

»Haben Sie vor den Schüssen im Hotel jemals den Namen Michael Chan gehört?«

»Nein.«

»Oder Joe Molinari? Kommt Ihnen der Name irgendwie bekannt vor?«

»Ich glaube nicht«, antwortete Mr. Khan. »Wer ist das?«

»Ein potenzieller Zeuge, mehr nicht.«

Ich bin mir ziemlich sicher, dass ich knallrot wurde, aber Khan bemerkte es nicht.

»Ich weiß gar nicht, ob ich sie zurückhaben will«, sagte er mit gebrochener Stimme. »Aber ich muss mit ihr reden. Es darf nicht so sang- und klanglos zu Ende gehen. Ich muss sie sehen.«

»Das wollen wir auch, Mr. Khan.«

Ich dachte: *Wenn ich einigermaßen in der Lage wäre, verloren gegangene Ehegatten zu finden, würde ich auch meinen Mann finden.* Und dann: *Na, klar. Wieso eigentlich nicht?* Ich würde sie alle beide finden.

59

Ich war gerade dabei, Julie zu baden, als das Telefon klingelte.

Ich schnappte es mir und knurrte: »Boxer.« Das Telefon unters Kinn geklemmt und gleichzeitig mein glitschiges Baby in den Händen – es war die reinste Jonglage.

Eine Stimme sagte: »Mrs. Molinari, hier spricht Agent Michael Dixon von der CIA.«

»Ja?«

Meine Gedanken ließen sich genauso schwer fassen wie meine Tochter. CIA? Was zum Teufel sollte denn das? Hatten sie etwa Joe gefunden?

»Wir würden uns gerne kurz mit Ihnen unterhalten.«

»Okay. Wann?«

»Wir stehen vor Ihrer Haustür.«

»Hier? Jetzt?«

»Ja, Madam.«

»Also, einen Augenblick bitte. Oder besser: fünf Minuten.«

Ich wusch Julie ab, wickelte sie in ein Handtuch und zog ihr einen Schlafanzug an. Sie war nicht müde und würde jetzt sicherlich nicht schlafen, darum setzte ich sie in den Laufstall. Martha ließ ich frei laufen, aber ich holte meine Dienstwaffe aus dem Schrank und steckte sie mir in den Hosenbund.

Als es erneut klingelte, nahm ich den Hörer der Sprechanlage ab und bat Dixon und seinen Partner, ihre Dienstmarken in die Kamera zu halten, was sie auch taten. Trotzdem sah ich mir die beiden durch den Türspion noch einmal genau an. Erst als ich zufrieden war, löste ich die Kette und ließ die beiden Männer herein.

Sie stellten sich als Michael Dixon und Chris Knightly vor, beides Agenten aus Langley. Sie waren Mitte dreißig und trugen Bürokleidung – Jacketts, Krawatten und sauber geputzte Schuhe. Ansonsten aber unterschieden sie sich deutlich. Dixon war durchschnittlich groß mit dunklen Haaren und Stupsnase. Knightly hingegen war größer und breiter und blond. An seinem Jackettaufschlag war eine Anstecknadel mit der US-Flagge befestigt.

Dixon hatte das Kommando.

Sie nahmen auf dem breiten Ledersofa Platz, und Dixon sagte: »Wenn ich John Carroll richtig verstanden habe, möchten Sie gerne wissen, wo Alison Muller sich aufhält.«

»Sie ist eine potenzielle Zeugin«, sagte ich. »Es ist gut möglich, dass sie das Opfer eines Mordes als Letzte lebend gesehen hat.«

»Ja, es ist durchaus denkbar, dass sie mit Michael Chan zusammen gewesen ist«, fuhr Dixon fort. »Wir möchten gerne offen zu Ihnen sein, Mrs. Molinari. Nennen wir es behördenübergreifende Kooperation. Allerdings verlangen wir im Gegenzug, dass Sie Ihre Ermittlungen gegen Alison Muller einstellen.«

Im Ernst? Sie hatten keinerlei Befugnis, mich von meinem Fall abzuziehen. Wenn sie das wollten, hätten sie nicht zu mir zu kommen brauchen. Was war da los?

Ich sagte: »Das habe nicht ich zu entscheiden. Und Sie auch nicht. Muller wird im Zusammenhang mit einem Vierfachmord gesucht. Das ist unser Fall. San Francisco Police Department.«

»Ich möchte Ihnen versichern, dass Muller Michael Chan nicht ermordet hat«, erwiderte Dixon. »Sie wollte ihn lebend haben. Genau wie wir.«

»Aber was ist dann passiert?« Ich stellte nur eine Frage, ohne irgendwelche Zusagen zu machen.

Knightly blickte sich in der Wohnung um. Er stellte sich an das große Fenster, das auf die Lake Street hinauszeigte, und blickte nach draußen. Um Wache zu halten, dachte ich.

Dixon erwiderte: »Wir hatten Kontakt mit Muller. Chan war ihr Auftrag. Sie sollte herausfinden, ob er, wie seine Frau, für den chinesischen Geheimdienst tätig ist.«

»Und war er es?«

»Muller wusste es nicht. Als es zu dem Zwischenfall kam, hatte sie das Hotel bereits verlassen und war in nordöstlicher Richtung auf der Market Street unterwegs. Das ist alles dokumentiert. Über die anderen Opfer weiß sie nichts.«

»Ich würde mich gerne persönlich mit ihr unterhalten«, sagte ich. »Ganz offiziell. Und sobald alle offenen Fragen geklärt sind, konzentriere ich mich mit dem größten Vergnügen wieder auf andere Dinge.«

Jetzt wurde Julie unruhig. Meine reichhaltige Erfahrung sagte mir, dass sie eine frische Windel brauchte und dass sie dieses Bedürfnis schon bald sehr, sehr unmissverständlich zum Ausdruck bringen würde.

»Das ist leider nicht möglich«, entgegnete Dixon. »Sie ist zurzeit im verdeckten Einsatz. Aber wenn sie ihren Auftrag abgeschlossen hat, geben wir Ihre Kontaktdaten gerne an sie weiter.«

Das war ziemlich genau das, was Khalid Khan vor ein paar Tagen zu mir gesagt hatte. Ich blieb am Ball.

»Was können Sie mir über einen Mann namens Michael Chan sagen? Er war als Passagier an Bord des Fluges WW 888.«

»Gar nichts. Wie kommen Sie darauf?«

Das war eine Lüge. Aber vielleicht würde er mir ja auf die Frage, die mir wichtiger war als alles andere, eine wahrheitsgemäße Antwort geben.

»Joe Molinari«, sagte ich. »Wissen Sie, wo ich ihn finden kann?«

Knightly kehrte zum Sofa zurück und sagte: »Ich weiß, wer Molinari ist, aber das ist lange her. Wir haben keine Informationen über seinen momentanen Aufenthaltsort, tut mir leid.«

»Ich möchte nur wissen, ob er am Leben ist. Können Sie mir das sagen?«

»Wenn ich es wüsste, würde ich es Ihnen sagen, das können Sie mir glauben«, sagte der CIA-Agent Knightly. »Aber er arbeitet nicht für uns.«

Julie fing an, laut und vernehmlich zu schreien. Die beiden Männer legten ihre Visitenkarten auf die Kücheninsel und verließen die Wohnung.

Was zum Teufel war denn da gerade passiert?

Alison Mullers Kollegen hatten mit gerade eben gesagt, dass sie noch lebte.

Aber nach allem, was ich vermutete, war Joe Molinari, mein Ehemann, der Vater meiner schreienden kleinen Tochter, war *dieser* Mann tot.

60

Sobald Julie schlafend in ihrem Kinderbettchen lag, ließ ich die Badewanne volllaufen, so heiß, dass ich es gerade noch ertragen konnte, und legte mich hinein. Doch selbst umgeben von Schaumblasen mit Lavendelduft fand ich keine Ruhe.

Die beiden CIA-Agenten hatten mich angelogen. Vielleicht hatten sie wirklich Kontakt zu Alison Muller gehabt, vielleicht auch nicht. Mein Bauchgefühl sagte mir, dass sie mich nur besucht hatten, um mich davon abzubringen, nach ihr zu suchen, die Aufmerksamkeit auf sie zu lenken, mit dem FBI über sie zu sprechen. Und das, was sie über Joe gesagt hatten? Ich wusste es nicht.

Ich stellte mir vor, wie Joe in seinem kleinen Zimmer hier in unserer Wohnung gesessen und gearbeitet hatte, einem Raum, der kaum größer war als seine Pullover. All die Monate, in denen er den ganzen Tag zu Hause gewesen war, zusammen mit der Kleinen… hatte er da für die CIA gearbeitet? Zusammen mit *ihr*?

Am Tag der Morde im Four Seasons war er im Hotel gewesen. Womöglich weil er und Muller ein Team gewesen waren? Hatte er auf sie gewartet, während sie im vierzehnten Stockwerk Michael Chan ermordet hatte, um sie anschließend unbeobachtet nach draußen zu bringen?

Weit hergeholt? Vielleicht. Aber dass die beiden ziemlich genau zur selben Zeit spurlos verschwunden waren, das konnte verdammt noch mal kein Zufall sein.

Ich ging zu Bett, konnte aber nicht schlafen. Im Licht der Straßenlaterne vor dem Fenster starrte ich an die Nahtstelle zwischen Wand und Decke und fragte mich, ob Joe allein in seinem Wagen gewesen war, als er vor dem Haus der Chans direkt in unsere Kamera geblickt hatte.

Oder hatte Alison Muller neben ihm auf dem Beifahrersitz gesessen? Waren sie gemeinsam zum Haus der Chans gekommen, nicht etwa, um es zu beobachten, sondern um Shirley Chan umzubringen? Hatte der Streifenwagen in der Hauseinfahrt Shirley Chans Ermordung womöglich hinausgezögert?

Ich habe keine Erklärung dafür, dass mir plötzlich eine Idee durch den Kopf schoss. Ich setzte mich ruckartig auf.

Joe hatte bei seinem Verschwinden sämtliche elektronischen Geräte mitgenommen, oder? Ich hatte unser Schlafzimmer ebenso durchsucht wie sein Arbeitszimmer. Aber nicht das Kinderzimmer.

Ich stieg aus dem Bett und ging nach nebenan. Martha kam hinter mir hergetrottet. Ich flüsterte leise »Sitz« und knipste die »Findet Nemo«-Lampe auf der weiß lackierten Kommode an. Die Lampe gab nur ein blässlich-gelbes Licht ab, aber es reichte, um zu sehen. Julie lag leise atmend in ihrem Bettchen, und ich begann, ihre Schubladen aufzuziehen.

Ich nahm die zusammengelegten Strampelanzüge aus der oberen, die Babydecken aus der mittleren und die Windeln aus der unteren Schublade, und nachdem ich nichts Interessantes gefunden hatte, packte ich alles wieder zurück und trat vor den Kleiderschrank.

Ich zog an der Schnur für das Schranklicht und verschaffte mir einen Überblick. Julie hatte fast nichts, was auf einen Kleiderbügel gehängt werden musste, darum hatten Joe und ich einen Teil unserer Sachen hier untergebracht. Ich legte Berge von Mänteln und Skiklamotten, die wir nie benutzten, auf den Fußboden. Dann nahm ich die Schuhschachteln aus dem Regal.

Ich stellte sie ebenfalls auf den Fußboden, hob die Deckel ab und mir blieb fast das Herz stehen. Auf den Schuhen, die Joe an unserer Hochzeit getragen hatte, lag ein Tablet. Das hatte ich noch nie zuvor gesehen. Und das Ladegerät lag direkt daneben.

61

Ich steckte das Ladegerät in die Steckdose und schaltete das Tablet ein. Martha leckte mir übers Gesicht, aber ich schob sie weg und starrte auf das Kästchen für das Passwort.

Ich hatte keine Ahnung, wie Joes Passwort lauten konnte. Aber plötzlich hatte ich eine Zahl vor Augen. Es war ein sehr nebulöses Bild, weil ich sie nur nebenbei überhaupt wahrgenommen hatte. Ich war mir nicht einmal sicher, ob ich sie *überhaupt* gesehen hatte. Ich rannte in Joes Arbeitszimmer und zog die mittlere Schreibtischschublade auf. Vor ein paar Tagen hatte ich sie ausgekippt und vergeblich nach irgendwelchen Hinweisen auf Joes Verbleib gesucht. Anschließend hatte ich einfach alles wieder hineingeworfen.

Jetzt zog ich die Schublade ganz weit auf. Ich warf die Lieferdienst-Speisekarten, Stifte und Büroklammern auf den Fußboden, legte die Schublade unter die Schreibtischlampe und sah mir den Knick, wo sich Boden und Seitenwände trafen, etwas genauer an.

Dicht am Rand war eine lange, mit Bleistift geschriebene Zahlen- und Buchstabenreihe zu erkennen, die keinerlei Sinn ergab.

Das optimale Passwort.

Ich trug die leere Schublade ins Kinderzimmer, kauerte mich neben dem Tablet auf den Fußboden und gab die Zahlen und Buchstaben in das Kästchen für das Passwort ein. Es klappte nicht. Zweimal. Es waren insgesamt achtzehn Zeichen, und ich vertippte mich mehrfach.

Beim dritten Mal gab ich jedes Zeichen sehr langsam und bewusst ein. Ich war mir sicher, dass ich dieses Mal keinen Fehler gemacht hatte.

Trotzdem wurde das Passwort nicht akzeptiert.

Ich versuchte es mit ein paar naheliegenden Kombinationen aus Geburtstagen und Namen, hatte aber kein Glück. *Joe, der Spitzel.* Dreimal *Gefahr.* CIA, FBI, Heimatschutz. Aber er benutzte keinen Code aus seiner Schreibtischschublade. Und auch nicht *Passwort1234*. Und bestimmt nicht den Namen seiner Tochter. Oder?

Nur zum Spaß gab ich *JulieAnne* ein und *zack…* Ich war drin. Na, so was. Kleine Aktenordner bevölkerten den Desktop.

Für mich war sofort klar, dass ich hier auf Joes ganz persönliche Dinge gestoßen war. Die Brooks-Findlay-Akte zum Beispiel war nirgendwo zu entdecken, und auch keine der anderen Kundendateien. Stattdessen fand ich eine Datei mit Footballergebnissen und Clips aus verschiedenen Blogs, die er verfolgte. Nirgendwo gab es einen Ordner mit dem Vermerk *Streng geheim*. Und in seiner Kontaktliste kam auch keine Alison Muller vor.

Bevor ich endgültig aufgab, klickte ich das Kalender-Icon an und sah mir die Einträge der vielen Tage und Monate an, in denen Joe von zu Hause aus gearbeitet hatte.

Die Notizen waren knapp und klar verständlich, erst Ende März tauchten ein paar rätselhafte Dinge auf. Joe war nach Osten geflogen, um seine Mutter zu besuchen, die gerade einen neuen Herzschrittmacher bekommen hatte. Er hatte seine Reservierungsdaten hier in seinem persönlichen Kalender abgespeichert.

Aber was ich las, zeigte mir, dass Joe keineswegs von San Francisco nach New York und wieder zurück geflogen war. Er hatte vielmehr von New York aus einen Anschlussflug nach Berlin gebucht. Und er hatte sich die Buchungsnummern für zwei Passagiere notiert.

Das eine Ticket war auf J. A. Molinari ausgestellt worden. Und das zweite auf seine Reisebegleiterin, Sonja Dietrich.

Joe war zusammen mit Alison Muller nach Berlin geflogen.

Wer ist dieser Kerl? Wer ist der Mann, den ich meinen Ehemann nannte? Ich konnte diese Frage nicht einmal ansatzweise beantworten.

62

Joan Ronan MacLean war eine attraktive, fünfundzwanzig Jahre alte Barkeeperin aus Palo Alto, die auf eigene Kosten nach San Francisco gekommen war, um mit Conklin und mir zu sprechen. Sie machte es sich auf dem Besucherstuhl neben unseren Schreibtischen bequem, schüttelte sich die rotblonden Strähnen aus den Augen und erzählte uns, dass Michael Chan regelmäßig im Howling Wolf gewesen sei, auch wenige Abende vor seiner Ermordung.

Sie sagte: »Chan war allein, und er hat mehr getrunken als seine üblichen zwei Bier.«

»Was hatten Sie für einen Eindruck von ihm?«, wollte Conklin wissen.

»Er war nachdenklich. Es war nicht viel los an dem Abend, und er wollte reden. Ich spreche etwas Chinesisch, weil ich ein chinesisches Kindermädchen hatte, also haben wir uns ein bisschen angefreundet. Aber auf so was war ich nicht vorbereitet.«

»Bitte, sprechen Sie weiter«, sagte Conklin.

»Ja, ja. Er hat gesagt, dass er verliebt ist, aber nicht in seine Frau, und dass er mit der anderen nach Kanada abhauen will.«

»Hat er den Namen der Frau erwähnt?«

»Einmal hat er sie Renata genannt, aber sonst nur ›meine

Liebste‹. Ich wollte wissen, ob er das mit dem Weglaufen wirklich ernst meint, ich meine, schließlich hat er ja Frau und Kinder, stimmt's? Da hat er gesagt, dass sie auch verheiratet ist. Und dass seine Liebste eine Pistole mit sich rumträgt. Also frage ich ihn: ›Ist sie bei der Polizei?‹ – Und dann sagt er total verträumt: ›Ich hab eigentlich keine Ahnung.‹«

»Aus Ihrer Sicht, könnte diese Affäre etwas mit seiner Ermordung zu tun haben?«, hakte ich nach.

»Na ja. Ich hab mich jedenfalls gefragt, ob seine Frau es vielleicht getan hat. Oder seine Freundin.«

Noch mehr Fragen in einem Fall, der sowieso nur aus Fragen bestand. Ich bedankte mich bei MacLean für den Tipp und brachte sie zum Gatter. Als ich wieder vor meinem Schreibtisch stand, legte Conklin gerade den Hörer auf. »Chi hat eine Spur von diesen Chinesen, die dich belästigt haben.«

Chi, das war Sergeant Paul Chi aus unserer Mordkommission. Er ist zwar hier geboren und aufgewachsen, aber er spricht ein bisschen Chinesisch und hat sich in und um Chinatown ein kleines Informanten-Netzwerk aufgebaut.

Ich fragte Conklin: »Was hat er rausbekommen?«

Conklin drückte ein paar Tasten und sagte: »Bitte schön.«

Auf seinem Computerbildschirm tauchte jetzt ein unscharfes Foto von einem breitschultrigen Chinesen auf. Er war etwa Mitte zwanzig und trug ein schwarzes T-Shirt, Sportsakko und eine Jeans. Der Schnappschuss zeigte ihn, wie er gerade aus einem teilweise verdeckten Fahrzeug ausstieg, möglicherweise ein BMW Crossover.

»Wann ist die Aufnahme gemacht worden?«, wollte ich wissen.

»Gestern, gegen halb eins, vor einem Nudelimbiss in Chinatown.«

»Welcher Imbiss? Wo genau?«

Conklin drehte sich um und sah zu mir hinauf. »Sehe ich etwa aus wie Google Maps?«

Ich lachte, setzte mich an meinen Schreibtisch und öffnete meinen Browser.

»Wie heißt er denn, der Nudelimbiss? Oder ist das auch zu viel verlangt?«

»Mei Ling Happy Noodles.«

Ich tippte den Namen ein, klickte ein paar Mal und hatte ein Bild von einem Laden in der Stockton Street, einer der Hauptverkehrsadern von Chinatown, auf dem Monitor. Ich drehte ihn herum, sodass mein Partner den Imbiss mit der Straße davor auch sehen konnte. Um die Mittagszeit waren die Geschäfte in der Stockton sowie auf den parallel verlaufenden Abschnitten der Washington und der Jackson Street meistens völlig überlaufen.

»Also, das Foto wurde um die Mittagszeit gemacht«, sagte Conklin. »Vielleicht wollte der Kerl sich ja was zum Essen besorgen.«

»Mm-hmm. Nudelsuppe zum Mitnehmen.«

»Nudeln mit Hühnchen klingt eigentlich gar nicht so schlecht, finde ich«, sagte Richie.

Ich wollte heute aber endlich mal noch vor Sonnenuntergang zu Hause bei meiner Tochter sein.

»Jetzt noch?«, fragte ich. »Wie wär's morgen früh, gleich als Erstes?«

»Hätte ich nichts dagegen.«

Ich komme, kleine Julie, dachte ich.

63

Es war kurz vor 18.00 Uhr, als ich mich dem Parkplatz in der Harriet Street näherte. Den ganzen Tag lang hatte es schon so ausgesehen, als würde es gleich anfangen zu regnen, und jetzt hatte der Himmel seine Schleusen weit geöffnet. Ich rannte mit gesenktem Kopf los, den Autoschlüssel in der Hand. Nachdem ich die Alarmanlage deaktiviert hatte, schwang ich mich auf den Fahrersitz meines Explorers. Nach zehn Jahren hat er sich meinen Konturen genauso angepasst wie meine Jeans.

Ich schaltete die Scheinwerfer und die Scheibenwischer ein und fuhr nach links in die schmale, von Maschendrahtzäunen und Parkplätzen gesäumte Einbahnstraße. Als die Harrison Street, in die ich abbiegen wollte, nur noch einen Häuserblock entfernt war, kam mir im Dämmerlicht ein Auto entgegen. Kurz bevor wir uns begegneten, schaltete der Fahrer das Fernlicht ein.

Ich hatte keine Zeit mehr nachzudenken.

Ich riss das Lenkrad nach rechts und stieg auf die Bremse. Im selben Augenblick bremste das entgegenkommende Fahrzeug ebenfalls, prallte gegen meine linke Stoßstange und ließ meinen Scheinwerfer splittern.

Dieser Vollidiot! Ist der wahnsinnig geworden?

Ich hatte die Hand schon am Türgriff, um dem anderen

gehörig die Meinung zu geigen, als ein zweiter Wagen links neben mir anhielt. Rechts von mir befand sich ein Maschendrahtzaun, der die Beifahrertür blockierte. Und dann machte mir ein grelles Scheinwerferpaar im Rückspiegel unmissverständlich klar, in welcher Lage ich mich befand.

Ich war umzingelt. Ich saß in der Falle.

Ich riss den Kopf herum und war nicht weiter erstaunt, den Asiaten mit der Narbe am Kinn zu erblicken, der mich nach der NTSB-Pressekonferenz so rüde angerempelt hatte.

Ich brüllte: »Was bilden Sie sich eigentlich ein?«

Er grinste und richtete eine Pistole auf mein Gesicht.

Ich duckte mich. Einen Sekundenbruchteil später ließen mehrere Kugeln meine Windschutzscheibe splittern. Ich hielt den Kopf auf Höhe des Armaturenbretts, zog meine Dienstwaffe aus dem Schulterhalfter und erwiderte das Feuer, drückte ein paar Mal ab und ging danach sofort wieder in Deckung. Der Mann mit der Narbe hatte sich geduckt, und ich wollte nicht warten, bis ich sehen konnte, ob ich ihn getroffen hatte.

Als Nächstes rammte ich den Schalthebel in Rückwärtsstellung und trat aufs Gas, prallte mit Wucht auf den Wagen hinter mir. Metallisches Kreischen ertönte, als mein Heck sich in seinen Bug bohrte.

Gleichzeitig flogen Kugeln aus den beiden Autos vor mir durch meine Windschutzscheibe und ließen Splitter auf mein Armaturenbrett regnen.

Ich duckte mich und legte den Vorwärtsgang ein. Der Explorer machte einen Satz nach vorn. Ich musste aufpassen, dass ich nicht gegen das Fahrzeug prallte, das meinen linken Scheinwerfer ausgelöscht hatte und immer noch teilweise die Straße blockierte. Also schwenkte ich ein wenig nach rechts, streifte am Maschendrahtzaun entlang und gab Vollgas.

Es wurde taghell in meinem Auto.

Ich spähte für einen Sekundenbruchteil über mein Lenkrad hinweg und sah, dass der Kerl vor mir die Fahrertür geöffnet hatte und als Schutzschild benutzte. Sein Kopf strahlte im Schein der Straßenlaternen in seinem Rücken, und ich konnte überdeutlich sehen, wie er seine Pistole auf den Fensterrahmen stützte und auf mich zielte.

Ich blieb in meiner geduckten Haltung und ließ den Fuß auf dem Gas. Ein lautes Knirschen ertönte, unmittelbar darauf ein Schrei. Ich hatte die Tür getroffen und den Kerl damit eingeklemmt.

Weiter ging die wilde Jagd Richtung Harrison Street. Der Regen prasselte durch den leeren Fensterrahmen ins Innere meincs Wagens. Kugeln prallten gegen die Karosserie, und dann hatte ich auch keine Heckscheibe mehr. Als Nächstes platzten meine Reifen, einer nach dem anderen. Gleich war der Benzintank an der Reihe.

Schlingernd und schlitternd erreichte ich das Ende der Harriet Street und bog mit einem plötzlichen Ruck nach links auf die Harrison Street ab. Dabei hätte ich um ein Haar die Kontrolle über meinen Wagen verloren.

Hupen dröhnten von allen Seiten. Panikartig wichen die entgegenkommenden Fahrzeuge mir aus. Durch den Regen konnte ich fast nichts sehen, aber linker Hand lag das mächtige Gebäude der Hall of Justice, das wusste ich. Ich raste also weiter zur Eighth Street, schlängelte mich durch eine Serie von Einbahnstraßen und brachte meinen arg lädierten

Explorer schließlich neben zwei parallel parkenden Streifenwagen vor der Hall zum Stehen.

Ein paar Streifenbeamte standen auf dem Bürgersteig und beobachteten das Durcheinander, das ich auf der Bryant Street angerichtet hatte.

Ich rief ihnen zu: »Ein bisschen Unterstützung könnte nicht schaden.«

Ich streckte meine Dienstmarke, die an einer Kette um meinen Hals hing, durch den Fensterrahmen.

Die uniformierten Kollegen kamen zu mir und sahen mich an. Einer sagte: »Heilige Mutter Gottes.« Der andere beugte sich zu mir herein und erkundigte sich, ob ich schwer verletzt sei.

Mein Gesicht prickelte, als hätten hundert Bienen mich gestochen, und ich merkte, wie mir das Blut in den Kragen tropfte. Ich war völlig durchnässt, und mir war kalt, aber ich hatte keine einzige Kugel abbekommen.

»Ich bin unverletzt«, sagte ich. »Aber um die Ecke, in der Harriet Street, ein paar Blocks entfernt, hat es eine Schießerei gegeben. Mehrere bewaffnete Verdächtige sind noch vor Ort. Holen Sie alle verfügbaren Kräfte zusammen und seien Sie vorsichtig. Rufen Sie einen Notarzt. Es gibt einen Schwerverletzten.«

64

Noch von der Straße aus rief ich Conklin an, und was ich sagte, erschreckte ihn dermaßen, dass er und Brady bei mir waren, bevor ich die Eingangstreppe der Hall erreicht hatte.

»Ich bringe dich ins Krankenhaus«, sagte Conklin.

»Danke, aber das ist nicht nötig. Ich bin nicht verletzt.«

Er ließ nicht locker, aber ich fuhr ihm über den Mund.

»Mir ist kalt, und ich bin pitschnass und, ja, auch ziemlich durcheinander, aber ich habe *keine* Kugel abbekommen.«

Wir zogen uns in Bradys Büro zurück. Ich übergab ihm meine Waffe, und er hängte sich ans Telefon und bestellte mir in der Waffenkammer eine neue. Anschließend rief er Jacobi an.

Conklin holte eine Decke aus dem Pausenraum und legte sie mir um die Schulter. Als er gerade dabei war, mir ein paar Glassplitter aus der Wange und den Haaren zu ziehen, klopfte Claire an die Fensterwand. Wer hatte ihr denn Bescheid gesagt? Brady?

Claire bedachte mich mit einem langen Blick und sagte: »Mein Gott, Lindsay. Ich hab's gerade erfahren. Komm mit!«

»Wieso denn das?«, erwiderte ich. »Mir geht es *bestens*.«

»Komm einfach mit, Süße. Komm.«

Murrend folgte ich meiner Freundin und Ärztin auf die

Damentoilette. Dort sagte sie: »Das Krankenhaus bleibt dir nur erspart, wenn ich einverstanden bin.«

Ich gab nach und zog mich aus.

Claire untersuchte mich gründlich von allen Seiten, und als sie meine blauen Flecken sah, sagte sie: »Oh mein Gott.« Behutsam drehte sie mich um, hob meine Arme hoch und fuhr mir mit den Fingerspitzen über die Kopfhaut.

Endlich sagte sie: »Wenn du das Gefühl hast, dass du nach Hause gehen kannst, gebe ich dir grünes Licht.«

»Ich müsste eigentlich tot sein«, sagte ich. Meine klappernden Zähne zerhackten jedes meiner Worte in einzelne Silben. »Diese Scheißkerle haben genau gewusst, wo ich bin, die haben jede meiner Bewegungen beobachtet, haben mir aufgelauert und wollten mich umbringen. Warum? Und jetzt habe *ich* einen von *denen* umgebracht.«

»Schlaf heute Nacht bei mir«, sagte Claire.

»Ich kann nicht. Mir wird bestimmt nichts passieren, Claire. Brady stellt mir ein paar Aufpasser vor die Haustür. Keine Sorge.«

Brady telefonierte immer noch. Ich setzte mich neben Conklin und versuchte, mir über die Ereignisse der letzten halben Stunde klar zu werden. Am besten wäre es, wenn der Mann, den ich in seiner Autotür eingeklemmt hatte, noch lebte. Dann könnte ich mit ihm reden. Denn, bei Gott, ich wollte Antworten haben.

Brady führte noch ein weiteres Telefonat. Er hörte zu, sagte: »Danke«, und legte auf.

»Der Kerl, den du mit dem Wagen erwischt hast, Boxer …«, fing er an.

»Ja?«

»Er ist abgehauen. Oder aber seine Freunde haben ihn abgekratzt und in ihren Kofferraum geworfen. Jedenfalls liegt in der Harriet Street nirgends ein Toter.«

Einen Augenblick lang empfand ich Erleichterung, doch schon überrollte mich der nächste Gedanke wie eine gewaltige Flutwelle.

Wir hatten also keine Verdächtigen und keine Zeugen, keine Namen, keine Kennzeichen. Die Männer, die mich überfallen hatten, waren jetzt womöglich auf dem Weg nach Los Angeles oder Mexiko oder nach Osten. Vielleicht, verdammt noch mal, standen sie mit laufendem Motor in der Bryant Street und warteten auf die nächste Gelegenheit.

»Hier ist deine neue Waffe«, sagte Brady und drückte mir eine Glock in die Hand, genau das gleiche Modell wie meine alte. »Der Chief ist auf dem Weg nach unten.«

Mir blieb auch nichts erspart. Jetzt musste ich die ganze Geschichte auch noch Jacobi erzählen.

65

Unser Polizeichef, Warren Jacobi, ist groß und grauhaarig und hinkt, seit er in einer üblen Nacht im Tenderloin-Distrikt zwei Kugeln in die Hüfte bekommen hat. Ich wurde damals auch angeschossen, aber im Gegensatz zu Jacobi blieb ich bei Bewusstsein und konnte Hilfe rufen. Jene Nacht hat Jacobi und mich für immer aneinander gebunden.

Im Lauf der vergangenen Jahre war Jacobi mein Partner und mein Untergebener gewesen, aber inzwischen war er mein Chef. Ich erhob mich, als er Bradys winziges Büro betrat. Er breitete die Arme aus und umfing mich sanft.

Tränen liefen mir übers Gesicht, und ich trocknete sie an seinem Jackett ab.

»Alles in Ordnung, ehrlich, es ist alles in Ordnung.«

Er ließ mich los und schüttelte den Kopf.

»Boxer, hör mir gut zu. Du bist eine Zielscheibe. Ich weiß nicht, wieso, und nach allem, was ich gehört habe, weißt du es auch nicht. Aber ich weiß, dass du dich weder leichtsinnig noch dämlich angestellt hast. Trotzdem hat man dich verprügelt und auf dich geschossen, und wenn diese Typen dich das nächste Mal in die Finger bekommen … ich muss nicht noch deutlicher werden, oder? Darum keine Widerrede. Zwing mich nicht, den Chef raushängen zu lassen. Tu einfach, was ich sage. Nimm dir ein paar Tage frei.

Verlass die Stadt, so lange, bis wir diese Typen geschnappt haben.«

Während ich Jacobis Predigt über mich ergehen ließ, wurde der Druck in meinem Inneren immer größer, bis irgendetwas überkochte. Ich konnte mich nicht mehr beherrschen. Ich brauste auf.

»Mit allem gebotenen Respekt, Jacobi, das ist doch totaler Schwachsinn. Es war eine gefährliche Situation, ja, aber ich bin doch gut damit klargekommen. Das gehört einfach zu meinem Job. Ich hab ja kaum einen Kratzer abbekommen. Also behandelt mich nicht länger wie das arme Opfer. Ich bin voll einsatzfähig und psychisch absolut stabil. Das ist mein Fall, und das bleibt er auch, okay? OKAY?«

Danach setzte ich mich an meinen Schreibtisch und schrieb einen Bericht. Den gab ich Brady, anschließend ging ich nach unten, um mein Handschuhfach auszuräumen und meine Handtasche aus dem Fußraum zu holen. Anschließend wurde mein zerstörter Explorer auf einen Abschleppwagen gehievt und ins kriminaltechnische Labor gebracht.

Conklin brachte mich nach Hause. Während der Fahrt sagte ich keinen Ton, aber als wir vor der Haustür standen, nahm ich seine Hand und drückte sie fest. Anschließend stieg er aus, kam um das Auto herum und machte mir die Beifahrertür auf. Mein Blick hätte ihn eigentlich aufhalten müssen.

»Halt die Klappe«, sagte er. »Ich komme mit rein.«

In meiner Wohnung begrüßte ich zuerst unsere Babysitterin, bevor ich meinem Partner eine gute Nacht wünschte. Nach einer ausgiebigen Dusche aß ich irgendetwas mit Tomatensoße. Ich habe keine Ahnung mehr, was es war.

Danach spielte ich Türmchen bauen mit meiner Tochter und brachte sie zu Bett, überprüfte sämtliche Schlösser und die Alarmanlage und warf einen Blick nach draußen zu den Streifenwagen, die vor dem Haus postiert waren. Ich legte meine Pistole auf den Nachttisch, schlüpfte zusammen mit Martha ins Bett und schlief ein. Ich dachte nichts und ich träumte nichts.

Am nächsten Morgen nach dem Aufwachen war ich wütend, so wütend wie nie zuvor. Mir war klar geworden, dass die anderen mich nicht nur deshalb wie ein verwaistes Katzenbaby behandelten, weil ich wiederholt überfallen und beinahe umgebracht worden war. Sondern auch, weil Joe mich ohne ein einziges Wort verlassen hatte.

Die Männer, die versucht hatten, mich zu ermorden, würden sich für ihre Taten verantworten müssen, und wenn es das Letzte war, was ich in meinem Leben noch erledigen konnte.

Und dasselbe galt für meinen Mann.

66

Officer Evelyn Finley holte mich ab und brachte mich zur Hall of Justice. Sie fuhr langsam und sehr vorsichtig, als hätte sie ein paar Kisten mit erlesenen, alten Christbaumkugeln an Bord. Außerdem begleitete sie mich quer durch das Foyer und wartete mit mir auf den Fahrstuhl.

»Ich befolge nur meine Befehle«, sagte sie.

Verdammt.

»Danke, Finley«, sagte ich. »Von hier an komme ich alleine klar.«

Ich umkurvte Brendas Schreibtisch am Eingang zum Bereitschaftsraum und sah Conklin, Chi, McNeil und Brady dicht gedrängt neben Chis Schreibtisch stehen. Da war anscheinend eine Besprechung im Gang. Vielleicht hatten sie mich gar nicht absichtlich ausgeschlossen. Vielleicht kam es mir nur so vor.

Conklin winkte mich herüber, und er und Brady rappelten sich gleichzeitig auf, um mir einen Stuhl anzubieten. Ich musste beinahe lachen, doch stattdessen murmelte ich nur: »Danke. Ich schaff das schon. Ich *krieg das hin*!«

Cappy McNeil ist fast fünfzig und ziemlich füllig, aber ein zuverlässiger, erfahrener Kollege und ein sehr guter Polizist.

Sein Partner, Sergeant Paul Chi, ist zehn Jahre jünger und einer der klügsten Polizeibeamten in der ganzen Stadt. Die beiden sahen mein völlig zerkratztes Gesicht jetzt zum ersten Mal, aber sie hatten natürlich schon gehört, was gestern Abend passiert war.

Cappy sagte: »Ah, Mist, Boxer. Das darf doch nicht wahr sein.«

Er tätschelte mir den Oberarm und drückte mir einen seiner beiden unberührten Donuts in die Hand.

Kaum hatte ich Platz genommen, setzte Chi seinen Bericht fort.

»Lindsay, nur damit du auf dem Laufenden bist: Ich habe einen Informanten, der über einem Lebensmittelladen an der Ecke Jackson und Stockton Street wohnt. Er hat mich gestern Abend angerufen, weil ihm vier asiatische Geschäftsleute aufgefallen sind, gut gekleidet und mit hochwertigen Autos, die allerdings zu merkwürdigen Zeiten unterwegs waren. Anscheinend wohnen sie in einem heruntergekommenen Wohnblock, und zwar da.«

Chi zeigte auf den Stadtplan auf seinem Bildschirm, und zwar auf einen bestimmten Abschnitt der Stockton Street, in der Mitte eines Häuserblocks auf der östlichen Seite.

»Nummer 1035«, sagte er. »Eine billige Wohnung über der chemischen Reinigung im Erdgeschoss. Mieter der billigen Wohnung ist ein gewisser Henry Yee. Zwei Festnahmen wegen geringfügiger Drogendelikte. Er arbeitet in der Suppenküche hier drüben, an der Ecke Jackson Street. Er hat an diese Typen untervermietet und schläft im Restaurant.

Also, es gibt Gerüchte, die besagen, dass diese Männer im staatlichen Auftrag hier sind. Sie haben nichts mit Drogen oder …«

Ich unterbrach ihn. »Moment mal. Welcher Staat?«

»China, vermutlich, aber das weiß niemand so genau«, erwiderte Chi. »Mein Informant hat mich jedenfalls gestern Abend angerufen, weil er letzte Woche beobachtet hat, wie diese Männer lange, schwere Kisten aus einem schwarzen oder dunkelblauen SUV ausgeladen haben. Und jetzt fragt er sich, ob es sich dabei nicht um schwere Artillerie gehandelt haben könnte. Der Kerl ist zwar ein Junkie, aber er ist nicht dumm. Ich tendiere dazu, ihm zu glauben.«

Ich sagte: »Der Wagen, der mir gestern die Motorhaube zerknickt hat, war auch dunkel. Und dann bin ich mit voller Wucht rückwärts gegen das Fahrzeug hinter mir geknallt. Der SUV, von dem du gerade gesprochen hast, der war garantiert dabei.«

Brady rief Jacobi an, und er kam zu uns herunter. Eine Stunde später hatten wir einen Plan.

67

Am Nachmittag gegen 16.30 Uhr wurden drei Teams aus der Mordkommission zusammen mit unserem Sondereinsatzkommando möglichst unauffällig rund um die Kreuzung Stockton und Jackson postiert. Die Gegend ist für ihre traditionellen chinesischen Geschäfte ebenso bekannt wie für regen Drogenhandel, illegales Glücksspiel und diverse kriminelle Bandenaktivitäten.

Ich sah mir das Ganze in aller Ruhe vom Beifahrersitz des Wagens aus an, den Conklin in der Stockton Street abgestellt hatte.

Unsere Konzentration galt einem dreistöckigen, beigefarbenen Wohnhaus mit stuckverzierter Fassade etwa in der Mitte des Häuserblocks auf der gegenüberliegenden Straßenseite.

Die Fahrzeuge des Sondereinsatzkommandos schlossen das Wohnhaus von beiden Seiten ein und deckten die Geschäfte ab, die ihre Stände bis auf den von Passanten und Einkaufswilligen überfüllten Bürgersteig gestellt hatten. Der Verkehr schob sich stoßweise über die Kreuzungen, Lieferwagen parkten in zweiter Reihe, ein Schulbus setzte eine Ladung Schulkinder ab, und lachende Touristen kamen aus einem Restaurant.

Ich ließ die Straße nicht aus dem Blick.

Lemke und Samuels aus unserer Einheit hatten an der Ecke Washington Street geparkt. Michaels und Wang, ebenfalls bei der Mordkommission, saßen in der Nähe der Jackson Street in ihrem Wagen und beobachteten die Suppenküche, in der der Kellner arbeitete.

Brady stand auf der anderen Straßenseite. Er hatte sich an die Hauswand einer Ginsenghandlung gelehnt und las Zeitung.

Chi und McNeil trugen Zivilkleidung und nahmen die Auslagen eines kleinen Lebensmittelladens uns gegenüber unter die Lupe. In diesem Augenblick stellte sich ein blauer BMW-Geländewagen mit einem langen Schlitz in der Seite ungefähr fünfzig Meter von dem Wohnhaus mit der grau gestrichenen Eingangstür entfernt in die zweite Reihe.

Brady sah kurz zu uns herüber.

Conklin und ich stiegen aus und huschten zwischen den Autos hindurch auf die andere Straßenseite, während Chi und McNeil den beiden Asiaten, die auf das Wohnhaus zugingen, folgten.

Ich war zu weit entfernt, um Chis Stimme zu hören, aber ich wusste, dass er den beiden Männern seinen Namen nannte und sie bat, ihm ihre Ausweise zu zeigen und einige Fragen zu beantworten.

Der größere der beiden zog ohne zu zögern eine Pistole aus seinem Hosenbund und drückte dreimal ab, während der andere die Haustür öffnete. Chi riss beide Hände an seine Kehle und ging zu Boden.

McNeil duckte sich hinter die Autos am Straßenrand und schoss auf die beiden Männer, die jetzt im Hauseingang verschwanden. Die Spezialeinheit schwärmte in voller Kampfmontur – Helme, Schilde, Schutzkleidung und Maschinenpistolen – aus ihren Fahrzeugen. Gleichzeitig ertönte aus dem oberen Stockwerk vollautomatisches Gewehrfeuer.

Innerhalb weniger Sekunden hatte sich ein ganz alltäglicher Straßenmarkt in einen Ort der Panik und des Chaos verwandelt. Kreischende Fußgänger rannten Deckung suchend durcheinander. Gleichzeitig zerrten Brady und McNeil Chi aus der Schusslinie.

Conklin und ich stießen die graue Haustür auf und rannten auf die Treppe zu. Die Blutstropfen auf den Treppenstufen bildeten eine deutliche Spur.

Ich rief Wang an und bat ihn, Henry Yee abzuholen, den Kellner, der die Wohnung im obersten Stockwerk bewohnte. Wenige Sekunden später stürmte das Sondereinsatzkommando das Haus. Zu zehnt trampelten wir die Treppe hinauf.

68

Conklin und ich trugen Kevlarwesten unter unseren Jacken und hatten unsere Glocks in der Hand. Nicht gerade ein optimaler Schutz, aber ich war so voller Adrenalin, dass mir das vollkommen egal war.

Als sich das Sondereinsatzteam im obersten Hausflur drängte, nickte der Kommandeur mir auffordernd zu. Conklin und ich nahmen unsere Position links beziehungsweise rechts der Wohnungstür ein.

Ich klopfte an und brüllte: »*Polizei!* Waffen fallen lassen und rauskommen!«

Keine Antwort war zu hören, kein Geräusch, abgesehen vom wilden Pochen meines Herzens. Wir traten beiseite, zwei Beamte rammten die Tür auf, warfen zwei Blendgranaten in die Wohnung und zogen anschließend die Tür wieder ins Schloss.

Die ohrenbetäubende Explosion ließ den Gips von den Wänden bröckeln, und wenige Augenblicke später stürmte das Sondereinsatzkommando die Wohnung. Ich hörte Schreie, vollautomatische Feuergarben und dann schwere Stiefeltritte, als unser Team durch die Zimmer ging, Türen öffnete und rief: »Gesichert!«

Als der Kommandeur uns grünes Licht gab, betraten auch Conklin und ich das kleine Apartment.

Die Leichen der vier bewaffneten und höchst gefährlichen Männer lagen auf dem Fußboden des Wohnzimmers. Der Sturmtrupp hatte die Aufgabe erfüllt, für die er ausgebildet worden war. Und zwar vorschriftsmäßig.

Die Wand war von Einschusslöchern übersät, und nicht nur die Wände waren voller Blut. Es sammelte sich bereits in Lachen auf dem Fußboden.

Ein halbes Dutzend Maschinenpistolen lag vor dem Fenster auf dem Boden, und dazu zahlreiche aufgeklappte Munitionsschachteln. Aber auf dem Küchentisch gab es etwas Ungewöhnliches zu sehen. Es sah aus wie ein Metallrohr, ungefähr anderthalb Meter lang, mit einem Zielfernrohr, einer Mündung, einem Griff und einer Art Schaft, der als Schulterstütze diente.

Ich hatte noch nie einen tragbaren Raketenwerfer gesehen, aber ich wusste sofort, was es war. Und ich war mir ziemlich sicher, dass dieses Ding eine Reichweite von fünf Kilometern hatte und man damit Flugzeuge abschießen konnte.

Da krachten in meinem Kopf zwei Gedanken aufeinander. Die Männer, die seit dem Flugzeugabsturz hinter mir her waren, das waren *Waffenhändler*.

Waren sie für das Schicksal von Flug WW 888 verantwortlich?

Einschließlich der Todesopfer am Boden hatten insgesamt vierhundertdreißig Menschen bei dieser Katastrophe ihr Leben verloren. Waren diese Männer an diesem unaussprechlichen Grauen beteiligt gewesen?

Ich wandte mich wieder den von Kugeln durchsiebten Männern auf dem Fußboden des schäbigen Zimmers zu.

Langsam ging ich von einem zum nächsten, sah mir ihre Gesichter an und suchte nach dem einen, der mich zu seiner persönlichen Zielscheibe gemacht hatte, dem Mann, der gestern Abend seine Waffe direkt auf meinen Schädel gerichtet hatte.

Am hinteren Ende des Zimmers, neben der Schlafzimmertür, sah ich ihn. Er war nach den tödlichen Schüssen an der Wand herab in eine sitzende Position geglitten und hatte dort eine lange, breite Spur hinterlassen. Sein Kopf und sein Hemd waren blutüberströmt, und auch sein Arm und seine Schulter hatten mehrere Kugeln abbekommen.

Ich trat näher. Bei Gott, ich wollte mir absolut sicher sein.

Seine geschlossenen Augen standen ziemlich weit auseinander, und an seinem Kinn war eine schmale Narbe zu erkennen.

Das war er, der miese Drecksack, der versucht hatte, mich umzubringen.

Ich wollte ihn tot sehen. Aber noch lieber hätte ich mit ihm geredet. Ich bückte mich und griff nach seinem zerschossenen Arm, hoffte auf einen gequälten Schrei, hoffte, dass er seinen Tod nur vortäuschte. Aber ich bekam keine Reaktion. Keine Schreie, kein Spott, keine Antworten.

Nur seine toten Lippen… ich hätte schwören können, dass sie immer noch ein hämisches Grinsen zeigten.

Ich ließ seine Schulter los, und er sackte seitlich zu Boden, leblos.

Ich starrte den Toten immer noch an, als Conklin meinen Namen rief. Er hatte sein Handy am Ohr und sagte zu mir: »Wang ist dran. Sie haben diesen Kellner erwischt, Henry Yee. Sie haben ihn in Gewahrsam genommen.«

69

Vierundzwanzig Stunden nach der Razzia in der Stockton Street waren wir immer noch damit beschäftigt, das ganze Durcheinander zu entwirren und Antworten auf unsere Fragen zu suchen.

Chi erholte sich von seiner Operation und war in einem stabilen Zustand. Zwei Fußgänger – eine Frau und ihre Tochter – waren durch den Kugelhagel aus dem oberen Stockwerk ebenfalls verletzt worden.

Die Presse hatte sich mit aller Macht auf uns gestürzt. Es spielte keine Rolle, dass die Schüsse auf die unschuldigen Passanten von Verbrechern abgegeben worden waren. Die Wut der Öffentlichkeit galt allein dem San Francisco Police Department.

Jacobi gab unter großem Druck eine Pressekonferenz und sagte, dass in dem Apartment 3F in der Stockton Street Nummer 1035 mehrere Maschinenpistolen in militärischer Ausführung beschlagnahmt worden waren. Den Raketenwerfer ließ er unerwähnt, und er ließ auch keine weiteren Fragen zu mit der Begründung: »Ich bin nicht befugt, über laufende Ermittlungen zu sprechen.«

Die Toten aus Apartment 3F hatten keine Ausweise oder andere Dokumente bei sich gehabt. Ihre Fingerabdrücke waren nicht registriert, und niemand hatte sich gemeldet, um die Leichen abzuholen. Wir hatten viel zu viele Fragen und keine Antworten. Und dann hatten wir noch einen armen Sündenbock namens Henry Yee.

Conklin und ich saßen zusammen mit Yee und seinem Anwalt in unserem kleinen grauen Verhörzimmer. Eine Kamera in einer Ecke unter der Zimmerdecke filmte das Ganze. Der Beobachtungsraum hinter dem venezianischen Spiegel war voll mit hochrangigen Polizeibeamten, darunter auch Brady und Jacobi. Sogar unser Bezirksstaatsanwalt, Leonard Parisi, war gekommen.

Henry Yee war einen Meter dreiundfünfzig groß, kurzsichtig und ziemlich ratlos. Sein Rechtsanwalt, Ernest Ling, war ein sanftmütiger Mann mit dem Spitznamen Daddy. Mr. Ling vertrat Yees Interessen, und da Yee ein wichtiger Zeuge war, hatte Parisi persönlich bereits eingewilligt, die Anklage wegen illegalen Waffenbesitzes fallen zu lassen, solange wir mit Yees Aussagen zufrieden waren.

Bis jetzt hatten wir festgestellt, dass Yee zwanzig Jahre alt war und zwei Jahre lang die Highschool besucht hatte. Er war bereits zweimal wegen unbedeutender Drogendelikte verhaftet worden und elternlos.

Der Mietvertrag für das Apartment 3F war nach dem Tod seiner Mutter auf ihn übergegangen. Und vor ungefähr einem Monat hatte er die Wohnung an vier Männer aus China untervermietet, die ihm achthundert Dollar mehr bezahlt hatten, nur damit er irgendwo anders wohnte. Yee arbeitete als Kellner und Tellerwäscher bei Mei Ling Happy Noodles und hatte während dieser Zeit im Lagerraum geschlafen. Gelegentlich hatte er für seine Untermieter Essen besorgt oder irgendwelche Kleinigkeiten erledigt. Und außerdem hatte er ab und zu in seiner Wohnung die Kleidung gewechselt.

Manchmal hatten die vier Männer mit ihm ein bisschen gescherzt, und er hatte das eine oder andere Gespräch belauscht. Behauptete er zumindest.

Yee hatte eine Pistole unter seiner Schürze getragen, als Wang und Michaels ihn geschnappt hatten. Allerdings hatte er keine Genehmigung zum Mitführen einer Waffe, und für seine tägliche Arbeit war sie bestimmt nicht erforderlich. Der Colt .45 war ein Geschenk seiner Untermieter gewesen, und Yee hing ganz offensichtlich sehr daran.

Aber auch für uns war die Pistole ein Glücksgriff.

Yee war volljährig, und er war vorbestraft. Durch den illegalen Waffenbesitz drohte ihm eine Gefängnisstrafe, und wenn sich noch irgendein Zusammenhang mit dem Absturz von Flug WW 888 ergab, musste er vielleicht sogar mit der Todesstrafe rechnen.

Daddy Ling hatte für seinen Mandanten das Beste und einzig Mögliche herausgeholt. Jetzt musste Henry Yee uns nur noch alles sagen, was er wusste.

70

Henry Yee nippte an einer Dose Cola und sah sich die Fotos von den Toten aus der Gerichtsmedizin an.

Er sagte: »Der da, der heißt Hundekopf oder Hund. Seinen richtigen Namen kenne ich nicht. Der da heißt Jake. Der da spricht kein Englisch, und sie nennen ihn Weisei. Aber das da…« Er deutete auf das Bild von dem Mann mit der Narbe. »Das ist Mr. Soo. Er ist kein Gangster. Er hat gesagt, dass er für die Regierung arbeitet.«

»Wozu waren die Waffen gedacht, Henry?«, wollte Conklin wissen.

»Das weiß ich nicht«, erwiderte Yee. »Mr. Jake hat gesagt, es ist eine private Angelegenheit.«

»Haben diese Männer jemals über das Flugzeug gesprochen, das über San Francisco abgestürzt ist?«, machte ich weiter.

»Das Flugzeug aus Peking? Nein, davon habe ich nichts mitgekriegt.«

»Wir glauben, dass diese Männer etwas damit zu tun hatten, Henry. Denken Sie gut nach. Haben Sie vielleicht doch irgendetwas gehört? Irgendeine Kleinigkeit?«

Ling sagte zu seinem Mandanten: »Henry, Sie brauchen sich keine Sorgen zu machen. Diese Männer können Ihnen nichts mehr tun.«

»Sie haben nichts gesagt«, meinte Henry Yee.

Ich wandte mich an den Anwalt. »Mr. Ling, so funktioniert das nicht. Bis auf die leicht nachzuprüfenden Eckdaten hat Ihr Mandant uns nicht das Geringste geliefert. Das war nicht die Abmachung.«

Daddy Ling sagte: »Er hat Angst, dass sie sich irgendwie rächen könnten, Sergeant. Und das ist eine sehr realistische Angst.«

Anschließend wechselten Ling und sein Mandant einige geflüsterte Sätze.

Daraufhin blickte Yee mich durch seine dicken Brillengläser hindurch an, nickte und seufzte vernehmlich. Schließlich sagte er: »Das ist das Einzige, was ich über das Flugzeug weiß. Ich glaube nicht, dass es was zu bedeuten hat. Bitte, seien Sie nicht wütend.«

Ein leichter Schauer lief mir über den Rücken. Ich hatte das Gefühl, als stünde der Durchbruch unmittelbar bevor, aber gleichzeitig traute ich diesem Gefühl nicht. Denn bis jetzt war dieser Idiot eine einzige Enttäuschung gewesen.

»Vorgestern Abend«, sagte Yee, »bin ich mit Mr. Soo gleichzeitig nach Hause gekommen. Ich hab gesehen, dass Mr. Soos Auto total verbeult ist. Ich sage: ›Was ist passiert, Mr. Soo? Alles in Ordnung?‹ Er ist total wütend. Er hatte einen Zusammenstoß mit einer Polizistenfrau. Er nennt sie Dirty Mary.«

Meinte er *mich*?

»Warum Dirty Mary? Wie bei Clint Eastwood?«

Der Junge nickte und fuhr fort.

»Jedenfalls, Mr. Soo hat mir gleich nach dem Absturz gesagt, dass sein Chef einen Beweis dafür braucht, dass ein bestimmter Mann in diesem Flugzeug gewesen ist. Er hat gesagt, dass Dirty Mary ihn daran hindert, seine Arbeit zu machen. Dass das schlecht für ihn ist. Aber ich glaube, er hat den toten Mann gefunden«, sagte Yee.

»Wie kommen Sie darauf?«, wollte ich wissen.

»Es ist vielleicht eineinhalb Wochen her, da habe ich ihm geholfen, sein Auto auszuladen. Dabei habe ich einen Toten gesehen. Er war in eine Plane eingewickelt, und da hat ein verkohlter Fuß rausgeschaut. Aber dann hat Mr. Soo den Kofferraum zugemacht, sodass ich nichts mehr gesehen habe.«

Alle möglichen Bilder schossen mir durch den Kopf. Die erste Begegnung mit Mr. Soo vor der Gerichtsmedizin, als er behauptet hatte, auf der Suche nach seinem Sohn zu sein. Ich hatte ihn weggeschickt, mit Unterstützung durch mehrere uniformierte Kollegen.

»Hat er vielleicht seinen Sohn gesucht?«, wollte ich von Henry Yee wissen.

»Nein, das war nicht sein Sohn«, erwiderte Yee. »Das war jemand anders.«

Ich musste an den vermissten Toten aus Flug WW 888 denken. Der Leichnam war unter mysteriösen Umständen aus dem Metropolitan Hospital verschwunden. Ich musste an das Chaos denken, das an jenem Abend geherrscht hatte, an die erschöpften, traumatisierten Menschen, an die vielen Toten, mehr, als jede Leichenhalle hätte verkraften können.

Ich konnte mir gut vorstellen, dass sich da jemand in Krankenhauskluft all die Toten angesehen und ihre Namensschilder gelesen hatte. Und ich konnte mir gut vorstellen, dass da jemand einen Leichnam aus der Notaufnahme gerollt hatte.

Niemand hätte diese Person aufgehalten. Nicht in dieser Nacht.

Ich war außer Atem, und mir war ein wenig schwindelig. Ich stand auf, legte die Handflächen auf den Tisch und beugte mich zu unserem einzigen Zeugen hinunter.

»Denken Sie nach, Henry. Hat Mr. Soo den Namen Michael Chan erwähnt? Hat er nach einem Toten namens Michael Chan gesucht?«

»Einen Namen hat er nie genannt«, sagte Yee.

Tödliches Entsetzen sprach aus seiner Miene. Wovor hatte er Angst? Vor mir? Oder vor der Vergeltung?

Ling behauptete, dass sein Mandant sich vollkommen kooperativ gezeigt hatte. Das Verhör war zu Ende. Wir ließen Yee laufen.

Aber ich hatte immer noch Fragen. Jede Menge.

VIERTER TEIL

71

Cindy war am Telefon. »*Lindsay!* Ich habe irre Neuigkeiten. Unglaublich. Kannst du in fünf Minuten unten sein? Ich bringe dich anschließend auch nach Hause.«

»Gib mir einen Tipp«, sagte ich, fuhr meinen Computer herunter und schloss meine Schreibtischschublade ab.

Sie redete schnell, wie ein Maschinengewehr.

»Vor zwanzig Minuten habe ich einen Anruf bekommen, und zwar von einem Mann, der die Fotos von den beiden unbekannten Toten aus dem Four Seasons auf meiner Seite gesehen hat. Er sagt, dass er sie auf *Video* aufgezeichnet hat. Im *Hotel.* Mit einer versteckten Kamera. Und jetzt will er mir das Video zeigen. Reicht das als *Tipp*?«

Auf jeden Fall.

»Bin schon unterwegs.«

Conklin hatte bereits Feierabend gemacht. Ich bat Brenda, den Streifenwagen, der mich nach Hause bringen sollte, wieder abzusagen, und gab Mrs. Rose Bescheid, dass es ein bisschen später werden würde, zog den Reißverschluss meiner Jacke zu und hetzte die Treppe hinunter.

Ich platzte fast vor Neugier. War der Anrufer glaubwürdig? Gab es tatsächlich ein Video von den beiden jungen Leuten im Hotelzimmer? Und wenn ja, würde auch der Täter oder die Täterin darauf zu erkennen sein? Hatte

Cindy unseren Vierfachmord aufgeklärt? Ich hoffte es. Wahrscheinlich bin ich immer noch Optimistin, selbst nach so vielen Jahren.

Cindy erwartete mich vor der Hall of Justice. Es herrschte dichter Verkehr, und die Dämmerung hatte bereits eingesetzt. Unmittelbar bevor eine Verkehrspolizistin sie verscheuchen wollte, setzte ich mich in ihren 2009er Honda Civic.

»Schieß los«, sagte ich und schnallte mich an. »Wo fahren wir hin? Du hast meine ungeteilte Aufmerksamkeit.«

Cindy legte einen Gang ein und jagte los. »Sein Deckname lautet Jad«, sagte sie. Wir fuhren auf der Bryant Street nach Norden, und Cindy drehte mir immer wieder den Kopf zu und sah mich mit ihren großen blauen Augen durchdringend an.

»›Jad‹ hat die beiden für irgendeinen Auftraggeber ausspioniert. Ich gehe davon aus, dass es eine staatliche Organisation ist, aber er will es mir nicht verraten. Allerdings hat er mehrfach betont, dass das, was er da aufgezeichnet hat, seinen *Tod* bedeuten könnte. Lindsay, ich konnte seinen Angstschweiß durchs Telefon förmlich *riechen*.«

»Und warum hat er dich überhaupt angerufen?«

»Weil ich in meinem Artikel ausdrücklich *absolute Diskretion* zugesagt habe, falls sich jemand meldet und etwas zur Identifizierung der beiden beitragen kann. Er hat gesagt, dass das schlechte Gewissen ihm keine ruhige Minute mehr lässt. Und das alles mit einer ganz brüchigen Stimme. Der Mann hatte furchtbare Angst.«

»Hast du ihm gesagt, dass du mich mitbringst?«

»Na ja, ich habe gesagt, dass ich mich auf keinen Fall

alleine mit einem Wildfremden treffen würde und dass ich meine Kollegin mitbringe. So wie bei Woodward und Bernstein, verstehst du?«

»Oh Mann.«

Ich schüttelte den Kopf. Das wäre nicht das erste Mal, ja, nicht einmal das fünfte Mal gewesen, dass Cindy sich in eine höchst gefährliche Situation brachte, nur weil sie hinter einer Riesenstory her war.

»Linds, er war einverstanden. Er hat gesagt, dass es in Ordnung ist, wenn ich dich mitbringe. Und noch was«, fuhr meine Polizeireporterfreundin fort. »Jad hat nicht nur eine Videoaufnahme von diesen beiden jungen Leuten, sondern möglicherweise auch von *Chan und Muller*. Genau, Lindsay. Ganz genau. Asiatischer Mann. Blonde Frau. Ich hab gedacht: *Oh mein Gott*. Jetzt oder nie. Was, wenn Jad kalte Füße bekommt? Morgen um diese Zeit ist er womöglich schon auf einem anderen *Kontinent*.«

»Wir müssten eigentlich ein Sondereinsatzkommando mitbringen, Cindy.«

»Ich habe ihm versprochen, dass ich seine Information vertraulich behandele. Und ich *glaube* ihm. Er zeigt uns das Video. Das *will* er. Immerhin hat *er* mich angerufen. Hör zu, der Treffpunkt ist der Parkplatz zwischen der Washington Street und dem Embarcadero. Der ist total groß und übersichtlich. Da kann uns nichts passieren.«

»Da stehen wir rum wie auf dem Präsentierteller«, erwiderte ich.

»Moment mal. Hast du nicht gerade erst drei bewaffnete Desperados ausgetrickst? Nur mit einem kleinen Ruck am Schalthebel?«

Ich lachte. »Du kannst einem wirklich jedes Wort im Mund herumdrehen.«

»Darum bekomme ich ja auch dieses einigermaßen akzeptable Gehalt.«

Cindy grinste mich an und schlängelte sich durch eine Lücke im Verkehr. Sie fuhr so schnell es nur ging. Auf dem Embarcadero angelangt, steuerte sie ohne das geringste Zögern den Parkplatz gegenüber des Ferry Buildings an. Sie stellte sich in eine leere Parklücke mit Blick zur Straße und ließ den Motor laufen.

Anschließend fischte sie ihr Handy heraus und wählte eine Nummer. »Jad? Hier Cindy. Ich bin da.«

Kurze Pause.

»Der blaue Civic. Vordere Reihe. Okay.«

Sie legte auf.

»Unser Rendezvous mit dem Schicksal hat begonnen«, sagte sie zu mir. »Er ist unterwegs.«

72

Ein alter schwarzer Lincoln mit einem Loch im Auspuff fuhr die weit geschwungene Abfahrt vom Embarcadero herab, überquerte die breite Straße und kam auf den Parkplatz gerollt, wo Cindy und ich im Auto saßen und warteten.

Der Wagen blieb dicht vor dem Maschendrahtzaun am hinteren Ende der Asphaltfläche stehen. Mehrere parkende Fahrzeuge befanden sich zwischen ihm und uns, sodass wir ihn nur noch teilweise sehen konnten.

Ich drehte den Kopf und sah, wie der Fahrer aus seinem Town Car ausstieg und auf uns zukam. Er war übergewichtig, trug einen dünnen grauen, knielangen Mantel und in der rechten Hand eine Computertasche aus Nylon. Er kam von hinten an Cindys Seitenfenster und klopfte an. Sie ließ es herunter.

»Hallo«, sagte Cindy und stellte mich als »Lindsay, meine Kollegin« vor.

Jad zog seine Handschuhe aus, steckte sie ein und sagte zu mir: »Sehr erfreut. Setzen wir uns nach hinten.«

Cindy und ich nahmen den dicken Mann auf der Rückbank in unsere Mitte. Aus der Nähe sah ich, dass er noch jung war, Anfang bis Mitte zwanzig etwa, mit blassen Händen und braunen Augen, die mir ständig auswichen.

Ich unterdrückte ein nervöses Lachen. Da saß ich also

nun im Halbdunkel neben einem fremden Mann, der irgendwelche geheimen Informationen an mich weitergeben wollte, und kam mir vor wie in einer alten Spionagekomödie. War dieser Kerl, der so gar nicht nach Spion aussah, wirklich das, was er vorgab zu sein? Hatte er einen professionellen Killer auf frischer Tat gefilmt?

Dann fing Jad an zu reden, und ich war wieder ganz in der Gegenwart. »Ich habe meinen Chefs gesagt, dass die Kamera versagt hat. Ist zwar blöd, aber so was passiert eben mal, verstehen Sie? Und damit kommen wir zu diesem Video hier. Ich habe es gesehen, Sie werden es sehen, und danach wird es vernichtet.«

»Und wie soll ich darüber schreiben, wenn ich keine Beweise mehr habe?«, fragte Cindy.

Jad klappte einen sehr schmalen Laptop auf. Sofort fiel fahles Licht auf die Rückbank. »Das ist Ihr Problem, Cindy«, sagte er. »Ich habe mich auf dieses Treffen eingelassen, aber nur zu meinen Bedingungen. Nachdem Sie das Video gesehen haben, müssen Sie sich entweder anderswo stichhaltige Beweise suchen oder Sie lassen es bleiben. Aber das hier ist das Maximum, zu mehr bin ich nicht bereit.«

Jad tippte auf die Tastatur, sagte: »Auf die Plätze, fertig…«, und drückte auf PLAY.

Ich erkannte das Bild. Auf dem Bildschirm war das Zimmer 1420 des Hotels Four Seasons zu sehen. Michael Chan saß am Fußende des Betts und zappte sich durch das Fernsehprogramm. Als ein Klopfen ertönte, schaltete Chan den Fernseher aus und verließ das Bild in Richtung Tür. Einen Augenblick später hörte man ihn sagen: »Du bist spät dran.« Nun fiel die Tür deutlich hörbar ins Schloss.

Chan kam wieder ins Bild. Und mit ihm Muller. Sie hatte die Beine um Chans Hüfte geschlungen, und er trug sie zum Bett. Sie hatte die Sonnenbrille abgenommen, sodass ich beinahe ihre Augen unter den Stirnfransen erkennen konnte.

Sie lachten und küssten sich lang und intensiv, anschließend legte Chan Alison Muller auf das Bett. Sie sah zu ihm herauf, und er zog ihr die Stiefel aus und warf sie beiseite, mit selbstbewussten Bewegungen, die ahnen ließen, dass er dieses Ritual nicht zum ersten Mal durchspielte.

Ich schnappte das eine oder andere Wort ihres Rollenspiels auf. Chan sagte, er sei der Prinz von Gorgonzola. Sie erwiderte, ihr Name sei Renata, und dass er sie schon einmal für Sex bezahlt hatte, damals in Rom.

Das Geplänkel ging weiter, während Chan Mullers Knöpfe öffnete, sie aus ihren Kleidern schälte und sich anschließend ebenfalls auszog. Sie rekelte sich unter seinen Händen, und wenn ihr das, was er mit ihr anstellte, nicht wirklich unendlichen Genuss bereitete, hätte sie einen Oscar für die beste Schauspielerin redlich verdient gehabt.

Die beiden lagen praktisch nackt und schwer atmend auf dem Bett, schienen auch das letzte bisschen Atemluft aufzubrauchen, als der Bildschirm mit einem Mal schwarz wurde. Pechschwarz.

Cindy sagte: »*He!* Was ist denn da los?«

»Ja, schöne Scheiße, was?«, sagte Jad. »Ich dachte zuerst, dass meine Ausrüstung den Geist aufgegeben hat. Aber das war's nicht. Aus irgendeinem Grund ist das WLAN im ganzen Hotel und in der Umgebung ausgefallen. – Aber dranbleiben«, meinte er. »Da kommt noch was.«

73

Mit einem Klick startete Jad ein weiteres Video.

Ich erkannte das Innere von Zimmer 1418, das direkt neben Chans lag. Dort gab es zwei Einzelbetten, ein Sofa, einen Schreibtisch und einen Couchtisch. Dazu sah ich die beiden jungen Leute – einen schwarzen Mann in Cordhose und Sweatshirt sowie eine weiße Frau in Jeans und einer pastellfarbenen karierten Bluse. Sie hockten vor ihren improvisierten Computer-Arbeitsplätzen und starrten auf die Bildschirme.

Jad sagte: »Da passiert jetzt eine ganze Weile erst mal gar nichts.« Er spulte das Video vor, und die Zeitanzeige sauste von 16.30 Uhr auf 18.20 Uhr.

Er hatte recht. In Zimmer 1418 passierte nicht viel.

Der junge Mann saß am Schreibtisch, die junge Frau über den Couchtisch gebeugt, und beide starrten mit ernsten Mienen auf ihre der Kamera abgewandten Computerbildschirme. Ich konnte nicht ausmachen, was sie dort sahen, aber höchstwahrscheinlich handelte es sich um Chan und Muller im Zimmer nebenan.

Sie aßen Sandwiches, nippten an ihren Wasserflaschen und rollten den Wagen des Zimmerservice nach draußen, alles ohne besondere Vorkommnisse. Um 18.20 Uhr ließ Jad das Video wieder langsamer laufen und sagte: »Nicht wegschauen. Nicht mal blinzeln.«

Der junge Mann auf dem Video drückte eine Taste an seinem Laptop und sprach mit jemandem, den er auf seinem Monitor sah.

»Hallo, Joe. Kommst du rauf?«

Dann ertönte eine Stimme aus dem Computer-Lautsprecher.

»Bud, wo ist Chrissy?«

Ein eiskalter Schauer lief mir über den Rücken, und ich hatte das Gefühl, als würde mir der Boden unter den Füßen weggezogen. Ich krallte mich an die Armlehne und versuchte, mich nicht zu bewegen, kein Wort, keinen Schrei auszustoßen. Das war Joes Stimme. Kein Irrtum möglich. *Mein* Joe.

»Ich bin hier, Chief«, sagte die junge Frau am Couchtisch. Sie erhob sich, beugte sich über die Schulter ihres Kollegen und winkte in dessen Monitor.

»Okay, gut. Ich bin in der Lobby«, sagte die Stimme des Mannes, den ich jahrelang geliebt hatte, der versprochen hatte, mich zu lieben, in guten wie in schlechten Tagen, des Vaters meiner kleinen Tochter. Er sagte: »Wie läuft's?«

»Sie sind beide im Zimmer. Und lassen es ganz schön krachen«, antwortete Bud.

»Haben sie schon über den Flug aus Peking geredet?«, wollte Joe wissen.

Die Frau sagte: »Noch nicht. Die sind mit anderen Sachen beschäftigt, Chief.«

»Okay, ich komme hoch.«

»Verstanden«, sagte Bud.

Um Punkt 18.23 Uhr zeigte Jads Monitor nur noch weißes Rauschen.

Ich hatte wieder das Gefühl, ins Unendliche zu fallen, aber mein Kopf blieb klar.

Irgendwann zwischen dem Ausfall der Internetverbindung und dem Zeitpunkt, als Liam Dugan, der Sicherheitschef des Hotels, uns das tote Zimmermädchen in der Servicekammer gezeigt hatte, waren insgesamt vier Menschen ermordet worden.

Jad sagte zu Cindy: »Die beiden Leute da… Bud und Chrissy… das könnten ihre echten Spitznamen gewesen sein. Wenn sie die Bilder mit den Namen durch die Datenbank jagen, bekommen sie vielleicht einen Treffer. Haben Sie mitbekommen, wie dieser ›Joe‹ sich nach dem Flug aus Peking erkundigt hat? Drei Tage danach ist doch dieses Flugzeug aus China über dem Highway 101 in Stücke gerissen worden. Vielleicht mussten Bud und Chrissy sterben, weil sie etwas darüber gewusst haben. Ich wünschte, es wäre anders, aber mittlerweile gehöre auch ich zu denjenigen, die Bescheid wissen. Und Sie jetzt auch«, sagte Jad. Und damit wandte er sich an Cindy. »Irgendjemand müsste den Menschen sagen, dass es Leute gibt, die schon vor dem Absturz was darüber gewusst haben, finden Sie nicht? Aber ich kann das nicht. – Und jetzt müssen Sie sich von dem Video verabschieden.«

»*Warten Sie*«, stieß Cindy hervor. »Lassen Sie die letzte Minute noch mal laufen.«

Jad seufzte, spulte zurück und drückte erneut auf PLAY. Ich hörte, wie Joe sich nach dem Flug aus Peking erkundigte. Joe hatte über dieses Flugzeug Bescheid gewusst. *Er hat es gewusst!*

Jad beendete das Video und zog den Ordner auf ein

anderes Icon mit der Unterschrift ZERSTÖREN. Kleine Softwareflämmchen fraßen die Dateien auf.

Aber auch wenn diese Videos jetzt für alle Zeiten vernichtet waren, in mir lebten sie weiter.

Ich würde sie niemals vergessen, und wenn ich es noch so sehr versuchte.

74

Während unseres fünfzehnminütigen Treffens auf dem Parkplatz hatte der Wind aufgefrischt und peitschte die jungen Bäume, die in großen Betontöpfen den Bürgersteig säumten. Zahlreiche Autoscheinwerfer tauchten den sechsspurigen Embarcadero in helles Licht.

Alles sah aus wie ein ganz normaler Sommerabend in San Francisco, aber für mich würde nie wieder etwas normal sein.

Joe hat schon im Vorfeld von einem Flugzeugabsturz gewusst, der sich als eine der schlimmsten Katastrophen der internationalen Luftfahrt erwiesen hat.

Cindy und ich stiegen aus. Jad teilte Cindy mit, dass seine bisherige Handynummer ab sofort nicht mehr erreichbar sei, und dass er hier stehen bleiben und unsere Abfahrt beobachten würde, um sicherzustellen, dass wir ihn nicht verfolgten.

Wir gaben einander die Hand, und Cindy wünschte Jad alles Gute. Ob seine Vorgesetzten ihm tatsächlich abgenommen hatten, dass seine Ausrüstung versagt hatte? Oder ließen sie ihn beschatten und sahen in diesem Augenblick zu, wie Cindy und ich uns wieder in den Civic setzten?

Die Augen weit aufgerissen, beinahe glupschäugig, so fuhr Cindy vom Parkplatz.

»Pass gut auf, ob ich alles richtig mitgekriegt habe«, sagte sie zu mir. »Die beiden jungen Leute haben Chan und Muller gefilmt. Dann haben sie Anweisung bekommen, das WLAN lahmzulegen, und nachdem sie das erledigt hatten, ist jemand zu ihnen ins Zimmer gekommen und hat sie erschossen, und Chan womöglich auch, stimmt's? Dieser Typ, der mit ihnen geredet hat …?«

»Das war Joe.«

»Hab ich auch gehört«, meinte Cindy. »Moment mal. Lindsay.« Sie sah mich an. »Soll das heißen, das war *dein* Joe?«

»Ganz inoffiziell: Ja, das war er.«

»Oh nein. Das kann doch nicht wahr sein.«

»*Cindy.* Pass auf, wo du *hinfährst*! Doch. Das war Joe Molinari.«

»Aber was hat Joe mit diesen Leuten zu tun, Linds? Jetzt kapiere ich überhaupt nichts mehr.«

»Ich denke nach«, sagte ich.

Meine Gedanken wollten sich verkriechen, aber nirgendwo gab es ein Versteck.

Was hatte Joe mit dem Tod von Bud, Chrissy, Chan und Maria Silva zu tun? Hatte er sie umgebracht? Arbeiteten er und Muller bei diesem Einsatz zusammen? Und das, was ich unbedingt wissen musste: Was hatte Joe über Flug WW 888 gewusst? Und was, wenn überhaupt, hatte er mit dieser Information angefangen?

Nur dumm, dass ich keinen dieser Gedanken mit Cindy teilen konnte. Noch nicht.

»Lindsay, glaubst du etwa, dass Joe der *Mörder* ist?« Cindy starrte mich an. Ihre Augen waren groß wie Scheinwerfer.

Ich erwiderte: »Nein … also, NEIN! Joe ist ein externer Mitarbeiter. Er sollte wahrscheinlich Chans Zimmer überwachen. Könnte doch sein, dass irgendjemand mitbekommen hat, dass er nach oben kommen will, um nachzusehen, ob die beiden in 1418 alles richtig gemacht haben, und dass dieser Jemand dem Killer das Startzeichen gegeben hat.« Ich improvisierte, aber ich konnte mir gut vorstellen, dass es genau so gewesen war. Ich redete weiter. »Der Killer hat bei Chrissy und Bud an die Tür geklopft, und sie haben aufgemacht, weil sie dachten, er wäre Joe.«

Cindy meinte: »Ja, ja, genau, das könnte sein. Der Killer erschießt die beiden, anschließend auch noch Chan … und Joe ist erst danach dazugekommen?«

»Keine schlechte Theorie«, sagte ich, aber gleichzeitig dachte ich: *Ist sie das wirklich?*

»Und was ist danach aus Joe geworden? Und aus Ali Muller?«

»Das wüsste ich auch gerne«, sagte ich und meinte es vollkommen ernst.

»Wenn ich richtig gerechnet habe«, fuhr Cindy fort, »müsste das Flugzeug ungefähr zweiundsechzig Stunden später abgestürzt sein. Kommt das hin?«

Ich nickte. Ich konnte mich lebhaft an die Zeit vor dem Unglück erinnern.

Ich selbst war zusammen mit Conklin, Clapper und Claire am Tatort im Hotel Four Seasons gewesen. In dieser Nacht – oder besser: am Dienstagmorgen, zwei Tage vor dem Absturz – war Joe in aller Frühe nach Hause gekommen. Wir hatten uns geliebt, gemeinsam gefrühstückt, und ich hatte ihm von dem Vierfachmord im Hotel erzählt. *Wir haben darüber geredet!*

Anschließend war ich zur Arbeit gefahren.

An diesem Tag hatten wir Michael Chan identifiziert. Conklin und ich waren nach Palo Alto gefahren und hatten Shirley Chan die Nachricht vom Tod ihres Mannes überbracht.

Seither hatte ich Joe nur auf der Videoaufnahme aus unserem Kamerawagen vor dem Haus der Chans gesehen. Und genau wie Cindy gesagt hatte, war Flug WW 888 zweieinhalb Tage nach den Schüssen im Hotel zum Absturz gebracht worden.

Cindy bemühte sich nach Kräften, gleichzeitig zu fahren und die Bilder zu verarbeiten, die wir auf Jads Laptopbildschirm gesehen hatten.

Sie sagte: »Hör mal, ich glaube, ich kann diese Geschichte so nicht schreiben. Joe ist ja eine Schlüsselfigur bei dem Ganzen. Er hat einen Flug aus Peking erwähnt. Mit dieser Information hätte er womöglich Hunderte Menschenleben retten können. Also was soll ich da schreiben? Ich habe keinen einzigen Beweis! Ich kann das doch unmöglich als *Gerücht* veröffentlichen.«

»Kannst du vielleicht noch einen Tag lang stillhalten?«, bat ich sie.

»Warum?«

»Weil ich mir zuerst ein paar Antworten besorgen muss.«

»Von wem?«

»Das sage ich dir, sobald ich kann.«

»*Lindsay!*«

»Du brauchst kein Wort zu sagen, Cindy. Ich verspreche es dir. Du kriegst es exklusiv. Falls ich überhaupt was rauskriege.«

75

Als ich die Wohnung betrat, die ich früher einmal zusammen mit meinem Mann bewohnt hatte, sagte die wunderbare Mrs. Rose zu mir: »Lindsay, ich muss mich verabschieden. Mein Sohn erwartet mich schon im Tommy's, und ich muss mich noch umziehen. Nudelsalat steht im Kühlschrank. Martha muss noch mal raus, und die Kleine hat noch nichts gegessen und muss gebadet werden. Heute war sie ein bisschen störrisch. Tut mir leid, Liebes.«

Ich bedankte mich bei ihr für alles, wünschte ihr einen schönen Abend und blieb in der geöffneten Tür stehen, bis sie gegangen war. Danach machte ich die Tür zu und lehnte mich dagegen. Das Treffen mit Cindy und Jad hatte mich vollkommen erschöpft, und ich dachte nur: *Bitte, nicht noch mehr. Das halte ich nicht aus.*

Ich war völlig am Boden.

Als verantwortliche Ermittlungsleiterin bearbeitete ich einen Vierfachmord ohne Zeugen oder kriminaltechnisch verwertbare Indizien. Zusätzlich erschwert wurde meine Arbeit durch ein unübersichtliches Durcheinander aus allen möglichen internationalen Akteuren, einen Terrorangriff sowie diverse Geheimdienstorganisationen.

Mein Mann war irgendwie in das Ganze verstrickt, und er hatte mich windelweich geprügelt, mir die Kniescheiben zerschossen und mich einsam und allein in einer dunklen Gasse liegen lassen.

Ich war dankbar, dass Cindy mich zu dem Treffen mit Jad mitgenommen hatte, und genauso dankbar, dass sie bereit war, die Geschichte so lange auf Eis zu legen, bis ich Antworten hatte.

Aber sie würde nicht ewig stillhalten.

Ich hatte ihr die einzige denkbare Theorie präsentiert, bei der Joe kein Mörder war.

Aber trotzdem war es nicht auszuschließen. Unter Umständen hatte er ja nicht selbst abgedrückt, aber zumindest im Vorfeld davon gewusst. Es war jedoch auch denkbar, dass mein Ehemann ein Mehrfachmörder war.

Erst jetzt nahm ich Martha wahr, die jaulend immer wieder gegen meine Beine stieß. »Okay, okay, ich bin ja da«, sagte ich.

Wir gingen ins Kinderzimmer. Ganz sanft weckte ich meine Tochter auf, und natürlich fing sie sofort an zu weinen. Ich plapperte irgendwelchen Blödsinn, während ich sie in eine Fleecejacke steckte und ihr eine Mütze aufsetzte. Daraufhin klappte ich mühsam den Buggy auf und schnallte sie an.

Martha war kaum zu bremsen vor Freude, aber – so ungern ich sie auch enttäuschen wollte – es würde ein sehr, sehr kurzer Spaziergang werden.

Ich hielt Martha die ganze Zeit an der kurzen Leine, und irgendwie hatte sie das, was zu erledigen war, tatsächlich schnell erledigt. Danach wollte sie loslaufen. Sie zog an der Leine und bellte wie wild, als ich sie wieder ins Haus zurückzerrte.

»Man kriegt nicht immer das, was man will«, sagte ich zu Julie und Martha. »Das gilt für mich genauso.«

Anschließend machte ich das, was alle alleinerziehenden Mütter auf dieser Welt machen, nämlich alles gleichzeitig.

Ich fütterte die Kleine und gab Martha zu fressen, und nachdem ich die letzten Reste einer Flasche Chardonnay aus dem Kühlschrank geleert hatte, schlang ich noch einen Teller Nudelsalat hinunter.

Auf dem Weg zur Spülmaschine griff ich nach dem Körbchen auf der Theke neben der Mikrowelle. Es ist quadratisch, ungefähr zwanzig mal zwanzig Zentimeter groß, dazu zehn Zentimeter hoch und enthält ein Sammelsurium aus Quittungen, Büroklammern, Stiften und Visitenkarten.

Letzte Woche waren zwei CIA-Mitarbeiter bei mir gewesen und hatten mir nahegelegt, nicht mehr nach Alison Muller zu suchen. Sie hatten ihre Visitenkarten auf der Küchentheke hinterlassen. Aber wo waren sie gelandet?

Hoffentlich hatte Mrs. Rose sie in das Körbchen gelegt.

Ich kippte es um, wühlte den Inhalt durch, und, *Ja!*, entdeckte die Karten. Michael J. Dixon. Christopher Knightly. Ermittlungsbeamte, Central Intelligence Agency. Die Telefonnummern standen in der unteren linken Ecke.

Ich wusste noch, dass Dixon, der Dunkelhaarige, sich wie der Ranghöhere benommen hatte.

Es war kurz vor 20.00 Uhr.

Ich wählte die Nummer, und er meldete sich beim dritten Klingeln.

»Agent Dixon, hier spricht Lindsay Boxer. Sie waren vor ein paar Tagen bei mir. Es ging um Alison Muller.«

»Ich erinnere mich, Mrs. Molinari. Wie kann ich Ihnen behilflich sein?«

»Ich muss Sie sprechen. Ich habe Informationen erhalten,

die für die nationale Sicherheit von großer Bedeutung sind. Und außerdem geht es um meinen Mann. Ich nehme an, das wird Sie interessieren.«

Dixon nannte mir eine Adresse und bat mich, morgen früh um neun da zu sein. Ich hatte keine Ahnung, was ich ihnen sagen sollte, aber ich hatte ja die ganze Nacht, um mir etwas zu überlegen.

Jede einzelne Minute dieser ganzen schlaflosen Nacht.

76

Noch bevor meine Kleine wach wurde, stand ich auf. Ich stellte mich unter die Dusche, um meinen Kreislauf in Schwung zu bringen, und während Mrs. Rose sich um meinen Haushalt kümmerte, meldete ich mich krank, bat Brenda, Conklin auszurichten, dass ich ihn nach der Mittagspause anrufen würde, und bestellte mir ein Taxi, das mich in die CIA-Niederlassung in der Montgomery Street bringen sollte.

Ich wollte Eindruck machen, darum schlüpfte ich in meinen besten blauen Gabardine-Hosenanzug, frisch gereinigt, eine gute geschnittene weiße Bluse und meine schicken Freda-Salvador-Schuhe, die ich zuletzt bei meiner Begegnung mit der FBI-Strippenzieherin June Freundorfer getragen hatte.

Mrs. Rose schenkte mir noch einen Schluck Kaffee nach, während ich die Adresse, die Dixon mir genannt hatte, googelte. Es handelte sich um den Sitz einer CIA-Abteilung mit der schönen Bezeichnung »National Resources Program«, abgekürzt NR.

Ich las, klickte und las noch ein bisschen mehr.

Dabei erfuhr ich, dass das NR für die CIA in etwa dieselbe Bedeutung hatte wie die Basketballkörbe auf den Schulhöfen des Landes für die NBA.

Das NR rekrutierte alle möglichen Menschen, die keine geheimdienstliche Ausbildung, aber Zugang zu Informationen hatten: Ausländer, die in den Vereinigten Staaten lebten und bereit waren, bestimmte Kenntnisse preiszugeben, gegen Bargeld und wahrscheinlich auch das Gefühl, wichtig zu sein. Das NR heuerte auch US-Amerikaner an, die über Kontakte zu Regierungsbeamten, Flugzeugfirmen, Zeitungen und Ähnlichem im Ausland verfügten.

Diese Teilzeitagenten besaßen die unterschiedlichsten Voraussetzungen. Manche waren Collegestudenten, andere Mitarbeiter eines großen Konzerns, Leute aus der Unterhaltungsbranche oder junge Technikfreaks, so wie Jad. Und wie Bud und Chrissy, die heimlich Filmaufnahmen von Michael Chan und Alison Muller gemacht hatten.

Und mitten im Zentrum dieses Netzwerks aus Strebertypen, die Spione ausspioniert hatten, war Joe Molinaris Platz gewesen.

Der bestellte Taxifahrer klingelte an der Haustür.

Ich sagte Mrs. Rose, dass ich mich in ein paar Stunden bei ihr melden würde, und umarmte alle, die an die Tür gekommen waren.

Der Fahrer sagte: »Alexander Building, richtig?«

»Richtig«, erwiderte ich, und schon schob sich das Taxi vom Randstein in den Verkehr.

Fünfundzwanzig Minuten später stand ich vor einem neugotischen, Anfang des 20. Jahrhunderts erbauten Bürogebäude aus braunem Backstein. Ich betrat das Foyer und zeigte dem Mann am Empfangstresen meinen Ausweis.

Er rief Agent Dixon an, schrieb meinen Namen auf einen Aufkleber, gab ihn mir und sagte: »Dritter Stock. Fahren Sie einfach hoch.«

Sein Zeigefinger wies genau zu den Fahrstühlen.

77

Ich stand allein in der Fahrstuhlkabine, die sanft hinauf in die dritte Etage schwebte. Die Türen glitten auf, und ich betrat den Granitfußboden eines Flurs, der zu einer Doppelglastür mit einem runden blauen Logo und einem Adler in der Mitte führte. Das war das Emblem der Central Intelligence Agency.

Der Empfangsbereich war mit einem dicken blauen Teppich ausgelegt. Mehrere Polstersessel standen rund um einen gläsernen Couchtisch. An der langen Wand hinter dem Empfang waren Goldrahmen mit den Porträtfotos aller ehemaligen Direktoren der CIA zu sehen, darunter auch der ehemalige Präsident George H. W. Bush sowie der momentane Leiter der CIA.

Ich nannte der Empfangsdame meinen Namen, setzte meine Unterschrift in eine Besucherliste und nahm Platz. Auf dem Tisch lagen keine Zeitschriften, aber ich musste nicht lange warten.

Agent Michael Dixon trat durch eine Tür links von der Rezeption, begrüßte mich als Mrs. Molinari und bat mich, ihm zu folgen. Wir kamen an vielen offenen Büroabteilen mit jungen Mitarbeitern, aber auch an geschlossenen Bürotüren vorbei.

Am Ende des Flurs machte Dixon die Tür zu einem holzgetäfelten Besprechungszimmer auf und bat mich hinein.

Christopher Knightly, der zweite Agent, der mich in meiner Wohnung aufgesucht hatte, hatte mir den Rücken zugekehrt, stand vor dem Fenster und ließ den Blick über die Stadt schweifen.

Er drehte sich um. »Guten Morgen, Sergeant Boxer. Bitte, nehmen Sie Platz.« Dann wandte er sich an den Mann, den ich für seinen Vorgesetzten hielt: »Danke, Dixon. Ich komme hier alleine klar.«

Ich setzte mich auf einen der insgesamt acht Drehstühle, die rund um den nicht besonders großen Mahagonitisch platziert waren. Trotz meines staubtrockenen Gaumens lehnte ich Wasser und Kaffee ab. Ob es womöglich ein schrecklicher Fehler gewesen war herzukommen?

Knightly ließ seinen Footballspielerkörper auf einen Stuhl mir gegenüber sinken. Er sagte: »Sie haben Dixon erzählt, dass Sie Informationen haben, die möglicherweise von großer Bedeutung sind. Dass Sie etwas über Flug WW 888 wissen. Was möchten Sie uns berichten?«

Es war eigentlich beinahe lächerlich. Das hier war die CIA, der Zweig einer riesigen, Informationen sammelnden Behörde, die ihre Finger in Dingen hatte, die ich mir nicht einmal im Traum vorstellen konnte.

Und ich war Polizeibeamtin. Nur eine Polizeibeamtin. Aber wenn ich Christopher Knightly in meinem Verhörzimmer vor mir gehabt hätte, ich hätte ihn stundenlang mit Fragen bombardieren können. Und darum legte ich los. »Ich bearbeite gerade einen Vierfachmord, aber ich gehe davon aus, dass Ihnen das bereits bekannt ist. Ich möchte wissen, warum und von wem Michael Chan ermordet worden ist. Ich möchte wissen, wer ungefähr zur selben Zeit das Zimmermädchen und die beiden CIA-Computertechniker im Zimmer neben Chan ermordet hat. Ich möchte wissen, weshalb ich von vier asiatischen Männern, die einen Stinger-Raketenwerfer in ihrer Mietwohnung in Chinatown versteckt hatten, verfolgt und zusammengeschlagen wurde. Und ich möchte wissen, was mein Ehemann, Joe Molinari, mit alledem zu tun hat. – Wenn Sie mir keine Antwort auf meine Fragen geben und mir keinen überzeugenden Grund liefern können, warum ich mein Wissen für mich behalten sollte, wende ich mich an die Presse. Dann erfährt die Öffentlichkeit, dass die CIA schon vor dem Absturz über Flug WW 888 Bescheid gewusst hat. Und dass sie möglicherweise direkt in diese Katastrophe verwickelt ist.«

Mit einem Mal hatte ich Angst, dass ich mich zu weit vorgewagt hatte. Dass ich ein kleiner Terrier war, der sich mit einem Pitbull angelegt hatte.

Wenn ich als Gefahr für die nationale Sicherheit betrachtet wurde, steckten sie mich womöglich ins Gefängnis. Oder etwas noch Schlimmeres. Ich musste an den schweißnassen jungen Mann mit dem Laptop und den heimlich gefilmten Videos denken, der um sein Leben fürchtete. Ich musste an Bud und Chrissy denken, die tot auf dem Boden eines Hotelzimmers gelegen hatten.

Knightly lächelte mich von oben herab an und sagte: »Von uns haben Sie nichts zu befürchten, Sergeant. Ich bin nicht der Böse.«

Schon brauste ich auf. »Und wer *ist* der Böse? Genau das will ich ja wissen. Wer ist in diesem ganzen Spiel eigentlich der Böse?«

Da öffnete sich die Tür in meinem Rücken. Ich drehte

mich um und sah einen Mann, der meinem Ehemann auffallend ähnlich sah, den Raum betreten.

Mein Gott. Das ist er tatsächlich.

»Ich schätze mal, der Böse bin ich«, sagte Joe, zog sich einen Stuhl heran und sank darauf.

Mein Unterkiefer klappte nach unten, aber ansonsten war ich wie gelähmt. Joe sah furchtbar aus. Unrasiert, dicke Tränensäcke, schmuddelige Kleidung.

Was zum Teufel war hier passiert?

Warum schien er sich gar nicht zu freuen, mich zu sehen?

»Joe?«, brachte ich krächzend heraus.

Er sah mich mit einer Miene an, aus der nichts als Traurigkeit sprach.

»Was möchtest du wissen, Lindsay? Ich werde versuchen, alle deine Fragen zu beantworten.«

78

Der Schock hatte mir die Stimme geraubt.

Das da war mein Mann. Mein *Mann*.

Ich blickte über den Tisch hinweg zu Knightly und dann wieder zurück zu Joe.

Er sagte: »Chris, kannst du uns einen Augenblick allein lassen? Und schalt die Kameras aus.«

»Alles klar«, erwiderte Knightly. Als er die Tür hinter sich ins Schloss gezogen hatte, setzte Joe sich neben mich und wollte meine Hände nehmen.

Ich zog sie weg.

Es war eine instinktive Reaktion. Dieser Mann hatte zwar eine gewisse Ähnlichkeit mit dem Mann, den ich geliebt und geheiratet hatte, aber ich wusste überhaupt nicht mehr, wer er war.

Er sagte: »Lindsay, ich weiß, dass du jetzt ziemlich durcheinander bist. Das würde mir ganz genauso gehen.«

»Durcheinander?«

»Falsches Wort. Ich weiß, dass du stinkwütend auf mich bist und ich… und dass ich es nicht anders verdient habe. Ich weiß, dass ich dich verletzt habe, und ich kann dir gar nicht sagen, wie traurig mich das macht. Mir ist klar, dass eigentlich jedes Wort vergeblich ist, aber bitte, wenn du irgend kannst, vertrau mir.«

Ihm vertrauen? Wie? Warum?

»Wo bist du gewesen?«

»Das kann ich dir nicht sagen. Noch nicht.«

»Ich habe gedacht, du wärst *tot*!«, brüllte ich.

»Ich weiß.«

»Und manchmal habe ich es mir sogar *gewünscht*.«

Das war zwar gelogen, aber ich legte viel Nachdruck in diese Worte. Und Joe ließ mich keine Sekunde aus den Augen.

Ich machte weiter. »Du hast mich nicht angerufen, hast mir keine Nachricht hinterlassen, ja, du hast mir nicht einmal eine lausige SMS geschickt, um mir zu sagen, dass dir nichts Schlimmes passiert ist.«

Er seufzte und starrte auf seine Hände. War das Bedauern? Überlegte er, was er erwidern sollte? Es war mir egal.

»Du hast mich und Julie einfach im Stich gelassen. Im Lauf der letzten zehn Tage bin ich mehrfach überfallen, verprügelt, beschossen, überwältigt worden. Und was hast du in der Zeit gemacht? Mit Alison Muller Spion und Spionin gespielt?«

Er sah mich mit seinen traurigen Augen an, und ich wog sekündlich ab, was das wohl zu bedeuten hatte. Log er mich an? Steckte er in Schwierigkeiten? Wer oder was war Joe Molinari?

»Oh Gott, Lindsay, du bist überfallen worden? Das wusste ich nicht. Bist du verletzt? Ist es schlimm?«

»Rede mit mir, Joe. Sag mir alles, was du zu sagen hast, und anschließend verrate ich dir, ob es schlimm ist oder nicht.«

Er wollte erneut nach meiner Hand greifen, und wieder zog ich sie weg. Ein reiner Reflex. Liebte ich ihn noch? Hatte er mich je geliebt?

79

»Bin gleich wieder da«, sagte Joe.

Er stand auf und verließ den Raum.

Ich starrte seinen leeren Stuhl an, der sich träge drehte, und fragte mich dabei, was um alles in der Welt er sagen könnte, damit ich wieder Vertrauen zu ihm fasste. Ob er es überhaupt versuchen würde?

Nach einigen langen Minuten kam er mit zwei Wasserflaschen in der Hand wieder. Die eine stellte er vor mir auf den Tisch, die andere machte er auf und trank sie in einem Zug halb leer.

»Ali Muller hat früher mal für mich gearbeitet, vor… ich weiß auch nicht… achtzehn Jahren vielleicht«, begann er. »Wir waren damals ziemlich jung und idealistisch, und sie hatte eine besondere Begabung für die Beschaffung von Informationen.«

»Was für eine Begabung genau?«, wollte ich wissen.

»Ehrlich gesagt, es war sogar mehr als eine. Ein außergewöhnlich hoher IQ. Sie war wunderschön. Die Menschen haben ihr vertraut. Sie konnte mehrere Sprachen und hatte vor praktisch nichts Angst.«

Ich hatte von June Freundorfer, ihrem CIA-Bekannten John Carroll und Mullers Ehemann, Khalid Khan, eigentlich schon genug über Ali Muller erfahren, und jetzt stimmte also auch Joe ein Loblied auf sie an. Ich wollte das alles eigentlich gar nicht wissen. Aber andererseits … Alison Muller spielte in diesem ganzen widerlichen, geheimniskrämerischen Wirrwarr eine entscheidende Rolle. Und ich war mir ziemlich sicher, dass sie Shirley Chan getötet hatte.

»Sie hat sich freiwillig bereit erklärt, als Venusfalle zu operieren«, sagte Joe. »Du weißt, was das heißt?«

»Sie hat Männer verführt und mit ihnen geschlafen, um ihnen irgendwelche Informationen zu entlocken.«

»Stimmt. Stimmt genau.«

»Und mit dir hat sie auch geschlafen. Das stimmt doch auch, oder etwa nicht, Joe?«

»Das ist doch eine halbe Ewigkeit her. Das war Kinderkram, Lindsay, und es ist längst vorbei. Das Entscheidende ist, dass sie erfolgreich und innerhalb der Firma sehr anerkannt war. Aber irgendwann hat ihr die Arbeit nicht mehr gefallen. Damals war ich schon beim FBI, und wir hatten uns aus den Augen verloren.«

»Joe, nun komm schon. Du hast doch erst kürzlich mit ihr Kontakt gehabt.«

»Dazu komme ich gleich. Schon als ich noch beim Heimatschutz war, haben wir gewusst, dass Michael Chan für die Chinesen spioniert. Aber wir dachten, es wäre besser, ihn in Ruhe zu lassen. Dann habe ich erfahren, dass Ali Muller, die immer noch bei der CIA war, sich in die Angelegenheit einschalten wollte. Kurze Zeit später bin ich hierhergezogen, um bei dir zu sein. Ali hat ein Stückchen weiter unten an der Küste gewohnt und hatte einen hochkarätigen Job, in dem sie viel reisen musste. Sie war verheiratet und hatte Kinder. Das war die perfekte Tarnung für ihre eigentliche

Arbeit. Und vor Kurzem habe ich erfahren, dass Chan sich Hals über Kopf in sie verknallt hatte. Und zwar richtig. – An dem Tag, als Chan ermordet wurde, war ich im Hotel Four Seasons.«

»Das weiß ich.«

Joe hob die Augenbrauen.

»Ich habe dich auf Video. Und am nächsten Tag warst du draußen bei den Chans. Habe ich auch auf Video.«

Joe nickte und stieß einen tiefen Seufzer aus. »Dieser Kamerawagen.«

Ich sah ihn aufmerksam an, suchte nach verräterischen Zeichen oder Zuckungen. Aber Joe war ein ausgebildeter Lügner, staatlich geprüft. Eine dreifache Gefahr.

»Danach ist die Lage ziemlich unübersichtlich geworden«, fuhr er fort. »Wir haben Muller aus den Augen verloren. Chan und die beiden jungen Techniker sind direkt vor unserer Nase erschossen worden. Und uns war klar, dass da ein Riesending geplant wurde.«

»So was wie der Abschuss eines Passagierflugzeugs?«

»Ja, genau. Wir wussten um die potenzielle Bedrohung, aber wir kannten keine Einzelheiten. Wir dachten, dass Chan vielleicht mehr wissen könnte. Darum war Muller bei ihm. Wir wussten weder, wer seine Kontaktleute waren, noch, ob unsere Informationen wirklich stimmten. Kein konkretes Datum, keine Uhrzeit.«

Joe sah aus, als sei er am Boden zerstört. Weil das Flugzeug abgestürzt war? Weil seine Mitarbeiter ermordet worden waren? Weil Alison Muller spurlos verschwunden war?

Ich ließ die Hände in meinem Schoß und sagte: »Was hast du jetzt vor?«

»Ich muss Muller finden.«

»Hattest du geplant, noch einmal nach Hause zu kommen?«

Ohne es zu wollen, rutschte mir dieser Satz über die Lippen.

Joe blickte mir in die Augen und streckte erneut die Hand nach mir aus. Dieses Mal ließ ich zu, dass er meine Hände in seine Riesenpranken nahm. Ich wollte ihm gerne glauben. Ich wollte, dass das Leben wieder so war wie noch vor wenigen Wochen.

War das überhaupt möglich?

»Ich kann nichts versprechen, Lindsay«, sagte er. »Mein Land steht für mich an erster Stelle. So ist es nun mal. So war es schon immer. Es tut mir leid.«

80

Ich kochte innerlich. Aber ich wollte nicht aus der Haut fahren. Nicht hier. Nicht jetzt. Darum sagte ich zu Joe: »Ich finde alleine raus.«

»Ich würde dich gern begleiten«, erwiderte er.

Schweigend gingen wir den mit Teppich ausgelegten Flur entlang bis zum Empfang. Joe hielt mir die Glastür auf und wartete mit mir zusammen auf den Fahrstuhl. Ich sah ihn nicht an, und als die Fahrstuhltüren sich öffneten, stieg ich ohne ein Wort des Abschieds ein.

Kaum war ich auf der Straße, rief ich Cindy an und sagte ihr, dass ich absolut nichts Neues erfahren hätte, dass ich aber Joe getroffen hatte – inoffiziell.

Sie kreischte laut auf und wollte wissen, was er gesagt hatte, wo er jetzt war und wann sie mit ihm sprechen konnte.

»Cindy, er steckt mitten in einer Ermittlung für die CIA. Mehr darf ich dir nicht sagen. Du darfst seine Arbeit auf keinen Fall gefährden. Bitte! Aber du könntest Fotos von Bud und Chrissy abdrucken, dieses Mal mit ihren Namen und der Bitte um mehr Informationen zu ihrer Person.«

»Wird sofort erledigt«, sagte sie. »Bis später.«

Ich rief mir ein Taxi und wartete an der Ecke Bush und Montgomery Street, während meine Gedanken Purzelbäume schlugen.

Eigentlich musste ich Conklin alles sagen, was ich wusste. Das war ich ihm schuldig. Ich stellte mir ein sehr bedeutungsschwangeres Treffen in Jacobis Büro vor: ich, Conklin und Brady sowie – mit Sondergenehmigung – Cindy. Ich hatte die Pflicht, kriminelle Aktivitäten zu melden. Mein Berufsethos verlangte, dass ich meinen Partnern gegenüber offen war. Außerdem hätte ich dringend ihren Rat gebraucht und sehnte mich gleichzeitig nach Erlösung von dem unglaublichen Druck, der auf mir lastete.

Doch kaum führte ich mir diese Szene vor Augen, machten sich neue Bedenken bemerkbar. Wem fühlte ich mich eigentlich stärker verpflichtet?

Meinem Ehemann, den ich bis vor zehn Tagen noch von ganzem Herzen und ganzer Seele geliebt hatte?

Oder meinen Kollegen und Freunden, die mir bedingungslos vertrauten, so wie ich ihnen bedingungslos vertraute?

Das Taxi kam, und ich musste dem Fahrer eine Adresse nennen. »Lake Street, Ecke Twelfth«, hörte ich mich sagen.

Der Fahrer fing an, mit seiner Freundin zu telefonieren, und ich legte den Kopf in den Nacken und machte die Augen zu. Ich wachte erst wieder auf, als der Fahrer sagte: »Madam? Wir sind da.«

Zehn Minuten später hockte ich in Jeans und T-Shirt in Joes Arbeitszimmer und ging noch einmal seine Sachen durch. Nebenbei unterhielt ich mich mit Julie, die aufgeregt in ihrem Babystuhl auf und ab hüpfte.

»Ich hab keine Ahnung, was ich eigentlich suche, Julie«, gurrte ich. »Ich kann mir überhaupt nicht vorstellen, dass es etwas geben könnte, was noch aufregender ist als das, was Daddy mir vor einer Stunde erst verraten hat. Er ist nämlich ein Spion, und zwar im aktiven Dienst. Ja, genau. Im aktiven Dienst!«

Julie fing schallend an zu lachen.

Ich drehte Joes Schreibtisch den Rücken zu, ging zu ihr und gab ihr einen Kuss.

»Ich möchte nur sichergehen, dass ich nicht irgendetwas übersehen habe, meine Süße«, sagte ich. »Ich möchte wissen, was er all die Monate über hier gemacht hat, während er uns den braven Hausmann vorgespielt hat.«

In der rechten, oberen Schublade lag eine Schachtel mit Schreibmaterial. Die hatte ich mir schon einmal angesehen, allerdings nicht besonders gründlich. Aber dieses Mal nahm ich jeden einzelnen Notizzettel und jeden Briefumschlag heraus und entdeckte dabei einen kleinen, stummeligen Schlüssel. Er war mit Klebeband am Boden der Schachtel befestigt.

Auf dem Schlüssel war eine Nummer zu erkennen.

Vielleicht für ein Schließfach.

Aber war es ein Schließfach, das uns beiden gehörte, mit unseren Versicherungspolicen und der Besitzurkunde für unsere Eigentumswohnung.

Oder vielleicht eher eine kleine Schatzkiste mit Liebesbriefen und Bordkarten und ein paar Locken von Alison Muller?

Ich steckte den Schlüssel ein und hob Julie aus ihrem Stuhl. Ich brachte sie ins Schlafzimmer, zog die Vorhänge zu und legte mich zusammen mit meinem Baby ins Bett. Martha rollte sich neben uns auf dem Teppich zusammen.

Kein Laut war zu hören. Wir waren allein. Vielleicht waren wir ja schon immer allein gewesen. Ich musste Joes

Täuschungsmanöver in seiner ganzen Wucht akzeptieren. Musste akzeptieren, dass mein Ehemann und bester Freund mich belogen und betrogen hatte.

»Mein Land steht an erster Stelle«, hatte er gesagt. »So ist es nun mal.«

Dieses miese Schwein.

81

Ich organisierte eine Telefonkonferenz mit Rich und Cindy, und nach einigem Hin und Her hatten wir uns auf meinen Plan geeinigt.

Ich rief Brady an und sagte: »Ich muss dich sprechen, aber nicht im Büro. Es ist wichtig.«

»Du klingst ja… furchtbar«, sagte er.

Brady hatte den Nagel auf den Kopf getroffen. Ich hatte das Gefühl, als hätte mir jemand Stacheldraht um die Brust und die Stirn gewickelt. Mein Atem ging schnell und flach, und der Druck hinter meinen Augen wurde stetig stärker.

»Bist du zu Hause? Ich könnte nach der Arbeit bei dir vorbeikommen«, schlug er vor.

»Gut. Am besten klingelst du einfach, und ich komme runter.«

Vielleicht leide ich ja unter Verfolgungswahn, aber in der letzten Woche waren zwei Agenten bei mir gewesen, um mich davon abzubringen, weiter nach Alison Muller zu suchen. Es war denkbar, ja, sogar wahrscheinlich, dass sie ein, zwei Wanzen in meiner Wohnung angebracht hatten.

Um 19.20 Uhr bekam ich eine SMS von Brady, dass er unterwegs sei, und zwanzig Minuten später klingelte er unten an der Haustür. Ich schnappte mir mein Baby und lief die Treppe hinunter.

Brady lehnte mit verschränkten Armen an seinem Buick,

während der Wind ihm die Haare ins Gesicht wehte. Er machte die Tür auf, und ich stieg mit Julie auf dem Arm ein.

»Wie geht es dir?«, wollte er wissen. »Bist du länger krank oder hast du einfach einen Tag gebraucht, um wieder auf andere Gedanken zu kommen? Du solltest wirklich mal ein bisschen länger zu Hau…«

»Danke, Brady, aber ich bin nicht krank und ich breche auch nicht gleich zusammen. Ich habe neue Informationen, was die Hotelmorde angeht, und außerdem kann es sein, dass meine Wohnung verwanzt ist.«

Ich drückte Julie fest an meine Schulter und berichtete Brady von Cindys Tippgeber, der sich Jad genannt hatte. Ich erzählte ihm von dem Video, dass die beiden unbekannten Toten aus Zimmer 1418 für die CIA gearbeitet hatten und dass wir, dank Cindy, auch ihre Spitznamen kannten: Chrissy und Bud.

»Cindy veröffentlicht heute noch die beiden Fotos, mit Namen.«

»Das ist gut«, meinte Brady. »Vielleicht können wir sie auf diesem Weg identifizieren.«

Ich nickte, räusperte mich und fuhr fort.

»Brady. Auf Jads Videos habe ich Joes Stimme gehört. Er hat mit den beiden jungen Leuten gesprochen, per Computer. Er hat sich erkundigt, ob sie etwas von einem Flugzeug gehört hätten. Vielleicht hat er damit WW 888 gemeint, aber das war *vor* dem Absturz.«

Brady stieß ein paar sehr fantasievolle Schimpfwörter aus, die Julie bestimmt noch nicht verstehen konnte. Nachdem sein ungläubiger Wutausbruch verraucht war, machte ich weiter.

»Heute Morgen war ich bei der CIA, in der Niederlassung in der Montgomery Street. Joe war auch da. Ich habe mit ihm gesprochen.«

Brady ist ein ziemlich guter Zuhörer, darum stieß er nur kurz hervor: »Willst du mich verarschen?«, und ließ mich ohne erneute Unterbrechung weiterreden. Ich beschrieb meinen Besuch beim NR und dass Joe zwar nicht besonders gesprächig gewesen sei, aber bestätigt hatte, dass Michael Chan für die Chinesen spioniert hatte. Und dass Alison Muller eine aktive CIA-Agentin war und derzeit als verschollen galt.

»Die CIA wird abstreiten, dass sie etwas über dieses Flugzeug gewusst hat, stimmt's, Brady? Aber sie können uns nicht daran hindern, unsere Ermittlungen fortzusetzen. Und ich glaube, dass Alison Muller die tödlichen Schüsse entweder selbst abgegeben oder dabei zugesehen hat. Ich kann es jedoch nicht beweisen.«

Brady streifte seine langen Haare nach hinten, starrte eine lange Minute zum Fenster hinaus und sagte dann: »Was hast du vor?«

Ich sagte es ihm.

»Boxer. Du willst es tatsächlich mit der CIA aufnehmen?«, erwiderte er daraufhin.

»Ich sehe keine andere Möglichkeit, diesen Fall aufzuklären.«

»Einverstanden«, meinte er. »Ich bin mit im Boot.«

82

Bevor ich ausstieg, setzte Brady eine Fahndungsmeldung nach dem Fahrer eines schwarzen Lincoln Town Car mit kaputtem Auspuff ab. Am nächsten Nachmittag um 15.00 Uhr saß ein junger Mann namens Jeffrey Alan Downey, alias Jad, in unserem Verhörzimmer.

Nach den Angaben in seinem Führerschein und dem, was er den Streifenbeamten, die ihn aufgegabelt hatten, mitgeteilt hatte, war er zweiundzwanzig Jahre alt und hatte kürzlich sein Studium der Computerwissenschaften in Berkeley abgeschlossen. Er arbeitete als freiberuflicher Computertechniker und wohnte bei seiner Großmutter in Oakland.

Er machte keine Angaben zu seinen Auftraggebern, aber aus dem wenigen, was ich wusste, schloss ich, dass er ideale Voraussetzungen für eine freie Mitarbeit bei unserer örtlichen CIA-Niederlassung mitbrachte.

Brady und ich saßen hinter dem venezianischen Spiegel und sahen zu, wie Conklin zu Jad in das Verhörzimmer trat. Der junge, verschwitzte Besitzer eines heruntergekommenen Lincoln, der gegen die Lärmschutzvorschriften der Stadt San Francisco verstoßen hatte, erklärte meinem Partner, dass er bereit sei, die Strafe zu bezahlen, dass es aber keinerlei Grund gebe, ihn festzuhalten. Er wusste über seine Rechte Bescheid.

Conklin fragte ihn milde: »Wo waren Sie gestern Abend, Mr. Downey?«

Der junge Mann, der sich Jad nannte, erwiderte: »Ist das Ihr Ernst? Das muss ich Ihnen nicht sagen.« Er schien mir aufgebracht und verängstigt genug, um seine Ich-stehe-unter-dem-Schutz-der-CIA-Karte zu ziehen, aber bis jetzt hatte er das noch nicht getan.

Brady sagte: »Sobald er das Wort mit A sagt, lasst ihr ihn laufen.«

»Geht klar, Chef.«

Ich betrat das Verhörzimmer, und Downey hob den Kopf.

»*Sie?* Sie sind doch diese *Journalistin* vom *Chronicle.* Was soll *das* denn werden?«

Ich bat Conklin, mich kurz mit Mr. Downey allein zu lassen. Kaum war Conklin draußen, setzte ich mich und stellte mich vor. »Tut mir leid, dass wir Sie einbestellen mussten, Mr. Downey. Aber wenn Sie meine Fragen wahrheitsgemäß beantworten, sind Sie in einer Stunde wieder draußen. Und niemand wird erfahren, dass Sie überhaupt mit der Polizei gesprochen haben.«

»Stehe ich etwa unter Arrest? Weil, so oder so, von mir erfahren Sie kein Wort«, stieß er hervor. »Sie haben mich verarscht. Sie haben bestimmt gegen irgendeine Vorschrift oder so verstoßen.«

Ich erhob mich, machte die Tür auf und rief: »He, geht mal alle kurz spazieren. Und schaltet die Kameras aus. Ich mein's ernst.« Ich zwinkerte Conklin zu und knallte die Tür ins Schloss, setzte mich wieder auf meinen Platz und beugte mich so weit vor, dass ich mit meiner Nasenspitze fast Downeys berührte.

»Mr. Downey, bitte passen Sie jetzt ganz genau auf. Sie haben Informationen über den Absturz von Flug WW 888 zurückgehalten, eine Katastrophe, die über vierhundert Menschen das Leben gekostet hat. Entweder sagen Sie mir jetzt, was Sie wissen und seit wann Sie das wissen, oder ich übergebe Sie auf der Stelle der Heimatschutzbehörde. Es ist mir egal, auf wessen Fürsprache Sie möglicherweise hoffen, aber Sie haben sich der Mitwisserschaft an einem außergewöhnlich brutalen Terrorakt schuldig gemacht. Wollen Sie *wirklich* den Rest Ihres Lebens in einem Bundesgefängnis verbringen?«

Downey lief knallrot an, und Tränen rannen ihm übers Gesicht.

Er sagte: »Moment mal, Moment mal. Sie glauben doch nicht ernsthaft, dass ich irgendetwas über diesen Flugzeugabsturz gewusst habe. *Das stimmt nicht!* Ich habe mich bei Cindy Thomas gemeldet, weil die Toten aus dem Hotel mir keine Ruhe mehr gelassen haben. Aber ich habe weder mit ihnen noch mit diesem Flugzeug irgendwas zu tun gehabt. Die Aufnahmen sind ja *vor* dem Absturz entstanden. Sie wissen nicht mal, ob dieser Joe wirklich genau *das* Flugzeug gemeint hat. Woher hätte ich das wissen sollen? Ich kenne mich mit Computern aus und habe einen Überwachungsauftrag angenommen, mehr nicht. Ich dürfte das alles ja nicht einmal wissen.«

Er schlug die Hände vors Gesicht und fing an, leise zu schluchzen.

Ich hieb mit der flachen Hand auf den Tisch und fauchte: »Sehen Sie mich an.«

Er riss ruckartig den Kopf nach oben.

»Mr. Downey, die CIA wird Sie im Regen stehen lassen. Die haben das Video nicht gesehen. Im Gegensatz zu mir und Ms. Thomas. Und wenn Sie mir keine überzeugenden Gegenargumente liefern können, nehme ich Sie fest und wir sagen beide gegen Sie aus.«

Er schniefte in die Papiertücher, die ich ihm gab, trocknete sich das Gesicht ab und stammelte leise: »Sie trauen mir viel zu viel zu. Ich bin doch bloß ein ganz kleines Licht. Und ich arbeite *nicht* für die CIA.«

Oh. Jetzt begriff ich. June Freundorfer hatte gesagt, dass das FBI sich für Chan interessierte. Und vermutlich auch für Muller.

»Für wen dann? Das FBI?«

Downey nickte und holte tief Luft. Offensichtlich war er schon wieder kurz vor einem Nervenzusammenbruch. Ich tätschelte ihm die Hand.

»Also gut, Jeffrey. Sagen Sie mir alles, was Sie wissen. Lassen Sie nichts aus. Wenn ich Ihnen glaube, sind Sie heute Abend schon wieder zu Hause.«

Downey schnäuzte sich in das Taschentuchknäuel. Er war immer noch ziemlich aufgeregt und verängstigt, aber nicht mehr ganz so aggressiv wie zuvor.

Er sagte: »Alles, was ich über das Flugzeug weiß, ist, dass dieser Joe die beiden im Zimmer gefragt hat, ob sie was von einem Flugzeug aus Peking mitgekriegt haben. Hatten sie aber nicht. Dabei hat mein Auftrag damit gar nichts zu tun gehabt. Da geht es schließlich um einen chinesischen Spionagering.«

»Was meinen Sie damit?«

»Ich sollte nur beobachten und zuhören, mehr nicht!

Wenn Chan wirklich ein Spion war, wissen Sie mehr als ich. Das Gleiche gilt für Muller. Ist ›Der Prinz von Gorgonzola‹ ein Geheimcode? Keine Ahnung. Ich nehme nur das auf, was passiert, und in dem Fall sind eben ein Mann und eine Frau übereinander hergefallen.«

»Was wissen Sie über Alison Muller?«

»Du meine Güte? Darum geht's? Ich habe noch ein paar Videos von ihr. Geben Sie mir meinen Laptop, und ich zeige Ihnen alles.«

83

Downey hatte Aufnahmen von Alison Muller auf *Video*!

Der Stacheldraht um meinen Brustkorb löste sich in Luft auf, und mein Herz fing fröhlich an zu hüpfen, aber das wollte ich mir nicht anmerken lassen. Ich fragte ihn, ob er etwas trinken wolle, während ich seinen Computer holte, aber er schüttelte nur wie ein begossener Pudel den Kopf.

Ich verließ das Verhörzimmer, machte die Tür hinter mir zu und fragte Conklin: »Was hältst du davon?«

»Der ist nicht mehr als ein einfacher Fußsoldat. Ich glaube, er sagt die Wahrheit.«

Conklin verschwand am Ende des Flurs und war wenige Minuten später mit Downeys Computertasche wieder da. Ich ließ zwei Flaschen Mineralwasser aus dem Automaten und ging wieder zurück ins Verhörzimmer.

Downey machte die Tasche auf und holte seinen Computer heraus. Dann erhob er sich schwerfällig, steckte den Stecker in eine Steckdose, rückte seinen Stuhl ein paar Mal hin und her, setzte sich schließlich und schaltete den Laptop ein. Es dauerte eine halbe Ewigkeit, bis er endlich das Video gestartet hatte.

Er sagte: »Falls Ihnen etwas auffällt, sagen Sie's mir bitte, ja? Weil ich dieses Miststück nämlich ziemlich oft beobachtet habe, und nie ist irgendwas passiert.«

Er schob mir den Laptop hin. »Normalerweise mache ich die Videos und leite sie am selben Tag noch an meinen Auftraggeber weiter. Anschießend lösche ich sie von meiner Festplatte. Das hier habe ich bloß deshalb noch, weil es von dem Tag stammt, wo ich behauptet habe, dass meine Kamera versagt hat.«

»Ich verstehe«, sagte ich und starrte erwartungsvoll auf den dunklen Bildschirm.

»Jetzt kommt sie aus dem Büro, das war um halb fünf«, sagte Downey. »Von dort ist sie direkt ins Four Seasons gefahren.«

Ich sah Ali Muller aus dem Bürogebäude mit dem Aptec-Logo über der Tür kommen. Sie trug die Gucci-Sonnenbrille, den schwingenden Ledermantel und die hochhackigen Stiefel. Auf dem Weg zu ihrem Auto in der Tiefgarage telefonierte sie.

Nachdem sie sich in ihr Auto gesetzt hatte, klickte Downey das nächste Video an. Es sah so aus, als sei es mit einer Dash-Cam aus einem anderen Fahrzeug heraus gemacht worden, das jetzt hinter Muller her aus der Tiefgarage fuhr.

Downey sagte. »Und jetzt kommt eine Autofahrt, genau eine Stunde und zehn Minuten lang.«

»Lassen Sie's schneller laufen«, sagte ich.

Ich sah zu, wie Alison Mullers BMW vom Silicon Valley nach San Francisco fuhr. In der Stevenson Street, einer kleinen Seitenstraße parallel zur Market Street, stieg sie aus.

Sie drückte dem Parkwächter mehrere Scheine in die Hand, und obwohl Jads Kamera zu weit weg war, um auch nur ein Wort aufzuschnappen, wusste ich genau, was sie sagte. »Stellen Sie den Wagen irgendwo in der Nähe ab. Ich werde ihn schnell wieder brauchen.«

Damit endete das Video. Downey hatte die Aufnahme vermutlich gestoppt, während er sich einen Parkplatz suchte. Wir wussten ja, dass die Kameras in Chans Zimmer bereits vor dem Treffen mit Ali Muller montiert worden waren.

Downey sagte: »Das war's. Das Video aus 1420 haben Sie schon gesehen. Muller und Chan reißen sich die Klamotten vom Leib, und dann bricht das WLAN zusammen. Ende.«

»Dürfte ich mir vielleicht eine Kopie davon ziehen?«

Downey griff nach dem Laptop und klappte ihn zu.

»Hören Sie. Ich habe Ihnen alles gezeigt, was Sie sehen wollten. Ich habe mich in Lebensgefahr gebracht wegen diesem Schwachsinn. Aber jetzt lassen Sie mich laufen, sonst besorge ich mir einen Anwalt, der keinen Spaß versteht und Sie vor ein Bundesgericht zerrt, weil Sie meine verfassungsgemäßen Rechte als Bürger dieses Landes missachtet haben. Was halten Sie *davon*?«

Da war es. Er hatte »Anwalt« gesagt.

»Herzlichen Dank für Ihre Unterstützung, Mr. Downey. Sie sind ein freier Mann. Ich bringe Sie noch zur Tür.«

84

Als ich wieder an meinem Schreibtisch saß, nahm ich Kontakt mit der Polizeidirektion in Monterey auf und bekam den Dienststellenleiter an den Apparat. Ich erkundigte mich, ob er vielleicht etwas Neues über Mullers Verbleib wusste. »Ich hoffe, sie ist mittlerweile irgendwo aufgetaucht«, sagte ich.

»Niemand hat sie gesehen, und auch sonst gibt es keine Hinweise«, erwiderte er. »Der Ehemann ruft jeden Tag hier an, und jeden Tag müssen wir ihm sagen, dass es nichts Neues gibt.«

Ich gab diese Meldung an Brady weiter, und er informierte mich, dass morgen früh um acht ein Mitarbeiter der Kriminaltechnik zu mir kommen und meine Wohnung nach Wanzen durchsuchen würde.

»Kann der nicht auch schon heute Abend kommen?«, bat ich ihn.

Wie üblich war unser Labor ohnehin überlastet und überarbeitet. Und jetzt wollte ich auch noch einen Techniker abziehen, um meine Wohnung nach Spionagekameras und Mikrofonen absuchen zu lassen. Wie deprimierend war das denn?

»Ich will mal sehen, was ich tun kann«, sagte Brady.

Nach Feierabend fuhr Conklin mich nach Hause und blieb so lange vor der Haustür stehen, bis ich sie hinter mir zugeklappt hatte. Mrs. Rose berichtete mir haarklein, was Julie heute alles erlebt hatte, und nachdem sie in ihre eigene Wohnung auf der anderen Seite des Flurs zurückgekehrt war, genoss ich mein Abendessen vor dem Fernseher und die Zeit im Kreis meiner Kleinstfamilie.

In der unaufgeregten Stille, die mich umgab, dachte ich noch einmal zurück an Jads Videoaufnahmen aus dem Hotel, und plötzlich überkam mich ein seltsames Gefühl.

Irgendetwas störte mich an diesen Aufnahmen, aber was?

Etwas, was ich gesehen oder gehört hatte? Oder hatte vielleicht etwas gefehlt? Ich dachte an die beiden jungen Leute. Ich dachte an Chan und Muller und ihr Gerangel im Hotelbett. Ich versuchte, das ungute Gefühl einzukreisen und es in meine Arme zu locken.

Und als gerade *America's Got Talent* anfing, klingelte es an meiner Tür, und ich ließ Dale Culver herein, den besten Wanzenaufspürer unseres ganzen Teams.

Julie und ich saßen in Joes großem, bequemem Sessel und sahen zu, wie Dale meine Telefone zerlegte und irgendwelche Sensorstäbe über Lichtschalter führte und unter die Möbel hielt. Anschließend packte er seine Ausrüstung wieder ein und sagte: »Sergeant, Ihre Wohnung ist hiermit offiziell wanzenfreie Zone.« Ich bedankte mich bei dem ernsthaften jungen Mann dafür, dass er für mich Überstunden gemacht hatte, und brachte meine Kleine ins Bett.

Später schrubbte ich gerade einen Topf, als mein Handy anfing zu klingeln. Ich streifte die nassen Gummihandschuhe ab und nahm den Anruf an, ohne auf die Anruferkennung zu achten. Es wäre sowieso eine unbekannte Nummer gewesen.

Und auch die Stimme, die sagte: »Lindsay, ich bin's«, hätte ich um ein Haar nicht erkannt.

»Lindsay ist nicht hier«, erwiderte ich.

Ich drückte auf die BEENDEN-Taste und warf mein Telefon auf die Theke, wo es klappernd zur Ruhe kam. Es klingelte noch einmal. Kurz bevor die Mailbox ansprang, griff ich danach und sagte: »Was willst du?«

»Ich möchte, dass du mir zuhörst. Bitte.«

Ich ging zur Spüle und stellte den Wasserhahn ab. »Ich höre«, sagte ich und verströmte dabei genau so viel Wärme wie eine Packung Tiefkühlerbsen.

»Ich habe Muller gefunden. Sie hält sich nördlich von Vancouver versteckt«, sagte Joe. »Ich fliege heute Abend da hin. Willst du nicht mitkommen?«

»Warum, Joe? Warum sollte ich das tun?«

»Weil wir immer gut zusammengearbeitet haben. Und weil ich weiß, wie sehr du diese Hotel-Morde aufklären willst.«

»Ich verstehe«, sagte ich.

»Ich dachte eben, dass du gerne dabei wärst.«

Ich rief Mrs. Rose an, stellte mich unter die Dusche und zog mich an. Ich begriff zwar selbst nicht hundertprozentig, was ich da tat oder aus welchem Grund, aber meine Neugier war auf jeden Fall ein gewichtiger Faktor. Neugier ist Stärke und Schwäche zugleich.

Genau wie die Liebe zu Joe.

85

Unten am Bürgersteig wartete eine schwarze Limousine mit laufendem Motor auf mich. Joe stieg auf der Fahrerseite aus und sagte: »Lindsay. Hallo. Wenn du nichts dagegen hast, würde ich gerne noch kurz nach Julie …«

Ich sagte: »Nein, Joe. Lass … nein.«

»Okay, okay. Das kann ich verstehen.«

Er hielt mir die Beifahrertür auf, und ich stieg ein.

Als er wieder hinter dem Lenkrad saß, nahm ich einen neuen Anlauf. »Warum, Joe? Warum willst du, dass ich dich begleite?«

Joe legte den Gang ein. »Weil ich nicht will, dass es zwischen uns so bleibt, wie es jetzt ist.«

Ich beobachtete ihn genau, während er über das Wetter und die Verkehrsverhältnisse redete. Er hatte sich rasiert und trug eine frische Jeans und ein neues Hemd. Auch wenn er meinen Blicken nicht auswich, kam er mir irgendwie distanziert vor. Ob er sein Verhalten bedauerte? Ob er sich schämte? Wenn er mir eine Frage stellte, beantwortete ich sie ähnlich förmlich. *Julie geht es gut. Mrs. Rose ist ein Geschenk des Himmels. Wir gehen dem einen oder anderen Hinweis nach, aber insgesamt kratzen wir immer noch an der Oberfläche herum.*

Dann schaltete ich das Radio ein.

Am San Rafael Airport in Marin County wartete eine Gulfstream mit laufenden Turbinen auf uns. Als wir einstiegen, war es ungefähr eine Stunde vor Mitternacht.

Zwischen unseren Sitzplätzen lag der Mittelgang, und das kam mir sehr angemessen vor. Joe und ich waren wie zwei Fremde. Wie hatte sich innerhalb von nur zwei Wochen eine solch breite Kluft zwischen uns auftun können? Ich hatte das Bild von unserem gemeinsamen Frühstück mit Julie noch deutlich vor meinem geistigen Auge. Nur fragte ich mich jetzt, ob diese liebevolle häusliche Szene nur Teil einer Inszenierung gewesen war. Ich schlug meinem geistigen Auge die Tür vor der Nase zu.

Jetzt meldete sich der Pilot. Ein Flugbegleiter kontrollierte unsere Sicherheitsgurte und die Gepäckfächer über unseren Köpfen. Die Düsen röhrten, und wir wurden gegen die Sitzlehnen gedrückt. Das Flugzeug hob ab.

Sobald wir einigermaßen geradeaus flogen, nippte ich an meinem Perrier und sah den Wassertropfen zu, die am Rand meines Fensters entlangglitten. Ich setzte mir einen Kopfhörer auf, suchte mir eine Jazz-Playliste und klappte meine Lehne nach hinten.

Fragen flatterten hinter meinen geschlossenen Augenlidern umher wie Seevögel über den Strand.

Ich musste an Joe denken, der auf der anderen Seite des Mittelgangs saß, ein Mann, der mir fast völlig fremd war, mit dem ich aber einen wichtigen Teil meines Lebens verbracht hatte. Ich fragte mich, ob wir in wenigen Monaten vielleicht geschieden waren und ich in einer neuen Wohnung wohnen würde? Oder würden Julie und ich in Joes Apartment bleiben, umgeben von den Erinnerungen an glücklichere Zeiten?

Ich dachte an Ali Muller – ihre Ehe, ihre Kinder, ihre immer noch ungeklärte Rolle bei den Hotel-Morden. Ich führte mir noch einmal die Bilder von ihr und Michael Chan vor Augen … und das war der Moment, wo diese Bilder mit meinen Beobachtungen am Tatort kollidierten. Irgendetwas passte da nicht zusammen.

Ich packte das ungute Gefühl am Kragen und ließ es nicht mehr los, bis es langsam Gestalt annahm.

Michael Chan hat eine Kugel ins Gesicht und eine in die Brust bekommen, und er ist mit dem Gesicht zur Tür zu Boden gestürzt. Wie hätte Ali Muller ihn von der Tür aus erschießen sollen, wenn sie doch hinter ihm war?

Hatte sie einen Komplizen gehabt? Hatte jemand anderes das Zimmermädchen ermordet, anschließend an die Tür geklopft und Chan erschossen? Hatte dieser Unbekannte anschließend auch die beiden Techniker im Nebenzimmer getötet?

Joe hatte zu Bud gesagt, dass er nach oben kommen wollte. Und die Morde waren erst im Anschluss daran geschehen.

Hatte Joe also die beiden jungen Menschen erschossen, die ihn erwartet hatten? War er bei diesen heimtückischen Verbrechen Alison Mullers Partner gewesen? Und hatte Joe ihr nach der Tat geholfen, ungesehen aus dem Hotel zu verschwinden?

Aber warum? Wenn Joe und Muller ein Team waren, warum hatte er mich dann gebeten, ihn zu begleiten?

Tappte ich da gerade in eine Falle?

Schlagartig riss ich die Augen auf, als mein Geist diesen Gedanken vehement verneinte. Nein, nein, Joe würde mich niemals, könnte mich niemals so hintergehen, um mich anschließend umzubringen. Oder doch? Ich wandte mich meinem Ehemann zu, der anderthalb Meter von mir entfernt auf seinem Sitz saß und schlief wie ein Lämmchen. Wer war der echte Joe?

Es war ein kurzer Flug. Ich aß nichts. Ich schlief nicht. Als das ANSCHNALLEN-Zeichen aufleuchtete, krallte ich mich an die Armlehnen und machte mich auf etwas Unerwartetes, Gewalttätiges gefasst.

Die Landung verlief sanft.

Mit wackeligen Knien ging ich eine Eisenleiter hinunter, und Joe nahm mich am Arm, während wir mit gesenkten Köpfen das kalte, windumtoste Rollfeld des internationalen Flughafens von Vancouver überquerten.

Ich genoss das Gefühl seiner Hand an meinem Oberarm. Ein paar Tränen quollen mir aus den Augenwinkeln. Daran war nur der Wind schuld, und es waren so wenige, dass ich sie nicht einmal wegwischen musste.

Im Büro eines Autovermieters warteten wir, bis der Drucker einen ganzen Stapel Papiere ausgespuckt hatte. Ich klopfte mit den Fingern auf den Tresen.

Joe sagte: »Lindsay. Ich kann es nicht beweisen, aber ich glaube, dass Ali Muller die vier Menschen im Hotel ermordet hat. Und wenn es so war, muss ich sie festnehmen. – Wenn dir das zu heiß ist, sag es lieber gleich. Dann bleibst du besser in einem Hotel. Ich will nicht, dass dir noch einmal etwas zustößt.«

»Ich will sie genauso sehr in die Finger bekommen wie du«, erwiderte ich mit neutraler Miene und Stimme. Ehrlich gesagt, das war die Wahrheit. »Keine Sorge. Ich kann schon für mich selbst sorgen. Ich bin Polizistin. Der Job steht immer an erster Stelle.«

86

Joe sagte, dass wir vom Flughafen aus den Highway nach Brackendale nehmen würden, eine Fahrt von etwa achtzig Minuten. Ich schnallte mich an, und schon glitten wir über hell erleuchtete Straßen in Richtung Norden, überquerten die verzweigte Mündung des Fraser River, fuhren die Granville Street mit ihren wunderschön beleuchteten Glasfassaden entlang, bis wir schließlich die Brücke erreicht hatten, die uns in die Innenstadt von Vancouver brachte.

Wir bogen nach links auf die Georgia Street ab und durchquerten den bewaldeten Stanley Park. Dort fielen mir die Augen zu. Als ich wieder aufwachte, war von der glitzernden Großstadt nichts mehr zu sehen, und wir fuhren durch finsterste Nacht.

»Alles gut«, sagte Joe.

Das hatte er früher immer gesagt, wenn ich durch einen Albtraum aus dem Schlaf aufgeschreckt war.

»Wann sind wir da?«, wollte ich wissen.

»Es dauert noch ein bisschen«, erwiderte Joe, und als müsste er sich innerlich auf das einstellen, was gleich kommen würde, holte er tief Luft und stieß sie vernehmlich wieder aus. »Lindsay, ich konnte dir nicht sagen, wo ich war oder was ich gemacht habe. Und eigentlich darf ich es dir auch jetzt nicht sagen…«

Das war eine sehr schwergewichtige Einleitung, und obwohl ich eigentlich jede Einzelheit erfahren wollte, hatte ich gleichzeitig Angst vor dem, was da kommen würde: dass er Alison Muller liebte, dass er mich nie geliebt hatte, dass sein Umzug nach San Francisco ein Auftrag und unsere Ehe ein Täuschungsmanöver gewesen war, ein einziger Betrug.

Deswegen sagte ich: »Hör mal, du brauchst dich zu nichts verpflichtet zu fühlen.«

»Ich möchte aber, dass du es erfährst. Weil du meine Frau bist.«

»Okay«, sagte ich.

»Als ich mit der Schule fertig war, habe ich bei der CIA angefangen.«

»Das hat June Freundorfer mir schon verraten.«

Er sah mich verblüfft an, doch nach einer kurzen Unterbrechung fuhr er fort. »Ich war im Irak und in Afghanistan. Darüber spreche ich nie, mit keinem Menschen. Ich habe es dir verschwiegen, Lindsay, aber es hätte weder dir noch mir irgendetwas genützt, wenn ich über das, was ich in diesen Kriegen getan habe, geredet hätte.«

Nach und nach fing Joe an, die Bruchstücke seiner Vergangenheit zu einem Bild zusammenzusetzen. Er redete über seine Arbeit beim FBI, auch über den Fall, bei dem wir uns vor drei Jahren kennengelernt hatten, die Intensität jener gemeinsamen Zeit und wie wir uns Hals über Kopf ineinander verliebt hatten.

Er sagte, dass er nach San Francisco gezogen war, damit wir wirklich als Paar leben konnten. Nun kam es: »Was ich dir nicht gesagt habe, was ich dir nicht sagen durfte, das war, dass mich die CIA etwa um die Zeit von Julies Geburt angesprochen hat. Sie wollten mich gerne als eine Art Springer beschäftigen. Ich sollte nur im Bedarfsfall aktiv werden. Aber dass dieser Fall so schnell eintreten würde, damit habe ich nicht gerechnet.«

Wir fuhren nach Norden durch die pechschwarze Nacht. Joe erzählte mir von seinem Leben, als hätten wir ein Date. Oh Gott. Drei Jahre lang hatten wir ein erfülltes, gemeinsames Leben geführt – hatte ich zumindest gedacht. Ich musste an die Nacht denken, in der ich Julie zur Welt gebracht hatte. Joe war »dienstlich« unterwegs gewesen, ein Beratungsauftrag, hatte er damals behauptet.

Ein wütender Sturm hatte San Francisco gebeutelt, und da hatten die ersten Wehen eingesetzt. Bäume und Stromkabel hatten die Straße vor meinem Schlafzimmerfenster blockiert. Überall hatte ich zerstörte und verlassene Autos gesehen. Die Notrufzentralen hatten mir lediglich mitgeteilt, dass die Nothelfer völlig überlastet waren, bis schließlich die Feuerwehr meinen Hilfeschrei erhörte. Ein ganzer Löschtrupp hatte im Halbkreis um mein Bett gestanden und mir zugerufen: »Atmen! Pressen!« Unter solchen Umständen war Julie auf die Welt gekommen.

Und wo war Joe damals *wirklich* gewesen?

»Lindsay?«

»Ich höre dir zu. Und ich muss gestehen, dass ich mir wie die letzte Dumpfbacke vorkomme, wenn ich höre, dass du die ganze Zeit ein Doppelleben geführt hast.«

»Ich weiß. Es tut mir leid. Und dabei habe ich dir noch nicht einmal alles erzählt.«

Die Anspannung im Inneren des Wagens war mit Händen zu greifen. Ich hätte ihn am liebsten am Kragen gepackt, ihn geschüttelt und angebrüllt: *Komm schon, Joe, hör auf mit diesem Schwachsinn. Ich bin's doch. WIR sind es doch!*

Wenn nicht…

Wenn er mir nicht so vieles vorenthalten hätte.

Ich sah ihn durchdringend an. Ich wollte hinter die Fassade der Lügen und der beiläufigen Fehlinformationen blicken. Woher sollte ich wissen, wer er war? Dieser Mann war ein Spion. Eine dreifache Bedrohung. Eiskalt.

Wie konnte ich ihm auch nur ein Wort glauben?

Und trotzdem stellte ich ihm die Frage, die ich bisher nicht gestellt hatte.

»Wo warst du in den letzten zweieinhalb Wochen, verdammt noch mal? Warum hast du mich nicht einmal angerufen?«

Er schüttelte den Kopf. Er hämmerte auf das Lenkrad ein. Er war angeschnallt. Wir fuhren mit hundert Stundenkilometern durch die Dunkelheit. Er konnte mir nicht entkommen. Ich saß direkt neben ihm.

»Linds, ich habe immer meine Pflicht erfüllt, habe getan, was getan werden musste. Für das Land und letzten Endes auch für uns. Aber das Eine musst du mir glauben.«

Er hielt inne. Wir fuhren über eine Brücke, links die Salish Sea und rechts die hochaufragenden Klippen. Aber ob es eine Brücke gab, die den Abgrund zwischen mir und Joe überwinden konnte? Ich wusste es nicht.

»Was, Joe? Was muss ich dir glauben.«

»Dass ich dich liebe. Ich liebe dich und Julie so sehr. Mehr, als ich je für möglich gehalten hätte. Du hast allen Grund, daran zu zweifeln, aber, bitte, tu es nicht. Ich schwöre bei allem, was mir heilig ist, dass ich die Wahrheit sage.«

87

Ich hatte Joe immer für offen, zugänglich und ehrlich gehalten – und für authentisch. Mein Gott, genau deswegen liebte ich ihn. Aber jetzt war die *Wahrheit* ans Licht gekommen. Er hatte mich regelmäßig und vorsätzlich belogen, und zwar während der gesamten Zeit, von Anfang an.

Also warum beugte ich mich zu ihm hinüber, als er mir sagte, dass er mich liebte? Die Antwort bestand in einfachen drei Worten. Ich *wollte* meinem Mann vertrauen, trotz aller Lügen und Täuschungen. Ich liebte ihn.

Ich sagte: »Mach weiter, Joe. Erzähl mir von Alison Muller. Und zwar die ganze Geschichte, von Anfang an.«

Weit und breit war kein anderes Auto zu sehen. Es war, als würden wir durch einen Tunnel rasen und zwei Scheinwerferkegel verfolgen, immer weiter und weiter, bis ans Ende der Welt.

Joe redete. Er erzählte mir noch einmal, dass er keinen Kontakt zu Alison gehabt hatte, bis die CIA ihn vor neun Monaten wieder aktiviert hatte. Etwa um diese Zeit sei die CIA auf Michael Chan aufmerksam geworden, einen US-Bürger mit chinesischen Wurzeln, der für den chinesischen Geheimdienst tätig war. Sie hatten herausgefunden, dass Chan in China geboren worden und als Student in die USA gekommen war, dass er seit acht Jahren in Palo Alto wohnte und mittlerweile Geschichte an der Stanford University lehrte.

Vor etlichen Monaten, so berichtete Joe, hatte Muller sich bereit erklärt, Chan in eine Venusfalle zu locken, mit dem Ziel, aus ihm herauszubekommen, welche Informationen er an die Chinesen weitergegeben hatte, und ihn nach Möglichkeit umzudrehen. Und weil Joe und Muller schon früher zusammengearbeitet hatten, sei er, so behauptete Joe, gebeten worden, die Operation zu leiten.

»Wie gesagt, ich war mir ziemlich sicher, dass Chan sich in Alison verliebt hat, und zwar *richtig*. Natürlich hat der Kerl nicht geahnt, dass Ali für die CIA arbeitet und er für sie bloß ein Auftrag war. Er hat ihr ihre Tarnung, ihre Arbeit und die Geschäftsreisen, die ihnen das Zusammensein ermöglichten, abgekauft. Gleichzeitig hatte er eine Menge Stress auszuhalten, und schließlich hat er Alison alles erzählt.«

»Und sie hat es an dich weitergeleitet.«

»Genau. Vor ungefähr einem Monat. Chan hat ihr erzählt, dass ein hohes Tier aus dem chinesischen Geheimdienst sich in die Vereinigten Staaten absetzen wollte. Und dass dieser Überläufer umfassende Informationen besitzt, die sogar zum Sturz der chinesischen Regierung führen könnten. Aber was Chan fast in den Wahnsinn getrieben hat, war die Tatsache, dass der Überläufer sein *Vater* war. Chan senior wollte zu seinem Sohn nach Kalifornien ziehen. Er hatte sich gefälschte Papiere auf den Namen Michael Chan besorgt, aber Chan junior machte sich große Sorgen. Er hatte erfahren, dass ein paar chinesischstämmige Amerikaner aus San Francisco seinen Vater ermorden sollten, sobald dieser in den Staaten gelandet war. – Chan hat mit seiner Geliebten darüber gesprochen, verstehst du, Linds? Er hat seine Loyalität gegenüber dem chinesischen Staat infrage gestellt und sich wahnsinnige Sorgen um seinen Vater gemacht. Und er hatte keinen Schimmer, dass Alison diese Informationen an uns weitergeben würde. – Aber Chan hatte ihr noch nicht alles gesagt. Auch nicht, mit welcher Maschine sein Vater einreisen würde. Genau dieses entscheidende Detail wollte Alison ihm an jenem Abend im Four Seasons entlocken. Aber wie du ja weißt, ist alles schiefgelaufen, was schieflaufen kann.«

Meine Gedanken fuhren Achterbahn. Chan senior hatte als Michael Chan in der Maschine mit der Flugnummer WW 888 gesessen. Es war also *sein* Leichnam, der spurlos verschwunden war. Aber noch während diese Erkenntnis sich allmählich in mir festsetzte, fuhr Joe fort.

»Michael Chan ist ermordet worden, Bud und Chrissy auch. Alison ist spurlos verschwunden, und dann passiert das Schlimmste überhaupt: Dieses Passagierflugzeug stürzt ab. Ich bin mir ziemlich sicher, dass die Männer, die von deiner Spezialeinheit in Chinatown erschossen worden sind, den Auftrag hatten, den Verräter zu ermorden. Schließlich war er ein hochrangiger Regierungsbeamter. – Tja, was ist also passiert?« Das war eine rhetorische Frage. »Waren diese Typen übermütig? Waren sie dämlich? Hatten sie ein funkelnagelneues Spielzeug? Ich weiß nicht, wieso sie beschlossen haben, das ganze Flugzeug abzuschießen – dazu noch mit einer gottverdammten Rakete –, aber genau das haben sie getan.«

»Mein Gott. Du glaubst, das war ihre eigene Idee?«, fragte ich.

»Ich glaube schon. Der chinesische Geheimdienst hat

jedenfalls ganz offensichtlich nicht mit so einer Katastrophe gerechnet. Aber sie haben schnell reagiert und die CIA dafür verantwortlich gemacht. Und wir haben uns selbst die Schuld daran gegeben – weil wir nicht rechtzeitig genug informiert waren, um den Anschlag zu verhindern. Unsere Interne Ermittlung musste überprüfen, ob ich etwas damit zu tun gehabt habe. Verständlich, schließlich habe ich die Muller-Chan-Operation geleitet. – Sie haben mich eingesperrt und verhört, *ehrlich* … und darum konnte ich dich nicht anrufen, Linds. Sie haben mich in einer Zelle irgendwo unter der Erde festgehalten. Ich weiß nicht einmal, wo.« Er seufzte tief und ergänzte schließlich: »Ich weiß beim besten Willen nicht, ob das alles bis in jedes Detail so abgelaufen ist. Aber das war im Wesentlichen das, was ich weiß oder wozu ich zumindest eine einigermaßen belastbare Theorie habe. – Die Chinesen haben viele Fehler gemacht. Was das Geheimdienstgewerbe angeht, sind sie die reinsten Amateure. Und vielleicht hat auch Ali Muller Fehler gemacht.«

Ich fragte ihn: »Glaubst du, dass sie Michael Chan ermordet hat?«

88

Joe krallte die Hände um das Lenkrad und jagte den Wagen über den Asphalt. Nachdem er etliche Minuten lang geschwiegen hatte, sagte er: »Das ist eine Frage, die ich mir selbst schon hundertmal gestellt habe. Hat Alison ihn erschossen? Wenn man sich nur die Fakten anschaut, spricht vieles dafür, dass sie beide Seiten bedient hat, die Chinesen ebenso wie uns. Und wenn dem so ist, hat sie das wirklich sehr gut gemacht.«

Ich hatte Joes Worte durchaus verstanden, aber sie hörten sich so unvorstellbar an, dass ich noch einmal nachhaken musste.

»Willst du damit etwa sagen, dass Alison Muller eine *Doppelagentin* ist? Dass sie für uns *und* für die Chinesen spioniert?«

»Das ist reine Spekulation, Lindsay, aber eine ziemlich logische. Wenn sie für den chinesischen Geheimdienst arbeitet, ist sie für die Morde im Four Seasons verantwortlich. Chan hat die Chinesen hintergangen, indem er ihr gegenüber geheime Informationen ausgeplaudert hat. Er war ein Feind und musste daher eliminiert werden. Fast so, als hätten sie ihre Loyalitäten vertauscht. Chan wollte aus dem Zug abspringen, in den Alison gerade erst eingestiegen war.«

»Sie hätte Chan also erschossen, weil er ein Verräter war?«

»Das ist jedenfalls meine Theorie. Sie hat gewusst, dass Chrissy und Bud im Nebenzimmer sitzen und alles filmen. Wenn also Ali tatsächlich die Täterin ist, musste sie zwangsweise auch die beiden ausschalten und ihre Laptops an sich bringen.«

Es kam mir vor, als stünde ich wieder in diesem Hotelzimmer, als würde ich wieder auf die beiden jungen Leute starren, die blutverschmiert und tot auf dem Fußboden lagen, während ihre Laptopkabel immer noch in den Steckdosen steckten.

Joe sagte: »Chrissy und Bud hatten nichts über die Reisepläne des Überläufers erfahren. Ich war auf dem Weg nach oben, um nach ihnen zu sehen, vielleicht sogar, um sie nach Hause zu schicken, aber es hat eine Ewigkeit gedauert, bis der Fahrstuhl gekommen ist. Und dann war die Kabine so voll, dass er praktisch auf jedem Stockwerk angehalten hat.«

Joe fuhr sich mit der Hand übers Gesicht. Offensichtlich erlebte er gerade noch einmal den Moment, als seine Operation in sich zusammengebrochen war.

»Als ich endlich im vierzehnten Stock angekommen bin, war alles vorbei. Die beiden in Zimmer 1418 waren tot. Und Alison hat auf mein Klopfen an der Tür nebenan nicht reagiert. Ich muss sie um Minuten, vielleicht sogar nur um Sekunden verpasst haben. Sonst hätte sie mich vermutlich auch noch erschossen. Erst später habe ich erfahren, dass Chan auch tot war. Wenn ich mit meiner Theorie richtigliege, wollte sie sich endgültig von uns abnabeln und jedes potenzielle Risiko ausschalten.«

»Aber warum sollte sie die Seiten wechseln, Joe?«

Er meinte achselzuckend: »Da kann ich mir ein Dutzend

Gründe vorstellen. Aus Rache, weil sie irgendeinen Groll hegt, vielleicht schon seit Längerem. Oder aber sie hat ein Angebot bekommen, das sie nicht ablehnen konnte. Sie ist auch verrückt genug, sich nur wegen des Nervenkitzels auf so etwas einzulassen.«

»Gut möglich, dass sie auch Shirley Chan erschossen hat«, sagte ich.

»Okay, stimmt. Wenn sie Spuren beseitigen wollte, macht das durchaus Sinn. Für den Fall, dass Chan *sie* an der Nase herumgeführt und alles wiederum seiner Frau erzählt hat. Noch so eine Theorie, bei der einem schlecht werden kann.« Joe hielt inne. Er drehte die Heizung auf, justierte die Ventilatorklappen und nahm einen Schluck aus seiner Wasserflasche.

Mein Kopf dröhnte. Ich versuchte, all die vielen unterschiedlichen Informationen zu verarbeiten. *Falls* Muller wirklich eine Doppelagentin war, fühlte Joe sich für alles verantwortlich, was sie getan hatte. Aber vielleicht war auch Joe gerade dabei, das eine oder andere potenzielle Risiko zu beseitigen.

Großer Gott. Niemand wusste, wo ich war! Legte ich mein Leben gerade in die Hände eines Mannes, den ich kaum kannte? Ich schüttelte den Kopf und versuchte, diesen schrecklichen Gedanken wieder loszuwerden.

»Ich weiß. Es ist unfassbar«, sagte Joe in diesem Moment. »Ich habe bisher noch keine Gelegenheit gehabt, sie zur Rede zu stellen. Vielleicht liege ich ja total falsch.«

»Aber warum ist sie überhaupt bis hier hoch nach Kanada geflüchtet?«, wollte ich wissen.

»Wenn sie tatsächlich zu den Chinesen übergelaufen ist,

ist British Columbia nicht der schlechteste Ausgangspunkt. Aber mehr weiß ich auch nicht.«

Joes Theorie hörte sich durchaus plausibel an. Aber war sie auch *wahr*?

Ich fragte ihn – oder besser, ich platzte heraus: »Joe, willst du Alison Muller eigentlich hinter Gitter bringen oder willst du sie retten?«

»Was glaubst du?«, erwiderte er.

89

Auf dem Wegweiser am Straßenrand stand SQUAMISH.

Das bisschen, was ich über diesen Ort wusste, stammte aus einem Artikel auf den Reiseseiten des *San Francisco Chronicle* vor einigen Jahren. Darin war es um das jährlich stattfindende *Bald Eagle Festival* gegangen. Ich wusste noch, dass der Ort gitterförmig angelegt war und aus zahlreichen Mini-Einkaufszentren und Holzhäusern bestand, die sich in eine herrliche, bewaldete Berglandschaft schmiegten. Baumgesäumte Straßen verbanden die von wilden Gebirgsbächen durchzogenen Wohnviertel, aber im Augenblick interessierten mich die landschaftlichen Schönheiten nur am Rande.

In ganz Squamish brannte kein einziges Licht. Es war stockfinster, und sämtliche Bürgersteige waren hochgeklappt.

Während wir quer durch den Ort fuhren, betrachtete ich Joes Gesicht im Schein der Armaturenbeleuchtung. Wie gerne hätte ich seine Gedanken gelesen, aber nach allem, was er *gesagt* hatte, bildete eine einzige Person den Mittelpunkt dieses ganzen Gewirrs aus Fakten, Vermutungen und gewaltsamen Todesfällen, und diese Person war Alison Muller. Sie war intelligent, manipulativ und, nach meiner Überzeugung, eine Psychopathin durch und durch.

Würde ich sie jetzt endlich mit eigenen Augen zu sehen

bekommen? Was würde passieren? Wenn in drei Stunden die Sonne aufging, wer würde da noch am Leben sein? Würde ich meine Tochter jemals wiedersehen?

Ich musste. Ich musste am Leben bleiben, für Julie.

Joe lenkte den Audi über eine zweispurige, von dicht stehenden schwarzen Nadelbäumen gesäumte Straße. Etwas weiter vorn, auf der rechten Seite, lichtete sich der Wald ein wenig, und Joe schaltete die Scheinwerfer auf Standlicht. Ich erkannte ein Holzschindelhäuschen mit eingesunkenem Dach. Unser schwaches Standlicht spiegelte sich in den Heckleuchten eines Wagens in der Einfahrt.

Joe sagte: »Da ist sie untergeschlüpft.«

Er fuhr weiter. Fünfzig Meter hinter dem Häuschen standen links und rechts am Straßenrand, tief im Schatten, noch zwei Autos: ein metallisch glänzender, japanischer Zweitürer und ein verrosteter Ford-Pick-up.

»Das sind unsere«, sagte er.

Joe tippte auf das Display des Navigationsgeräts, und eine neue Adresse leuchtete auf. Er bog nach rechts ab auf einen Feldweg, und nach einer weiteren Rechtskurve gelangten wir auf eine Hauptverkehrsstraße, die quer durch Brackendale führte. Nach einem knappen Kilometer sahen wir rechts vor uns die Leuchtreklame eines Best-Western-Hotels und dazu ein Schild mit der Aufschrift ZIMMER FREI.

Joe lenkte den Wagen auf die Rückseite des Gebäudes und stellte ihn zwischen zwei anderen Autos direkt vor den Zimmern ab.

Er schaltete den Motor aus und griff nach seinem Handy. »Slade, hier ist Molinari. Ich bin draußen.«

Die Suite befand sich im Erdgeschoss und machte einen

neuen und einigermaßen modernen Eindruck. Drei Männer hockten vor dem Fernseher und sahen sich eine Nachrichtensendung an, allerdings ohne Ton. Sie sahen ganz normal aus, waren durchschnittlich groß und durchschnittlich gebaut. Einer hatte nur noch wenige Haare, ein anderer einen dichten roten Schopf, und der dritte war blass und trug eine Brille. Er sah aus wie jemand, der viel am Schreibtisch saß.

Christopher Knightly, der muskulöse blonde Mann, der mich neulich in meiner Wohnung aufgesucht hatte, stand in der kleinen Einbauküche und machte sich gerade eine Dose Bier auf.

Er war überrascht, mich zu sehen, und das keineswegs positiv.

Joe sagte: »Knightly, du kennst Lindsay ja schon. Und für alle anderen: Das ist meine Frau, Sergeant Lindsay Boxer vom San Francisco Police Department, Mordkommission. Ich habe sie mitgebracht, weil sie mit den Morden im Hotel Four Seasons befasst ist. Sie war persönlich am Tatort. Außerdem hat sie als Ermittlungsleiterin die Razzia in der Stockton Street veranlasst. Also ist das hier irgendwie auch ihr Fall.«

Knightly stellte seine Dose mit lautem Knall auf den Küchentresen. »Mein Gott, Joe, das ist ganz klar gegen die Vorschriften. Nichts für ungut, Sergeant. Aber wir sind hier nicht in San Francisco, und es geht auch nicht um Ihren Mordfall. Muller ist mehr als nur eine Mörderin. Vermutlich ist sie eine Verräterin, die nicht nur uns, sondern das ganze Land hintergangen hat.«

»Chris. Das ist meine Entscheidung«, entgegnete Joe. »Und wenn es schiefgeht, trage ich die Verantwortung.«

Der Mann mit der Brille erhob sich, gab mir die Hand und stellte sich als Agent Fred Munder vor. Der Rothaarige hingegen baute sich vor Joe auf und fauchte: »Ist das dein Ernst? Hier geht es aber nicht bloß um dich. Wir sitzen schließlich auch alle mit im Boot.«

»Find dich damit ab, Geary«, zischte Joe zurück. »Und jetzt zur Sache.«

Ich ging auf die Toilette, und als ich wiederkam, sagte Agent Munder gerade: »Seit drei Stunden ist alles ruhig. Muller ist im Haus. Sieht ganz nach Nachtruhe aus.«

»Sie war schon immer ein bisschen zu selbstsicher«, sagte Knightly. »Schlau, ja, keine Frage. Aber sie ist ziemlich arrogant, und sie hat, wenn ich das sagen darf, auch ganz schön einen an der Waffel, so wie sie ihre Wirkung auf die Männer genießt. Hast du dich eigentlich jemals gefragt, Joe, wieso sie so scharf darauf ist, mit dem Feind ins Bett zu steigen?«

Das war eine Provokation, ganz eindeutig, aber Joe hatte gar keine Chance, die Frage zu beantworten. Knightlys Handy piepste. Er zog es aus seiner Brusttasche und sagte: »Ja?«, hörte ein, zwei Sekunden lang zu und erwiderte: »Verstanden. Bleibt dran.«

Er legte auf. »Muller ist unterwegs. Da muss irgendwas schiefgelaufen sein. Jedenfalls sind jetzt drei Autos Richtung Norden unterwegs, und wir wissen nicht, in welchem sie sitzt. Hat sie womöglich einen Tipp bekommen? Wen hat sie dieses Mal wieder angezapft?«

Knightly starrte Joe an, und weil ich direkt neben Joe stand, starrte er auch *mich* an.

90

Im Verlauf einer kurzen, stichwortartigen Diskussion zwischen Joe und den anderen Männern des Teams wurden Routen und Zeitpläne abgesteckt. Anschließend leerte sich das Motelzimmer. Knightly fuhr als Erster los, zusammen mit einem Partner. Munder und sein Begleiter nahmen den zweiten Wagen, und Joe und ich folgten den anderen auf den Sea-to-Sky-Highway.

Ich konnte mir gut vorstellen, dass es bei Tag eine wunderschöne Strecke war, aber jetzt lag die leere, zweispurige Straße unbeleuchtet vor uns, und die undurchdringlichen Wälder zu unserer Linken wirkten ebenso bedrohlich wie die steilen, baumbestandenen, rund dreißig Meter hohen Klippen zu unserer Rechten.

Joes Handy steckte in einer Halterung an den Lüftungsschlitzen, und er war im ständigen Austausch mit Knightly. Dieser stand außerdem im Kontakt mit den beiden anderen CIA-Fahrzeugen – dem Pick-up und der Limousine, die Mullers Konvoi verfolgten, seitdem sie ihre Unterkunft verlassen hatte.

Dann erfuhren wir, dass die drei Fahrzeuge sich getrennt hatten. Knightlys Stimme drang knisternd aus dem Lautsprecher.

»Die haben uns bemerkt, verdammte Scheiße noch mal.

Und wir wissen nicht, in welchem von diesen verdammten Autos sie sitzt.«

Neue Pläne wurden gesponnen, und schließlich teilte Knightly Joe mit, dass unser Team sich ebenfalls auf unterschiedliche Routen aufteilen sollte. Vielleicht gab es so noch eine Chance, Alison Muller aufzuspüren.

Joe gab ein paar Koordinaten in das Navi ein und trat aufs Gas. Der Wagen machte einen Satz nach vorn, und Joe lenkte ihn souverän um die engen Kurven, jagte mit hundertzwanzig Stundenkilometern durch Dunkelheit und düstere Schatten.

Ich war, um ehrlich zu sein, fast wahnsinnig vor Angst und starrte immer wieder auf die zuckende Tachonadel, während wir mitten durch die Wildnis brausten. Joe hatte fast schon die Hundertvierziger-Marke erreicht, als unsere Scheinwerfer über einen Wegweiser zum Skigebiet am Whistler Mountain huschten.

Joe sagte zu Knightly: »Wir passieren jetzt Whistler. Sind unterwegs zu dem Flugfeld in Pemberton.«

Nach einigem Hin und Her sagte Knightly: »Ich habe die Royal Canadian Mounted Police informiert. Wenn wir sie nicht vorher erwischen, treffen wir uns am Flugfeld.«

Joe verlangsamte die Fahrt auf ungefähr hundertzehn Stundenkilometer. Bei der nächsten Kreuzung riss er das Steuer nach rechts, war aber etwas zu schnell, sodass der Wagen auf der leeren Straße kurz ins Schlingern geriet. Nachdem alle vier Räder wieder festen Bodenkontakt hatten, beschleunigte er Richtung Osten. Die Sterne sowie ein silberner Halbmond ließen die Bäume am Straßenrand zu gespenstischen Schatten werden und entlockten dem Lillooet River ein sanftes Schimmern.

Joe warf einen Blick auf das Navi und sagte: »Festhalten!« Anschließend zwang er den Wagen viel zu schnell in die Abzweigung zum Flugplatz.

Ich hielt mich fest, aber die Räder des Audi kollidierten mit einer Bodenwelle. Das Lenkrad ruckte, und der Wagen wurde erst auf die eine, dann auf die andere Seite geschleudert. Gut möglich, dass ich ein lautes Kreischen ausstieß.

Knightly meldete sich und sagte: »Wir haben sie verloren.«

Kaum hatte er das Wort *verloren* ausgesprochen, gab der Lautsprecher nur noch heiseres Krächzen und Rauschen von sich.

Joe brüllte: »Knightly! *Knightly*, kannst du mich hören?«

Nein, konnte er nicht. Wir hatten die Verbindung zu unserem Führungsfahrzeug verloren und keine Ahnung, wo um alles in der Welt Alison Muller jetzt sein mochte.

»Na, das läuft ja wie am Schnürchen«, sagte Joe.

Da kam direkt vor uns die nächste Biegung in Sicht. Joe war viel zu schnell, sodass unsere Reifen auf dem Schotter ins Rutschen kamen. Der Wagen neigte sich immer weiter auf eine Seite, bis die Reifen, nach einem endlos dauernden Augenblick, wieder Grip bekamen und wir unter dem weiten, metallisch-grauen Himmel weiter vorwärtsschossen.

91

Das Küstengebirge, das bislang eine undurchdringliche, bewaldete Mauer zu unserer Rechten gebildet hatte, lag nun direkt vor uns. Davor befand sich eine flache, rechteckige Wiese, ungefähr so groß wie fünf nebeneinanderliegende Fußballfelder, die von einer vielleicht drei Meter breiten Fahrspur in zwei Teile geschnitten wurde.

Wir fuhren den unbefestigten Weg entlang, und plötzlich erfassten unsere Scheinwerfer ein paar kreuz und quer abgestellte, leichte Aluminiumanhänger, speziell für den Transport von Segelflugzeugen. Ich starrte in die Dunkelheit. Dort, am hinteren, rechten Ende der Fahrspur, war schemenhaft ein kleiner Hangar zu erkennen. Auf der rechten Seite des Hangars standen mehrere Fahrzeuge. Ihre Scheinwerfer beleuchteten zwei kleine Flugzeuge auf einer Landebahn. Die Landebahn schien schräg zum Hangar in Ost-West-Richtung zu verlaufen, parallel zu den Bergen.

Joe nahm den Fuß vom Gas und fuhr nur noch im Schritttempo weiter.

»Das muss sie sein«, sagte er. »Probier mal, ob du Knightly irgendwie erreichen kannst.«

Ich drückte auf die Wahlwiederholung, aber wie zuvor war nur Rauschen zu hören.

Ich legte auf und versuchte es noch einmal.

Als ich Knightlys abgehackte Stimme hörte, rief ich: »Wir sind am *Flugplatz*. Sie sind *hier*!«

Nur Knacken drang durch den Lautsprecher.

»Ich kann Sie nicht verstehen. Bitte wiederholen«, sagte ich, aber die Verbindung war schon wieder zusammengebrochen.

Joe murmelte: »So war das alles eigentlich nicht geplant.«

Soweit ich wusste, hatten sie ursprünglich vorgehabt, Mullers Unterkunft zu umstellen, sie nach draußen zu locken und festzunehmen. Aber so, wie sich die Situation entwickelt hatte, konnte wirklich *alles* passieren.

Joe verlangsamte unsere Fahrt noch mehr, und wir sahen eine Handvoll Menschen aus den Autos neben dem Hangar steigen. Einen Augenblick lang standen sie im Schein unserer Scheinwerfer regungslos da: vier asiatische Männer, ein weißer Hüne und eine Frau. Das musste Alison Muller sein. Sie und der Hüne rannten zu einem der Flugzeuge, eine De Havilland Beaver, so wie es aussah. Dieser Typ gilt, soweit ich weiß, als robustes Buschflugzeug.

Gleichzeitig eröffneten die vier Asiaten, die mittlerweile hinter den Autos in Deckung gegangen waren, das Feuer.

Joe gab Gas, riss das Steuer nach links und trat gleich darauf auf die Bremse, sodass der Audi ein ganzes Stück über den Rasen schlitterte, bevor er zwischen den Anhängern zum Stehen kam. Ich hatte meine Neun-Millimeter-Glock schon in der Hand, eine zuverlässige, solide Dienstwaffe, aber nichts im Vergleich zu den vollautomatischen Maschinenpistolen, die die Aluminiumhüllen der Anhänger mit einem wahren Kugelgewitter durchlöcherten.

Sich umzudrehen und wegzulaufen wäre riskanter gewesen, als den Kampf aufzunehmen. Ich bin eine gute Schützin, auch unter Druck.

Ich war bereit.

92

Ich fühlte mich – gegen alle Vernunft – unverwundbar.

Aber selbst in diesem Augenblick war mir klar, dass das, was sich wie Mut anfühlte, in Wirklichkeit ein Adrenalinschub war, befeuert durch die akute Gefahr, aber auch durch die Angst, Verwirrung und Wut, die sich im Lauf der letzten Wochen in mir angestaut hatten.

»*Bleib im Wagen!*«, brüllte Joe.

Doch dafür war es bereits zu spät. Ich hatte die geladene Pistole in der Hand und stand mit beiden Beinen auf der Erde. Jetzt kauerte ich mich hinter einen Anhänger, das einzige Hindernis zwischen mir und den Leuten, die uns mit ihren automatischen Waffen unter Beschuss genommen hatten.

Nicht dass ich so etwas wie Todessehnsucht verspürte. Ich rechnete nur nicht damit, in nächster Zeit zu sterben. Ich rationalisierte das Geschehen. Wir waren gut dreißig Meter von unseren Gegnern entfernt. Und alle ballerten blind in die Dunkelheit.

»Unsere Chancen stehen ziemlich schlecht«, befand Joe.

Damit sprang auch er aus dem Wagen und kauerte sich ans hintere Ende des Anhängers, dessen vorderes Ende mir als Deckung diente. Wir zielten, schossen und luden nach.

In einer kurzen Feuerpause rief Joe: »Alison, gib auf! Die

Polizei ist unterwegs. Es ist doch nicht notwendig, dass noch mehr Menschen sterben. Wirf die Waffe weg!«

Muller lachte. Es klang sehr reizvoll, kehlig und fröhlich zugleich.

»Du bist ein richtiger Scherzkeks«, rief sie zurück.

Ich sah ihre blonden Haare aufblitzen, als sie hinter einem Auto hervorsprang. Dicht gefolgt von ihrem Leibwächter rannte sie auf die geöffnete Luke des nächststehenden Flugzeugs zu. Auch wenn meine Aufmerksamkeit hauptsächlich auf Muller gerichtet war, machte mich irgendetwas an ihrem Leibwächter stutzig. Er kam mir irgendwie bekannt vor, aber ich wusste nicht, woher.

Und jetzt hatte ich keine Zeit, darüber nachzudenken. Wir mussten verhindern, dass Muller dieses Flugzeug besteigen konnte.

Joe jagte eine Kugel nach der anderen in den immer schmaler werdenden Zwischenraum zwischen Muller und dem Flugzeug, und ihr Leibwächter zerrte sie hinter einem Auto in Deckung. Joe brüllte: »Du machst einen Fehler, Alison!«

Da tauchte die Hautfigur in diesem endlos langen Albtraum über der Kante des Autos auf und deckte die Reihe der Anhänger mit einer langen Salve ab, erst nach links, dann wieder nach rechts.

Danach schwiegen die Waffen für einen Sekundenbruchteil, was Muller und der muskulöse Kerl für einen weiteren Versuch nutzten, das Flugzeug zu erreichen. Ich sah sie, zielte, verfolgte sie mit meiner Mündung und drückte ab.

Muller zuckte, fuchtelte mit den Armen – und fiel zu Boden.

Der Leibwächter rief ihren Namen und beugte sich über sie, versuchte verzweifelt, ihr aufzuhelfen. Doch sie stemmte sich schon auf die Knie, schüttelte ihn ab und kam mühsam auf die Füße.

Ich hatte ihr in den Rücken geschossen. Ohne Schutzweste hätte sie das nicht überlebt, und selbst mit Weste hatte sie, wenn man den Winkel berücksichtigte, eine Menge Glück gehabt.

In gewisser Weise war ich erleichtert, dass ich sie nicht erschossen hatte.

Ich wollte mit ihr reden, und ich wollte, dass sie ins Gefängnis wanderte. Aber im Augenblick war Alison Muller bewaffnet und auf der Flucht, und jetzt kamen schon wieder Kugeln aus ihrer Richtung auf uns zu.

93

Ich sah vier Scheinwerferpaare über den Feldweg in Richtung Hangar hüpfen, während Joe gerade seine Pistole nachlud. Die Autos fuhren an uns vorbei und bildeten knapp fünfundzwanzig Meter vom Hangar und Mullers Mannschaft entfernt einen Halbkreis. Ich hörte, wie Knightly sie mit lauter Stimme noch einmal aufforderte, die Waffen fallen zu lassen. Er hatte jede Menge Feuerkraft im Rücken.

Jetzt trat Alison Muller mit erhobenen Händen zwischen zwei Fahrzeugen nach vorn.

»Nicht schießen! Ich bin *unbewaffnet*!«, rief sie.

Sie wollte sich offensichtlich ergeben und ging den Scheinwerfern entgegen, mit dem Leibwächter an ihrer Seite. Da hob einer der Asiaten, die mit ihr gekämpft hatten, seine Waffe und richtete sie … auf *sie*. Der Leibwächter stieß einen lauten Schrei aus, stieß sie beiseite und warf sich gleichzeitig in die Schussbahn. Sie stürzten beide zu Boden.

In diesem Augenblick wurde mir schlagartig klar, woher ich den Leibwächter kannte. Aber mir blieb keine Zeit, um diese Erkenntnis zu verarbeiten, weil der Mann, der auf Muller geschossen und sie verfehlt hatte, sie erneut ins Visier nahm.

Doch bevor er ein zweites Mal abdrücken konnte, traf ihn ein Schuss aus Knightlys Waffe, und er sackte zu Boden. Gleichzeitig sprang Muller wieder auf.

Sie sah Joe und rief: »Joe! Joe! Nicht schießen!«

Sie lief ihm entgegen, und er ließ die Waffe sinken.

Erst jetzt wurde mir das Knattern der beiden Hubschrauber bewusst, die sich im Tiefflug von der Bergkette her näherten und über die Wiese in Richtung Hangar flogen. Ihre Scheinwerfer beleuchteten das unter ihnen liegende Flugfeld.

Das war die Royal Canadian Mounted Police. Das Blatt hatte sich entscheidend zu unseren Gunsten gewendet. Erleichtert sah ich, wie der eine Hubschrauber sich vor die De Havilland setzte und ihren Weg zur Startbahn blockierte. Anschließend landete unter lautem Getöse auch der zweite Hubschrauber und setzte die Cessna schachmatt.

Der Lärm war ohrenbetäubend, und die Rotoren lösten einen kleinen Sandsturm aus. Ich wandte mich ab, und als ich die Augen wieder aufschlug, sah ich, dass Joe und Alison in einer bemerkenswerten Pose erstarrt waren.

Ich hatte nicht gehört, was Joe zu ihr gesagt hatte, aber Muller hatte die Botschaft offensichtlich verstanden. Er zielte mit seiner Waffe direkt auf ihr Gesicht. Und Alison Muller stand, während die blonden Haare ihr übers Gesicht wehten, regungslos und mit erhobenen Händen vor ihm.

94

Die Morgendämmerung tauchte die ganze Szenerie in ein schimmerndes Licht, das jedem Hollywoodfilm Ehre gemacht hätte. Flugzeug- und Hubschrauberpiloten stiegen aus ihren Maschinen. Munder und Knightly nahmen die drei verbliebenen Männer in Gewahrsam und hatten den toten Leibwächter dabei immer im Blick.

Ich beobachtete Joe. Er sagte zu Alison Muller: »Es ist vorbei, Alison. Umdrehen und Hände auf den Rücken.«

Sie sah Joe an. »Wie kannst du mir das antun? Wie, in Gottes Namen, kannst du mich nur so demütigen?«

Ich stand nur drei Meter von Ali Muller entfernt, und obwohl sie im allerletzten Moment an der endgültigen Flucht gehindert und dazu noch von ihren eigenen Leuten unter Beschuss genommen worden war, machte sie einen sehr gefassten Eindruck. Wenn ihre Miene überhaupt so etwas wie Betroffenheit ausdrückte, waren es verletzte Gefühle. Und so, wie sie Joe ansah, hatte ich den Eindruck, als würde sie ihre Festnahme persönlich nehmen.

Sie sagte: »Soll das ein Witz sein, Joseph? Glaubst du etwa, ich weiß nicht, was du da tust und weshalb?«

Joseph?

Sein Lächeln war eine Grimasse. Er band ihr die Handgelenke mit Plastikfesseln auf den Rücken und packte sie anschließend am Oberarm. Sie wollte sich wegdrehen, aber nur halbherzig. Dabei sah sie ihn ununterbrochen an, und zwar – ein anderes Wort fällt mir beim besten Willen nicht ein – mit bewundernden Blicken. Ich folgte ihnen über die Wiese und zwischen den Anhängern hindurch bis zu unserem zerschossenen Audi.

Und ich hörte, wie Muller versuchte zu argumentieren.

»Joseph, hast du die Wahrheit denn völlig aus dem Blick verloren? Ich arbeite nach wie vor für dich. Kapierst du das nicht? Das war doch Teil unseres Plans.«

»Welches Plans? Du hast das Land verlassen. Du wolltest dich absetzen. Du bist eine Verräterin, Ali. Wir werden noch genügend Zeit haben, um das alles in Ruhe zu besprechen, aber nicht jetzt.«

»Ich? Eine *Verräterin*? Du hast doch gewusst, dass ich für uns arbeiten würde, sobald ich in China bin. Das habe ich dir gesagt. Hast du das denn nicht verstanden? Hast du nicht aufgepasst?«

Joe schnaubte, aber sein Gesicht – oder zumindest das, was ich davon erkennen konnte – war düster.

Alison ließ nicht locker, sondern legte sich mächtig ins Zeug. Wollte sie Joe nur bearbeiten, damit er ihr ein Alibi verschaffte? Oder sagte sie die Wahrheit? Woher sollte ich das wissen?

»Du hast gesagt, dass du mich liebst«, sagte sie. »Und jetzt? Was jetzt? Liebst du mich nicht mehr?«

Joe *liebte* sie? Diese Worte bereiteten mir mehr Schmerzen als die Schläge, die ich auf der Lake Street hatte einstecken müssen. Viel mehr. Unter lautem Knarren öffnete Joe die linke hintere Tür des Audi. Er legte Muller eine Hand auf den Kopf, schob sie auf die Rückbank, knallte die Tür kräftig ins Schloss und hielt mir die Fahrertür auf.

»Ich muss mit Knightly sprechen«, sagte er durch das geöffnete Fenster. »Dauert höchstens zehn Minuten. Pass gut auf sie auf, Lindsay. Und glaub kein Wort von dem, was sie sagt. Sie hat einen Doktortitel in Lügen und Betrügen.«

Muller rief: »*Joseph!* Joseph, lass mich nicht mit ihr allein. Sie hat auf mich geschossen.« Es klang wirklich beinahe panisch. »Sie wird mich umbringen. Willst du das etwa?«

Joe streckte die Hand ins Wageninnere und verriegelte die Türen. »Lindsay, du lässt die Finger von der Waffe, es sei denn, es muss sein. Aber wenn es wirklich sein muss, schieß! Lass sie *auf keinen Fall* entkommen.«

»Verstanden.«

Wollte er, dass ich sie erschieße?

Würde das vielleicht eine Menge *seiner* Probleme lösen?

Nun, ich hatte meinen eigenen Plan.

Draußen auf dem rötlich schimmernden Flugfeld sprach Knightly gerade mit den Hubschrauberpiloten der RCMP. Joe sagte auch ein paar Worte und machte sich anschließend auf den Weg zum Hangar, wo die anderen Agenten gerade die überlebenden Männer in verschiedene Fahrzeuge verfrachteten.

Ich war ganz allein mit Alison Muller, dieser modernen Mata Hari, die mein Herz erst zertrümmert, dann zertreten und schließlich in Brand gesetzt hatte. Oh ja, der Schmerz machte mich fast wahnsinnig, aber das alles musste ich jetzt beiseiteschieben.

Wenn die Stadt San Francisco jemals die Chance bekommen sollte, Muller wegen der Morde im Four Seasons anzuklagen, musste ich sie dazu bringen, mit mir zu reden. Ich durfte nicht zulassen, dass meine verletzten Gefühle einem ordentlichen Verfahren im Weg standen.

Diese Begegnung mit Alison Muller war der Grund, weshalb ich hier war.

Ich lehnte mich an die Fahrertür, streckte die Beine aus und wandte mich der Venusfallen-Schönheit zu. Ich zeigte ihr meine Pistole.

»Ich bin Lindsay«, sagte ich. »Joe ist mein Ehemann.«

95

Muller drückte sich auf der Rückbank in die entgegengesetzte Ecke und stemmte ihre Stiefelsohlen gegen die Lehne des Fahrersitzes, machte es sich so bequem, wie es mit hinter dem Rücken gefesselten Händen nur möglich war.

Ich streckte die Hand aus und bekam Joes Handy zu fassen, das immer noch in der Halterung vor den Heizungsschlitzen klemmte, so, dass Ali es nicht sehen konnte. Ich schaltete es ein und drückte auf die Aufnahmetaste.

Und dann sah ich sie an.

Ich ließ mir Zeit und betrachtete eingehend ihre außergewöhnlichen, beinahe hypnotisierenden Züge: die wunderbar zarte Haut, die glänzenden blonden Haare mit den charakteristischen Stirnfransen. Ihre großen Augen, die im Moment fast nur aus Pupillen zu bestehen schienen. Ganz egal, wie selbstbewusst sie sich mit ihren hochgelegten Beinen auch gab, sie war gerade eben mit knapper Not dem Tod entgangen, und das spürte sie auch.

»Du bist also seine Frau, hmm?«, sagte sie.

»Das stimmt. Und außerdem bin ich Polizeibeamtin. San Francisco Police Department. Nur, damit Sie Bescheid wissen, Sie müssen nichts sagen, aber alles, was Sie sagen, kann vor Gericht gegen Sie verwendet werden. Haben Sie das verstanden?«

Ihr fröhliches Gelächter schallte durch den Wagen, bevor sie sagte: »Du kannst mir gar nichts, Schätzchen. Ich bin in der Obhut der Bundespolizei, und die übersticht das SFPD jederzeit und überall. Hast du eigentlich überhaupt eine Ahnung, wer ich bin? Und hast du eine Ahnung, wer dein Mann ist? Gib dir keine Mühe. Keinen Schimmer hast du. Du kennst Joe nicht einmal ansatzweise.«

»Da könnten Sie recht haben«, sagte ich und bemühte mich nach Kräften, die Freundlichkeit und Engelsgeduld eines Rich Conklin an den Tag zu legen. »Also, warum klären Sie mich nicht auf?«

»Was willst du wissen?«, sagte sie. »Vermutlich hast du allerhand Fragen über Joe. Zum Beispiel, wie nahe wir uns eigentlich stehen? Oder wie oft wir uns sehen? Wie eng unser Verhältnis ist, nachdem wir einander seit fünfundzwanzig Jahren kennen? Wie gut wir im Bett harmonieren? Ja, ich wette, das würdest du alles sehr gerne wissen, aber warum fragst du nicht lieber deinen Mann? Und wenn du wirklich die Wahrheit erfahren willst, viel Glück, Lindsay. Weißt du, was die beiden wichtigsten Eigenschaften eines CIA-Agenten sind? Er muss ein begnadeter Lügner sein. Und absolut herzlos.«

Auch ich hatte immer noch eine Menge Adrenalin im Blut. Mein Kampf-oder-Flucht-Instinkt hatte meinen Puls schon wieder auf hundertachtzig gebracht, und meine linke Hand hatte sich unwillkürlich zur Faust geballt. Am liebsten hätte ich mich nach hinten gebeugt und Alison Muller das Maul poliert. Aber gleichzeitig verspürte ich den dringenden Wunsch, aus dem Wagen zu steigen und schreiend in die Berge laufen.

Von alledem ließ ich mir nichts anmerken. Es war die Schauspielleistung meines Lebens.

»Ehrlich gesagt möchte ich vor allem wissen, wie Sie es geschafft haben, die Leute im Hotel Four Seasons zu ermorden. Ich kann mir beim besten Willen nicht erklären, wie Sie da noch entkommen sind.«

»Hmmm. Damit habe ich nichts zu tun.«

»Ach, nun tun Sie mir doch den Gefallen. Ganz hypothetisch, einverstanden?«

»Na klar, Lindsay. Hypothetisch und tatsächlich habe ich nichts mit alledem zu tun. Ich habe auf dem Bett gelegen und mich vögeln lassen, als plötzlich ein maskierter Mann im Zimmer auftaucht und meinen Freund erschießt. Ich habe mich im Badezimmer eingeschlossen, und als der Kerl wieder weg war, habe ich mich angezogen und das Zimmer verlassen. Danach habe ich beschlossen, die Vereinigten Staaten zu verlassen und meine Arbeit für die Agency als angebliche Überläuferin fortzusetzen, um meinem Land auch von China aus weiter zu dienen. Unter großen persönlichen Opfern, wie ich hinzufügen möchte. Ich wäre bereit gewesen, meine Familie zu verlassen und, ach ja, auch deinen Ehemann, meinen Geliebten, der außerdem noch der tollste Mann der Welt ist. War es das, was du hören wolltest?«

»Donnerwetter, Sie sind gut.«

»Danke. Kann ich vielleicht eine Zigarette haben?«

»Mal sehen, was ich für Sie tun kann. Aber vorerst …«

»Ach, du Scheiße.«

»Was ich ehrlich bewundere, ist die Tatsache, dass während Sie sich … äh … haben vögeln lassen, das gesamte WLAN-Netz zusammengebrochen ist. In Ihrem Zimmer, im

Zimmer nebenan, in den öffentlichen Bereichen des Hotels … aber nicht in der Market Street, wo ein FBI-Mitarbeiter Sie und Chan und Bud und Chrissy und alles, was in diesen Zimmern geschehen ist, aufgenommen hat.«

Ich beobachtete sie aufmerksam. Ihre Miene blieb beherrscht, aber in ihren Augen war ein leises, alarmiertes Flackern zu erkennen.

»Was?«, fragte sie.

»Nun konzentrieren Sie sich mal ein bisschen, Alison. Ein FBI-Mitarbeiter hat Sie seit Wochen beschattet und hat auch Ihr außerordentlich genussvolles Stelldichein in Zimmer 1420 per Kamera begleitet. Von seinem Auto aus. Er hat die ganze Leidenschaft und die Tragödie zwischen Renata und dem Käse-Prinzen auf Video gebannt. Jeden einzelnen Moment. Ich kann den ganzen Nachmittag für Sie nachspielen. Sagen Sie einfach Bescheid, falls ich irgendetwas falsch mache, ja?«

Ich hatte sie erschüttert, sie überrumpelt und mehr als nur den Hauch eines Zweifels in ihren düsteren Hirnwindungen gesät. Sie wusste ja nicht, dass der FBI-Mitarbeiter das Videosignal auch verloren hatte, und dass uns von Chan und Muller im Anschluss an ihre lustvolle Begegnung nur Rauschen und Störsignale geblieben waren.

Ich war vielleicht keine so ausgebuffte Lügnerin wie sie, aber ich tänzelte leicht wie eine Feder um sie herum, schickte ab und zu eine Gerade in ihre Deckung und blieb bei meiner Geschichte.

Wir befanden uns noch immer in den ersten Runden, und im Vergleich zu mir war sie ein Schwergewicht. Aber ich war wild entschlossen, diesen Kampf zu gewinnen.

96

Ich hoffte inständig, dass Joes Handy aufgeladen war und jedes Wort aufzeichnete, aber ich wagte nicht hinzuschauen. Ich blinzelte nicht einmal. Und ich hatte Alisons Aufmerksamkeit. Genau das wollte ich, und mehr.

»An diesem Punkt wird es für mich erst so richtig interessant, Alison«, sagte ich nun. »Können Sie sich vorstellen, was ich meine?«

»Also, eigentlich nicht. Und du besorgst mir auch keine Zigarette, oder?«

»Noch nicht. Also, wie gesagt, dieser Punkt fasziniert mich besonders. Michael Chan hat nicht gewusst, *wann* genau sein Vater aus China hier eintreffen würde …«

Ihre Augenbrauen zuckten nach oben. Ich machte weiter.

»Aber Ihr *Partner* bei dieser Operation hat Sie und Chan mithilfe der Kameras in Zimmer 1420 belauscht, genau so, wie er Bud und Chrissy im Nebenzimmer belauscht hat.«

»Wahrscheinlich nur in deiner völlig überhitzten Fantasie.«

»Ihr Partner hat gehört, wie Joe zu Bud sagt, dass er gleich nach oben kommt, und hat daraufhin das WLAN-Netz lahmgelegt – etwas, wozu nur der Chef der Sicherheitsabteilung des Hotels in der Lage gewesen wäre.«

Alisons Miene war starr geworden.

»Ganz hübsche Geschichte, aber leider totaler Schwachsinn.«

»Ich kenne ihn, Alison. Ich habe fast anderthalb Tage mit Liam Dugan zugebracht und mir Videos vom Foyer, dem Flur und den Fahrstühlen angeschaut. Er hat gesagt, dass es ihm ein Rätsel sei, wie und wieso das Internet so plötzlich zusammengebrochen sei, aber was will man machen, stimmt's?«

Meine rechte Hand war schweißnass, darum nahm ich meine Pistole kurz in die linke und trocknete die andere an meiner Jeans ab. Muller beobachtete mich wie eine Katze, die auf dem Fenstersims einen Vogel entdeckt hat. Ich redete weiter.

»Ganz ehrlich, Alison, ohne Scheiß: Das habe ich erst vor einer halben Stunde begriffen, in dem Moment, als Dugan erschossen worden ist. Da draußen. Er hat sich eine Kugel eingefangen, die eigentlich für Sie gedacht war.«

»Lindsay, du leidest an Halluzinationen.«

»Tatsächlich? Ich habe doch gesagt, dass ich Ihnen die ganze Geschichte erzählen will, und ich bin immer noch nicht fertig. Zurück zum Hotel. Liam Dugan sitzt also vor den Überwachungsmonitoren. Er hört Joe sagen, dass er hoch ins Zimmer 1418 kommen will, schaltet das WLAN aus, legt vielleicht auch noch einen Fahrstuhl still, um ein bisschen Zeit zu gewinnen. Daraufhin fährt er mit dem Lastenaufzug in den vierzehnten Stock und ermordet das Zimmermädchen, eine potenzielle Zeugin. Ihren Leichnam verstaut er in der Servicekammer. Anschließend schnappt er sich den Rollwagen und klopft an die Tür zu Zimmer 1420. Vielleicht ruft er noch »Hausmeister« oder so etwas und öffnet anschließend die Tür mit der Schlüsselkarte des Zimmermädchens. Chan geht ihm entgegen, und Dugan schießt ihm zweimal ins Gesicht und einmal in die Brust, um ganz sicherzugehen. Dann sagt er zu Ihnen: ›Zieh dich an, Alison. Beeilung.‹«

»Sehr unterhaltsam, wirklich, aber reine Fantasie …«

»Sie ziehen sich an, steigen über Michael Chans Leichnam und bitten Dugan, die Tür zum Nachbarzimmer zu öffnen. Wieder nimmt er die Schlüsselkarte des toten Zimmermädchens, die ja im Sicherheitssystem registriert ist. Das war ein kluger Schachzug.«

»Brillant, würde ich sagen.«

»Sehr richtig«, erwiderte ich. »Sie betreten also Zimmer 1418, und die beiden Techniker sehen Sie verdutzt an. *Was ist denn jetzt los?* Gerade eben haben die beiden noch zugesehen, wie Sie sich mit Michael Chan im Bett vergnügt haben, und warten auf Joe – und plötzlich bricht das WLAN zusammen, und Sie stehen mit einer Pistole in der Hand in ihrem Zimmer. – Alison, Sie haben diese beiden unbewaffneten jungen Menschen erschossen, und Dugan hat Sie unbemerkt aus dem Hotel geschafft, höchstwahrscheinlich über die Feuertreppe. Anschließend ruft er die Polizei an und sagt, dass im vierzehnten Stockwerk Schüsse gehört worden seien. – Das WLAN funktioniert wieder, und ich könnte wetten, dass er nicht einmal außer Atem war, als er meinen Kollegen und mir den Tatort gezeigt hat. Sehr kaltschnäuzig, dieser Typ. Ich kann verstehen, was Sie an ihm gereizt hat. Darum jetzt folgende Frage, Alison …«

Sie erwiderte: »Wo steckt eigentlich Joseph, verdammt noch mal? Oh, du weißt doch noch, dass ich für eine Bundesbehörde arbeite, oder?«

»Selbstverständlich. Ich kann Ihnen nichts anhaben. Aber hier kommt meine Frage: Warum hat Dugan das alles für Sie getan? Warum war er bereit, für Sie zu töten? Und warum hat er sich für Sie geopfert?«

»Das ist deine Geschichte, nicht meine«, sagte Alison Muller und stieß kräftig den Atem aus, so, als wäre es Rauch.

»Tja, hören Sie sich nun mal meine Theorie an. Er war zu alledem bereit, weil er in Sie verknallt war. Sie sind eine Femme fatale von Weltformat, da dürfte er, der Ex-Bulle und jetzige Sicherheitschef, Sie nicht vor allzu große Probleme gestellt haben. Sie waren mehr, als er jemals zu träumen gewagt hätte. Und – ich gestehe, dass das rein hypothetisch ist – ich glaube, dass Sie Dugan versprochen haben, sich mit ihm in die Volksrepublik China abzusetzen, um dort ein aufregendes, gemeinsames Leben zu beginnen. Kommt das einigermaßen hin, Alison?«

Sie starrte an mir vorbei durch die Windschutzscheibe und überlegte.

Ich wusste es. Ich lag nicht nur einigermaßen richtig, nein, ich hatte den Nagel auf den Kopf getroffen.

»Hör zu«, sagte sie. »Ich werde wohl für eine Weile von der Bildfläche verschwinden. Kannst du meinen Töchtern ausrichten, dass es mir gut geht? Dass ich sie liebe. Es gibt da ein paar Dinge, die ich ihnen geben möchte, und ich muss auch Khalid noch das eine oder andere sagen.«

Mir war klar, was sie damit ausdrücken wollte. Sie wusste nicht, wann sie ihre Familie wiedersehen würde. Ob überhaupt.

»Sehr gerne. Unter einer Bedingung: Sagen Sie mir, ob Sie Shirley Chan getötet haben oder nicht.«

Alison seufzte, schüttelte den Kopf und sagte: »So ein mieses Biest.« Damit war ich gemeint.

»Okay«, fuhr sie nun fort. »Ich wusste nicht, ob Michael ihr von mir erzählt hatte. Sie war schlau, und sie hätte womöglich andere Leute gegen mich aufgehetzt. Also bin ich zu ihr gefahren und habe sie umgelegt. Okay? Ich hab sie umgebracht. Und jetzt halt verdammt noch mal die Klappe. Ich ertrage deine Stimme nicht länger.«

»Danke, gleichfalls, Schätzchen. Leute wie Sie machen mich krank.«

Ich nahm das Handy aus der Halterung, zeigte Alison das Mikrofon-Symbol auf dem Display, spulte ein kleines Stück zurück und hörte mich sagen: »Leute wie Sie machen mich krank.« Ich sah sie an. »Die Aufnahme läuft. Also bitte, die Nachricht an Ihre Kinder.«

Während Sie zu ihren Töchtern sprach, dachte ich: *Hab ich dich.* Shirley Chans Tod war kein staatlich verfügtes Attentat gewesen. Muller selbst hatte die Ermordung einer Mutter zweier kleiner Kinder beschlossen, als ganz persönliche Schutzmaßnahme.

Falls die CIA sich irgendwann entschließen sollte, nicht mehr länger ihre schützende Hand über Alison Muller zu halten, konnten wir diese Frau wegen des Mordes an Shirley Chan festnehmen und für eine möglichst solide Anklageschrift sorgen. Ein Geständnis war da schon ein vielversprechender Anfang.

Nachdem Muller fertig war, drückte ich auf STOPP und sagte: »Das wär's dann wohl.«

Sie lächelte – eine kleine Anerkennung für mein Vorgehen. Und plötzlich fing sie an zu lachen. Mann, das war ansteckend. Ich lachte auch, aber eher aus Erleichterung und Hysterie denn aus Belustigung. Trotzdem kicherten und gackerten wir beide wie zwei Schulkinder.

Wobei ich, genau genommen, zuletzt lachte.

Und natürlich auch am besten.

97

Chris Knightly streckte sein Gesicht zum offenen Seitenfenster herein.

»Na, Mädels, amüsiert ihr euch?«, fragte er.

Ich konnte diesen Typen nicht leiden, aber scheiß drauf. Ich hatte alles, was ich haben wollte. Knightly entriegelte die Schlösser und machte die knarrende hintere Tür auf. »Ich helfe dir raus, Ali. Pass auf, dass du dir nicht den Kopf stößt.«

Joe öffnete die Fahrertür, und während Knightly und Muller gemeinsam zu einem der Hubschrauber gingen, setzte er sich ans Steuer, drückte sanft die Mündung meiner Pistole nach unten und löste nach und nach meine Finger vom Griff, einen nach dem anderen.

»Alles in Ordnung, Linds. Es ist alles in Ordnung.«

Er breitete die Arme aus, und ich ließ mich hineinfallen. Er hielt mich fest und küsste mich auf den Scheitel, und ich überließ mich dieser Umarmung, spürte, wie sehr ich sie genoss. Aber nicht lange. Ich machte mich von ihm los, setzte mich auf den Beifahrersitz und sagte: »Und jetzt?«

Joe erwiderte: »Ich fliege bei Knightly mit, und wir verhören Alison. Munder ist ein guter Mann. Der Hubschrauber bringt ihn und noch ein paar Leute zum Flughafen nach Vancouver. Du fliegst mit. Ich rufe dich an, sobald ich kann.«

Ich nickte. Eigentlich hätte ich ihm gern noch ein paar Fragen gestellt: »Wo bringt ihr sie hin? Wie lange bleibst du weg?« Aber mir war klar, dass ich keine Antwort bekommen hätte. Ich steckte meine Waffe ins Halfter, wartete, bis Joe mir die Tür aufgemacht hatte, stieg aus und ließ den Blick über das kleine Flugfeld schweifen, wo vor wenigen Minuten noch eine wilde Schießerei getobt hatte.

Agent Munder kam zu mir und sagte, dass es im Hangar ein Badezimmer gab und dass sogar eine Kaffeekanne sowie ein paar Brötchen für das Team bereitgestellt worden waren.

»Bedienen Sie sich.«

Kurze Zeit später half er mir beim Einsteigen in den Hubschrauber. Der Lärm verhinderte jedes Gespräch, und ich war froh darüber. Es dauerte nicht lange, bis wir in Vancouver gelandet waren. Dort wartete ich mit Agent Munder auf unseren Rückflug nach San Francisco.

Conklin und Cindy nahmen mich am Ausgang in Empfang und erdrückten mich fast mit ihren Umarmungen. Während der Fahrt in die Stadt saß ich auf der Rückbank und beugte mich nach vorn, um ihnen ausführlich von meinen fünfzehn Stunden mit der CIA zu berichten.

Dabei schlief ich ein.

Cindy begleitete mich nach oben in meine Wohnung und blieb bei Mrs. Rose und Julie, bis ich mit der besten Dusche meines Lebens fertig war. Wenig später ließen die anderen uns allein.

Ich saß in Joes Sessel, hielt unser gemeinsames Kind im Arm und schluchzte so lange und herzerweichend, bis auch Julie anfing zu weinen. Die arme Martha wusste überhaupt nicht, was los war. Sie bellte und jaulte und drehte sich im Kreis, bis ich keine Tränen mehr hatte.

Wir schliefen ein bisschen. Danach gingen wir in den Park, meine beiden Mädchen und ich.

Wir setzten uns an den Teich und beobachteten Enten und Menschen. Ich plauderte ein wenig mit Martha und Julie. Aber mein Geist war ununterbrochen in Bewegung.

Wie gewöhnlich. Ich hatte immer noch ein paar Fragen.

98

Am nächsten Morgen um sieben Uhr klingelte das Telefon. Ich putzte gerade die Zähne. Brady war am Apparat.

»Ha-uoo«, sagte ich.

»Ist bei dir alles in Ordnung?«

Ich spuckte aus und spülte. »So gut wie neu.«

»Prima. Vor deiner Haustür steht ein Wagen. Er bringt dich in die Mission Street, Ecke Cortland Avenue. Zwei Beamte sind schon vor Ort. Die bringen dich auf den aktuellen Stand. Conklin ist auch schon unterwegs.«

Brady legte auf, und ich sang mein Spiegelbild an: »It's gonna be another bright, bright sunshiny day.«

Nachdem ich im Bad fertig war, begrüßte ich Mrs. Rose, die mich fragte: »Wie geht es Ihnen?«

Alle wollten sie wissen, wie es mir ging. Ich sah vermutlich so aus, als hätte mich ein Müllwagen die Filbert Street entlanggeschleift.

»Prima«, sagte ich, »und Ihnen?«

»Ich bin ein bisschen angespannt. Meine Tochter erwartet ein Baby, und es kann jederzeit losgehen. Sie hat ihre Tasche schon gepackt. Was meinen Sie, kommen Sie nach der Arbeit nach Hause?«

»Gegen sechs bin ich wieder da. Sonst rufen Sie mich an, dann löse ich Sie ab, so schnell es das Gesetz erlaubt.«

»Damit kann ich leben«, meinte sie.

Ich gab Julie ein Küsschen, wuschelte Martha über die Ohren, warf ihr einen Tennisball zu, schnappte mir eine Flasche Eistee aus dem Kühlschrank und eilte die Treppe hinunter.

Vor meinem Haus stand ein feuerroter Camaro mit goldenen Radkappen und goldenen Ketten rund um die Nummernschilder. An der Windschutzscheibe klemmte ein Briefumschlag mit meinem Namen. Er enthielt einen Schlüssel und einen Zettel mit Bradys Handschrift.

»Fröhliche Weihnachten aus dem Fuhrpark.«

Es war nicht Weihnachten, und der vormalige Besitzer dieses Wagens saß garantiert wegen Drogenbesitzes und Drogenhandels im Gefängnis. Ich konnte die Karre vom ersten Moment an nicht leiden. Aber bis die Versicherung das Geld für meinen verstorbenen Explorer überwiesen hatte, musste ich mich wohl damit abfinden.

Die Fahrt in den Mission Distrikt hätte jede Menge Anlass zum Lachen geboten, wäre mir auch nur annähernd nach Lachen zumute gewesen. Ich erntete eindeutige Gesten und Hupsignale und mehr als eine Aufforderung zu einem Wettrennen, aber die ganze Sache hatte durchaus auch positive Seiten. Der Wagen beschleunigte in Sekundenbruchteilen von null auf hundert, ließ sich wunderbar sanft um jede Kurve steuern und auf einem Bierdeckel zum Stehen bringen. Die Fuhrpark-Mechaniker hatten aus diesem ungezähmten Biest ein erstklassiges Polizeiauto gemacht.

An der Kreuzung Mission und Cortland angekommen, sah ich Conklin bereits vor einem billigen Gemischtwarenladen an der Ecke stehen. Er war nicht allein. Drei Streifenwagen parkten am Straßenrand, und hinter dem gelben Absperrband hatten sich zahlreiche interessierte Mitbürger versammelt. Glasscherben glitzerten auf dem Bürgersteig.

Conklin holte mich ab und brachte mich zu dem Beamten, der als Erster vor Ort gewesen war. »Officer Dow hat vor wenigen Minuten erst mit der Dame gesprochen. Dow, erzählen sie Sergeant Boxer, was Sie mir gerade eben erzählt haben.«

Der junge Streifenbeamte war ziemlich aufgeregt und konnte es kaum erwarten, seinen Bericht loszuwerden.

»Das Mädchen da drin sagt, dass sie die Schnauze von ihrem Alten voll hat. Sie hat auf ihn geschossen und mich angeschrien, dass sie keinem Mann über den Weg traut und sich auf keinen Fall lebend ergeben wird.«

»Vater oder Ehemann?«, wollte ich wissen.

»Ehemann.«

»Das Sondereinsatzkommando ist unterwegs?«

Dow erwiderte: »Sie hat gesagt, dass sie sich sofort eine Kugel in den Kopf jagt, wenn sie irgendwelche schwarz gekleideten Typen sieht. Aber mit *Ihnen* will sie sprechen Sergeant. Sie hat ein Bild von Ihnen in der Zeitung gesehen, nach der Razzia in Chinatown.«

Ich machte also wieder meine Arbeit, hatte es mit einem Fall zu tun, in dem es nicht um Spione oder verwaiste Kinder oder Mehrfachmorde ging. Es war nicht gerade der Himmel auf Erden, aber es war auch nicht schlecht. Es bestand sogar die Möglichkeit, dass ich etwas Sinnvolles tun konnte.

Meine Schutzweste war auf der Rückbank des Explorers liegen geblieben, und der war gerade zur finalen Obduktion in der Kriminaltechnik. Aber immerhin trug ich meine Glücksstrümpfe.

Ich fragte Officer Dow: »Wie heißt sie?«

99

Um 14.00 Uhr saß ich wieder zu Hause, hatte die Schuhe ausgezogen und das Handy ausgeschaltet.

Mrs. Rose war ans Bett ihrer Tochter geeilt. Das Opfer der Schüsse im Gemischtwarenladen lag in stabilem Zustand im Krankenhaus, und die junge Täterin hatte einen Rechtsanwalt bekommen und stand wegen Selbstmordgefahr unter ständiger Beobachtung.

Joe und Alison Muller befanden sich an irgendeinem unbekannten Ort in Washington oder im Ausland, und ich wusste nicht, wann er wiederkommen und ob ich ihn jemals wieder in mein Leben lassen würde.

Ich hätte allen Grund gehabt, es nicht zu tun.

Ich musste an Alison Mullers Sticheleien über das enge Verhältnis zwischen ihr und Joe denken, und auch wenn sie eine großartige Lügnerin war… er war mindestens ebenso verlogen. Die beiden hätten ein wunderhübsches Paar abgegeben.

Mrs. Rose sagt immer: »Wenn dir zum Heulen ist, koch dir einen Tee!«

Also setzte ich Wasser auf und sah den Stapel mit Post durch, der sich in den letzten Wochen auf dem Küchentresen angesammelt hatte. Auch wenn Joe seit einiger Zeit unsere finanziellen Angelegenheiten geregelt hatte, wusste ich immer noch, wie man Kontoauszüge liest.

Ich pustete auf meinen Tee, schaltete Radio Alice 97,3 ein – *Moderne Musik für Junggebliebene* – und legte die Post neben meinen Laptop auf den Couchtisch. Dann warf ich sämtliche Werbeprospekte und Kataloge auf den Fußboden und sortierte alles, was mit der Wohnung zu tun hatte, zu den Kontoauszügen.

Als ich den aktuellen Auszug durchging, fiel mir eine Bankgebühr für ein Schließfach auf, von dessen Existenz ich nichts gewusst hatte. Ich will nicht behaupten, dass Joe das hinter meinem Rücken organisiert hat, aber es war mir zuvor noch nie aufgefallen.

Es war jetzt genau 14.35 Uhr. Unsere Bank lag an der Kreuzung Ninth Avenue und Clement Street, fünf Querstraßen entfernt. Wenn die Kleine sich nicht querlegte, konnte ich noch vor Schalterschluss dort sein.

Ich machte die Schublade an Joes Schreibtisch auf und holte den Schlüssel heraus, den ich vor einigen Tagen auf dem Boden einer Schachtel mit Schreibmaterial entdeckt hatte, schlüpfte in meine Schuhe, schnallte Julie in den Tragesack und war fünf Minuten vor Schließung bei der Bank. Zu der Angestellten, die die Schließfächer betreute, sagte ich, dass es bestimmt nicht lange dauern würde, aber dass ich unbedingt vor dem Wochenende noch an meine Sachen musste. Es sei dringend.

War es das? Noch als sie mir die Tür aufmachte, stellte ich mir diese Frage. Oder war ich lediglich drauf und dran, mir die nächste grauenhafte Enttäuschung zu bescheren?

»Bitte. Mrs. Molinari«, sagte die Bankangestellte. »Ich habe einen Termin an der Schule meines Sohnes. Den kann ich nicht verschieben.«

Auf Joes Schlüssel war die Zahl 26 eingraviert. Die Bankangestellte steckte ihren Schlüssel in eines der beiden Schlösser, und ich nahm das andere. Nachdem die Zapfen an Ort und Stelle eingerastet waren, holte ich die längliche Metallkiste aus der Wand und trug sie in das winzige Abteil gleich nebenan.

Es dauerte eine Weile, bis ich den Schließmechanismus durchschaut und das Scharnier geöffnet hatte. In der Kiste lagen mehrere unverschlossene Briefumschläge. Einer enthielt unseren Mietvertrag, ein anderer unsere Heiratsurkunde, Julies Geburtsbescheinigung und die Sterbeurkunde von Joes Vater. Unter den Briefumschlägen befand sich eine lange, flache Bonbonschachtel mit einem goldenen Rand und einer gezeichneten Schleife auf dem Deckel.

Als ich meine Fingernägel unter die Kante des Deckels schob, um die Schachtel aufzumachen, wurde mir klar, dass ich schon wieder spionierte – aber darauf konnte ich keine Rücksicht nehmen. Ich hatte ein Recht auf jedes kleine bisschen Wahrheit, das in diesem Heuhaufen aus Lügen alias »Meine Ehe mit Joe« zu finden war.

Falls es irgendwelche Erinnerungsstücke aus Joes geheimem Leben mit Alison Muller gab, musste ich das wissen.

Ich nahm den Deckel ab. Der Duft von Schokolade und Kirschen stieg mir in die Nase, aber von Alison Muller war in der Bonbonschachtel nichts zu finden.

Dafür von Julie. Und von mir.

Obenauf eine Locke von Julies feinem, dunklem Babyhaar, mit einem schmalen, pinkfarbenen Band umwickelt. Dann ein Foto, das ein fremder Mann von Joe und mir auf der Fähre nach Catalina gemacht hatte. Wir standen breit grinsend und eng umschlungen an der Reling, hinter uns das schäumende Kielwasser. Das war das erste Mal gewesen, dass wir einander »Ich liebe dich« gesagt hatten.

Unter dem Foto lagen Kopien der Eheversprechen, die wir uns in einer kleinen Laube am Seeufer in Half Moon Bay gegeben hatten, und ein unbemerkt aufgenommener Schnappschuss von Joe, mir, Cat und den Mädchen, wie wir lachend und barfuß in Hochzeitskleidung am Strand entlangspazierten. Schließlich fand ich noch eine ausgedruckte E-Mail, die ich an Joe geschickt hatte. Darin stand, dass ich ihn schrecklich vermisste, und darunter die Zeile: »Wann kommst du nach Hause?«

Verblüfft wurde mir bewusst, wie viele Parallelen zwischen meinen Gedanken und Gefühlen von damals und heute bestanden.

In diesem Moment riss mich die Bankangestellte aus meinen Träumereien. Sie klopfte von außen gegen die Kabinentür.

»Ich komme«, sagte ich.

Nachdem ich alles wieder zurückgelegt und in das Schließfach geschoben hatte, verließen Julie und ich die Bank.

»Und jetzt?«, sagte ich zu meinem süßen kleinen Mädchen, als wir die Straße vor dem Heim der Molinaris überquerten. »Was passiert jetzt?«

EPILOG

100

Alison Muller kannte jeden Quadratzentimeter der Zelle, in der sie jetzt seit ungefähr einem Monat festgehalten wurde – wie lange, wusste sie nicht genau. Das künstliche gräuliche Licht dieser unterirdischen Schuhschachtel, die sich irgendein Irrer ausgedacht haben musste, machte es unmöglich, zwischen Tag und Nacht zu unterscheiden.

Die Wände waren geneigt, die Decke hing schief, und jeder Stein in der Wand besaß unterschiedliche Maße und Formen, sodass weder ein Muster noch irgendein Sinn darin zu erkennen war.

Sie war dankbar dafür, weil jeder dieser verrückten Steine eine eigene Persönlichkeit hatte. Zum Beispiel der nierenförmige gleich neben ihrem Bett. Und der daneben, der die Form von Ohio besaß. Wenn sie die Steine anstarrte, konnte sie sich zumindest mit etwas beschäftigen.

Es gab hier keine anderen Gefangenen, keinen Innenhof. Hier gab es lediglich eine schmale Pritsche, eine Toilette mit Wasserspülung und einen in der Wand versenkten Duschkopf über der Toilette, aus dem nur kaltes Wasser kam.

Ihre eine tägliche Mahlzeit sowie ein Satz frischer Papierkleidung, die sich in der Toilette entsorgen ließ, wurde ihr immer von dem Mann gebracht, der sie verhörte.

Er setzte sich in regelmäßigen Abständen auf den Stuhl

vor ihrer Zelle und stellte ihr Fragen. Er benahm sich sehr förmlich und trug ganz normale und langweilige Kleidung. Allerdings waren die Sachen frisch gebügelt, und er hatte jedes Mal eine Krawatte umgebunden. Alison kannte ihn nicht, und seinen Namen wollte er ihr nicht sagen.

»Wie sprechen die Leute Sie an?«, fragte sie ihn gelegentlich. »Nennen Sie mir einfach einen Namen.«

»Mein Name ist unwichtig.«

Eine Zeit lang nannte sie ihn Mr. Unwichtig, aber das fühlte sich merkwürdig an. Also probierte sie ein paar andere Namen aus: Bert, Voldemort, Condor. Zu guter Letzt war sie bei »Sam« hängen geblieben. Schließlich war der Kerl ja von Onkel Sam persönlich zu ihr geschickt worden.

Sam war im mittleren Alter, dicklich und humorlos, hatte aber eine gute Verhörtechnik. Er tat ihr niemals körperlich weh, aber er wusste, wie er sie treffen konnte, kannte ihre empfindlichen Stellen und wusste, wie sehr sie darauf brannte, etwas von ihren Kindern zu hören.

Gelegentlich brachte er auch eine kleine Belohnung mit: eine Schachtel mit Essen und einen sauberen, blauen Wegwerf-Einteiler.

Diese Sachen lagen, während er versuchte, sie zu knacken, unter seinem Stuhl. Meistens schob er sie, kurz bevor er wieder ging, unter dem Zellengitter hindurch. Manchmal nahm er das Essen und das Kleidungsstück aber auch wieder mit.

Heute sagte er wie üblich: »Guten Tag, Ms. Muller. Fühlen Sie sich wohl?«

»Ganz wunderbare Unterkunft, Verehrtester«, erwiderte sie. »Wenn Sie vielleicht einen Strauß frischer Blumen liefern lassen könnten. Und frische Bettwäsche.«

Sam lächelte, wenn man die schmale Streckung seiner dünnen Lippen wirklich ein Lächeln nennen konnte. Er stellte ihr jeden Tag dieselben Fragen. »Wer hat angeordnet, das Flugzeug abzuschießen?«

Und jeden Tag gab sie dieselbe Antwort.

»Wie gesagt, Sam: Soweit ich gehört habe, waren das selbstständig agierende, chinesische Agenten. Ich weiß nichts über sie. Ich weiß nicht, für wen sie arbeiten. Nach allem, was ich gehört habe, sind sie inzwischen tot. So, und wenn Sie mir jetzt bitte verraten könnten, wem ich einen blasen muss, damit ich aus diesem Loch hier rauskomme?«

»Welche Informationen haben Sie an die Chinesen weitergegeben?«

»Keine. Gar keine.«

Einmal hatte Sam nach dem Ende seiner Fragerunde gesagt: »Ich habe Caroline gesehen.«

Er holte sein Handy aus der Tasche und zeigte ihr ein Foto von ihrer Tochter, wie sie gerade aus der Schule kam. Dazu sagte er: »Sie hat einen blauen Fleck am linken Arm. Sehen Sie, hier? Vielleicht hat sie Stress mit den anderen Kindern. Oder Khalid hat sie zu hart angefasst.«

Anschließend hatte er ihr noch eine seiner beiläufigen Fragen gestellt: »Wer ist Ihr Verbindungsmann in China? Wer hätte Sie nach Ihrer Landung dort in Empfang genommen?«

»Ich hatte keinen Kontaktmann. Man hätte mich am Flughafen abgeholt. Das ist die Wahrheit. Das ist die *Wahrheit*. Es ist alles sehr schnell gegangen. Bedenken Sie doch: Ich bin immer noch Angehörige der CIA. Ich wollte dort doch nichts anderes tun, als für *uns* zu arbeiten. Molinari weiß das. Bitte. Ich habe Ihnen alles gesagt. Was soll ich denn noch alles machen, um hier wieder rauszukommen?«

Heute hatte Sam nach dem üblichen Quatsch gesagt: »Das Essen ist heute eine Frittata mit Käse und Pilzen. Ich habe auch schon eine gegessen. Sehr schmackhaft. *Bon appétit* und bis bald, Ms. Muller.«

Und dann war er gegangen.

Alison hatte überlegt, ob sie sich umbringen sollte. Sie war mit dem Kopf voraus gegen die Wand gerannt, aber der Anlauf war viel zu kurz, sodass sie letztendlich nur Kopfschmerzen bekommen hatte. Sie wurde von einer versteckten Kamera beobachtet. Das eine Mal, als sie versucht hatte, sich an den Gitterstäben zu erhängen, war Sam aufgetaucht und hatte gesagt: »Nein, Ms. Muller, tun Sie das nicht. Es sei denn, Sie wollen, dass wir Ihnen keine Kleider mehr geben und Sie nackt hier einsitzen lassen.«

Sie war noch nicht so verzweifelt, um sich in der Toilette zu ersäufen, aber viel fehlte nicht mehr.

Sie würde den Rest ihres Lebens hier verbringen müssen.

Sie würde in dieser unterirdischen Steinzelle sterben.

Je früher, desto besser. Es gab keinen Ausweg und keinen Grund mehr zu leben. Sie hatte nicht einmal mehr die Kraft zu fantasieren. Sie schaffte es nicht mehr, auf ein glückliches Leben zu hoffen.

Sie legte sich auf ihre an der Wand befestigte Pritsche. Anschließend riss sie sich Haare aus, eins nach dem anderen, und zählte die Minuten bis zu dem einen Ereignis, auf das sie sich freuen konnte.

Die nächste Begegnung mit Sam.

Er war alles, was sie hatte.

101

Jetzt war sie wohl endgültig übergeschnappt.

In dem Korridor vor ihrer Zelle waren Männerstimmen zu hören. Sie konnte die Männer nicht sehen, aber sie kannte die beiden Stimmen. Die eine gehörte Sam, ihrem Folterer. Und die andere … deshalb wusste sie, dass sie verrückt geworden war … gehörte Joe.

Zunächst gedämpfte Stimmen, schließlich ihre Schatten auf dem Steinfußboden. Und endlich standen sie beide vor ihren Gitterstäben.

Sam sagte: »Besuch für Sie, Mrs. Muller.«

Er stellte die Schachtel mit dem Essen und dem Einteiler unter den Stuhl und sagte zu Joe: »Lassen Sie sich Zeit. Sie wissen ja, wo ich zu finden bin, wenn Sie fertig sind.«

Alison kam mit hastigen Schritten an das Gitter und packte die Stäbe.

»Joseph. Bist du gekommen, um mich rauszuholen?«

»Mehr als einen Besuch haben sie mir nicht genehmigt.«

Er strich flüchtig mit seiner Hand über ihre und setzte sich auf den Stuhl vor der Zelle. Sie hockte sich dicht vor die Gitterstäbe auf den Fußboden, um so nahe wie möglich bei ihm zu sein.

»Und warum bist du überhaupt hier?«

»Ich wollte nachsehen, ob du dem Management mit deiner

charmanten Art seidene Laken und einen Meeresblick abgeschwatzt hast.«

»Oh ja, ich komme mir fast vor wie im Ritz. Und das Beste ist, dass ich mich nicht einmal dafür ausziehen musste.«

Sie grinste, doch die Pose hielt nicht lange vor. Ihr Lächeln erstarb. Sie steckte die Finger in ihre verfilzten Haare, zerrte sie sich aus dem Gesicht und sah Joe an. Seine Miene war kühl. Trotzdem konnte sie ihm ansehen, dass sie ihm leidtat. Dass sie ihm immer noch etwas bedeutete.

»Ich sehe schrecklich aus, ich weiß. Ich hätte niemals gewollt, dass du mich so siehst. Wie geht es dir, Joseph? Wie hat dein Leben sich entwickelt?«

»Ich würde jetzt gerne sagen, dass alles beim Alten geblieben ist, aber das ist natürlich nicht der Fall. Ich habe eine ganze Reihe negativer Konsequenzen zu ertragen, sowohl beruflich als auch privat.«

»Willst du darüber reden?«

Er schüttelte den Kopf.

»Ich verstehe. Aber um mal auf das hier zu sprechen zu kommen…« Sie ließ den Arm über die gesamten vier Quadratmeter ihrer Zelle schweifen. »Ich muss hier raus.«

»Ich weiß.«

»Ich habe alle Fragen beantwortet. Sie haben mich gefoltert, Joe. Ich habe ihnen alles gesagt, was ich weiß. Aber sie wollen mir kein bisschen entgegenkommen, trotz meiner treuen Dienste für die Agency. Sie bearbeiten mich immer nur ständig mit denselben Fragen, obwohl ich ihnen jedes Mal sage, dass ich nicht mehr weiß.«

»Okay. Na ja, ich nehme an, du konntest sie nicht restlos überzeugen.«

»Aber du kannst mir helfen. Du kannst dich für mich einsetzen. Du weißt, was ich geleistet und was ich geopfert habe.«

»Ich gelte allerdings nicht als neutral, was dich angeht, Ali.«

»Joseph, bitte. BITTE! Ich habe zwei Kinder. Ich kann für die Agency noch sehr nützlich sein. Ich bin eine wertvolle Mitarbeiterin. Du kannst mich hier rausholen, Joe. Ich weiß es! Du kannst mich retten.«

»Kannst du mir denn irgendetwas verraten, was ich weitergeben könnte?«

»Ich habe schon alles gesagt, was ich weiß.«

»Sie haben mir nur fünf Minuten genehmigt«, erwiderte Joe.

»Kommst du noch mal zurück?«

»Ich weiß es nicht.«

Er tätschelte ihr die Hände und ging.

102

Wieder stand Sam vor dem Stahlgitter ihrer steinernen Zelle. Alison hatte das Gefühl, als sei es seine übliche Zeit. Er war auch gekleidet wie sonst – kakifarbenes Jackett mit weißem Hemd, dazu eine blau gestreifte Krawatte und eine graubraune Hose. Er hatte sich sorgfältig gekämmt und sauber rasiert. Aber er hatte dieses Mal weder einen frischen Papier-Overall noch eine Schachtel mit ihrer einzigen Mahlzeit des Tages dabei.

Er sagte: »Ms. Muller. Mein Name ist Anderson.«

»Vor- oder Nachname?«

»Einfach nur Anderson«, sagte er. »Wir müssen Ihre Zelle reinigen. Und ich dachte, dass Sie vielleicht eine heiße Dusche nehmen möchten, bevor wir Sie zurückbringen.«

»Soll das ein Witz sein?«

Die Vorstellung, unter einem heißen Wasserstrahl zu stehen, war unglaublich. »Keineswegs. Ich habe einen Taser dabei«, erwiderte er. »Muss ich noch mehr sagen?«

»Nein. Ich bin ganz artig. Wo sollte ich auch hingehen?«

»Genau«, meinte Anderson.

Bestimmt hatte Joe dafür gesorgt. Wenigstens das. Vielleicht sollte die Dusche ein Anreiz sein, damit sie sich ein bisschen kooperativer verhielt. Vielleicht würde es sogar funktionieren.

Anderson machte die Zellentür auf und trat einen Schritt

beiseite, außerhalb von Alisons Reichweite. Er tätschelte seine Hüfte, sodass sie die Umrisse des Elektroschockers unter seinem Jackett erkennen konnte.

»Einfach geradeaus, Ms. Muller. Am Ende des Korridors auf der linken Seite sehen Sie eine Öffnung mit einer kurzen Treppe. Oben befindet sich der Waschraum für die Mitarbeiter. Sie finden dort Seife, Shampoo und ein sauberes Handtuch. Und während wir hier sprechen, wird gerade Ihr Abendessen zubereitet. Schweinefilet und neue Kartoffeln. Zum Nachtisch Schokoladen-Brownies.«

»Wow.« Alison strahlte über das ganze Gesicht. »Muss wohl mein Geburtstag sein.«

Nachdem sie zehn Schritte den Korridor entlanggegangen war, jagte Anderson ihr eine Pistolenkugel, Kaliber vierundvierzig, in den Hinterkopf. Als sie zu Boden ging, ließ er noch eine zweite Kugel in ihren Rücken folgen. Anschließend trat er neben sie, bückte sich, legte sich die Krawatte über die Schulter und fühlte nach ihrem Puls.

Da war nichts.

Er seufzte, machte einen Bogen um sie herum und ging in sein Büro, um einen Bericht anzufertigen.

103

Ich veranstaltete eine kleine Dinnerparty. Es war das erste Mal seit ungefähr einem Jahr, und ich hatte richtig Lust darauf. Julie trug ein glitzerndes Partykleidchen, und sie hatte ein neues Wort gelernt.

»Mommy.«

Es war das schönste Wort überhaupt, und zwar in jeder Sprache der Welt.

Mrs. Rose hatte mir den Tag über beim Kochen geholfen, und alle meine Freundinnen und Freunde waren gekommen: Claire mit ihrem wunderbaren Ehemann Edmund. Yuki mit meinem Vorgesetzten und Vorbild, Jackson Brady. Natürlich auch Richie und Cindy, und auch Jacobi hatte eine weibliche Begleitung dabei.

Sie hieß Miranda und spielte »Dora« in irgendeiner Nachmittags-Seifenoper, die ich noch nie gesehen hatte. Aber Mrs. Rose war beinahe in Ohnmacht gefallen, als sie zur Tür hereingekommen war.

Dann tranken wir Cocktails. Mrs. Rose hatte meine Einladung abgelehnt, denn sie wollte zu ihrem neugeborenen Enkelkind und war froh, als sie endlich wegkonnte.

Ich nahm sie in den Arm und drückte ihr einen Scheck in die Hand. Sie tätschelte mir den Oberarm und sagte: »Viel Spaß. Morgen früh bin ich wieder da.«

Brady kam auf der Suche nach dem Korkenzieher in die offene Küche. Er machte eine Flasche Wein auf und sagte: »Was immer du da im Kochtopf hast, meine Speicheldrüsen arbeiten jedenfalls auf Hochtouren.«

Ich lachte. »Noch zehn Minuten. Mehr nicht.«

Yuki kam hinter Brady her, schlang ihm die Arme um die Hüften und küsste ihn auf den Rücken. Mein Gott, es hatte zwar einige Zeit gedauert, aber diese beiden waren wirklich füreinander bestimmt.

»Brauchst du vielleicht Hilfe beim Salatdressing?«, erkundigte sie sich.

»Auf jeden Fall.«

Draußen im Wohnzimmer brach Edmund gerade in brüllendes Gelächter aus, genau wie Cindy, und zwar weil Miranda irgendetwas gesagt hatte. Jacobi war knallrot angelaufen, aber auf sehr sympathische Weise. Cindy saß auf dem breiten Sessel und hatte Julie auf dem Schoß. Die Frage, ob und wann sie eigene Kinder haben wollten, war die große Streitfrage in der ansonsten so wunderbaren Beziehung zwischen Richie und Cindy gewesen, und ich glaube, dass sie jedes Mal, wenn sie mich besucht, ausprobieren will, ob sie sich vorstellen kann, selbst Mutter zu sein.

Ich sah Richie hinter dem Sofa stehen und wie er Cindy und Julie betrachtete. Wow. War der verknallt.

Nun ja, selbst ich hatte mehr als nur ein paar Schrammen abbekommen.

Joe war ein paarmal zu Besuch gewesen, um Julie zu sehen, und es war zum Steinerweichen gewesen, die beiden zusammen zu erleben. Aber bis jetzt hatte ich ihm kein gemeinsames Essen und keine Übernachtung gestattet.

Ich war noch nicht bereit. Und ich war mir nicht einmal sicher, ob ich jemals bereit sein würde. Er hatte mich angelogen. Er verheimlichte mir alles Mögliche. Ich wusste nicht, wo er gerade wohnte, was er gerade machte oder wie ich jemals wieder mit einem Mann zusammenleben sollte, dem ich nicht länger vertrauen konnte.

Schließlich war es Brady – ausgerechnet Brady –, der mir behilflich war, den Braten aus dem Backofen zu holen. Claire stellte das Gemüse auf den Tisch, und Edmund schenkte den Wein ein.

Richie klopfte mit dem Löffel an sein Glas: »Lindsay, es ist wunderschön, dass wir alle hier sind. Und ich persönlich freue mich besonders darüber, dass dir jemand beim Kochen behilflich war. Schließlich wissen wir alle, dass du nicht mal einen vernünftigen Kaffee zustande bringst.«

Alle lachten, sogar Julie und ich.

Da klingelte es an der Haustür.

Claire sagte: »Das ist der Nachtisch. Ich verrate euch nicht, woher. Bleib einfach von der Tür weg, damit ich dich überraschen kann.«

Claire ist Schokoholikerin, und das finde ich sehr gut.

»Also gut, ich lasse mich überraschen«, sagte ich.

Ich setzte mich wieder an den Tisch, und Claire drückte auf den Türöffner. Eine Minute später hörte ich, wie die Wohnungstür geöffnet wurde und Claire sagte: »Du bist aber nicht der Kuchen.«

Aber was dann?

Auf halbem Weg zur Tür sah ich meinen Ehemann im Flur stehen.

Er sagte: »Lindsay, tut mir leid, ich wollte nicht stören.«

Ich sah meine Busenfreundin an. »Das war doch bestimmt deine Idee.«

»Was? Nein. War es nicht. So was würde ich niemals machen. Auf keinen Fall.«

Und damit löste sie sich in Luft auf.

Joe hatte einen Strauß Rosen in der Hand. Er sah aus wie der Prinz, der Dornröschen wach küssen will. Attraktiv. Erwartungsvoll. Und ein bisschen so, als hätte er sein edles Ross unten am Straßenrand festgebunden. Ich starrte ihn an und sah die Falten auf seiner Stirn, die im Lauf der letzten Monate deutlich tiefer geworden waren. Und auch die grauen Strähnen an den Schläfen waren mir bisher noch nie aufgefallen.

Ich stand in der Tür, beide Füße fest auf dem Boden, und versperrte den Eingang.

Er sagte: »Lindsay?«

Ich wusste beim besten Willen nicht, was ich tun oder sagen sollte.

Ihn hereinlassen?

Oder sagen: »Nicht jetzt. Vielleicht ein andermal«?

Danksagung

Unser Dank gilt Captain Richard Conklin, Leiter der Kriminalabteilung des Police Department in Stamford, Connecticut, sowie Dr. Humphrey Germaniuk, Gerichtsmediziner und Amtsarzt in Trumball County, Ohio, die uns ihre Zeit geopfert und uns mit ihrem Fachwissen bereichert haben. Außerdem bedanken wir uns bei unseren großartigen Rechercheuren Ingrid Taylar, Renee Paradis, Lynn Colomello und Pete Colomello. Und dazu ein dickes Lob für Mary Jordan, die dafür sorgt, dass wir immer die Spur halten.

Alex Cross bekommt es mit einem alten Widersacher zu tun, der seinen Sohn ins Visier nimmt – eine rote Linie für Cross!

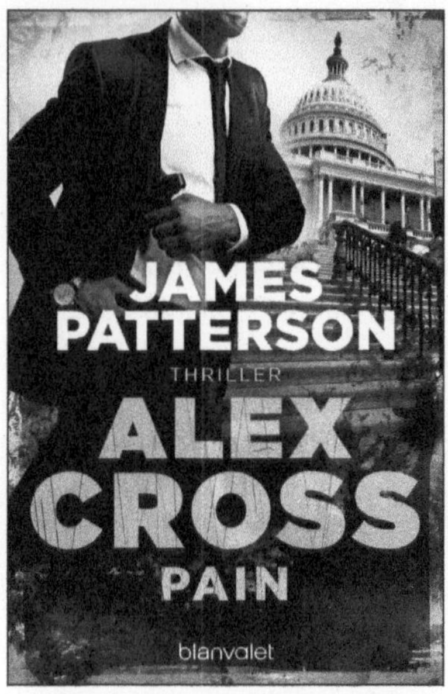

448 Seiten. ISBN 978-3-7341-1158-7

Auf Wunsch des Verurteilten wohnen Alex Cross und sein Partner John Sampson der Hinrichtung des Mörders Michael ›Mikey‹ Edgerton bei. Edgertons Familie ist hingegen weiter von dessen Unschuld überzeugt. Kaum zurück in Washington werden die beiden zu einem Tatort gerufen. In der Küche eines Hauses sitzt eine nackte Frau tot an ihrem Esstisch. Auf dem Schoß eine Nachricht an Cross, in der angedeutet wird, dass Edgerton tatsächlich unschuldig war. Unterzeichnet ist die Nachricht mit »M.« – für Cross kein Unbekannter, sondern ein langjähriger Widersacher. Cross muss sich fragen: War Edgerton tatsächlich unschuldig oder spielt M. ein perfides Spiel mit ihm?

Lesen Sie mehr unter: **www.blanvalet.de**